KB251856

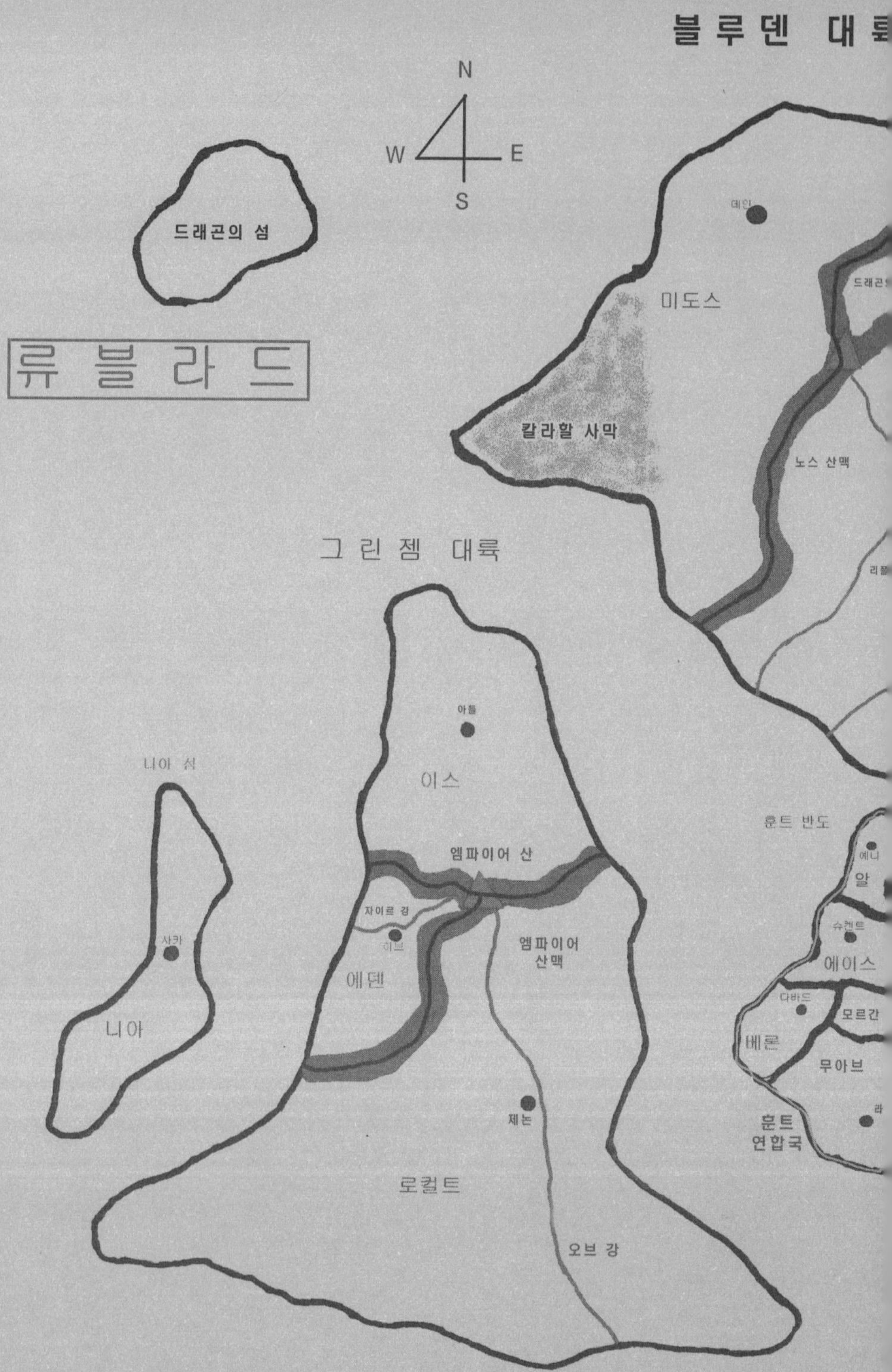

블루덴 대륙
드래곤의 섬
류블라드
N
W
E
S
미도스
칼라할 사막
노스 산맥
드래곤
그린젬 대륙
리쯤
니아 섬
아들
이스
훈트 반도
엠파이어 산
에니
알
자이르 강
슈켄트
하프
엠파이어
산맥
에이스
사카
다바드
에덴
모르간
베른
무아브
니아
제논
라
훈트
연합국
로컬트
오브 강

미다가스 반도
노스 산맥
드워프의 산
Ars Nova
Oma
디아스
포카트
포카트
토요
푸트라 강
브라마 강
빌로우 노스 산맥
디스 제국
모노 산
마오
하이트론 성국
셀레베스 만
브레그마
헤이트
일리니 강
사파 강
비려진 땅
카이렌
미드 산맥
트라이어드 산
이스트 산맥
바스테르 산
라디칼
엘프의 숲
바스테르 산맥
산맥
타르
그람
마케인 제국
왕리
비스
로피탈
사우스 산맥
강
포스 산
레세프 호수
하루
케르마 사막
레사프 강
라이어 강
알류 섬

케이
Kei

게이 4
신가 판타지 장편 소설

초판 1쇄 찍은 날 § 2004년 5월 15일
초판 1쇄 펴낸 날 § 2004년 5월 25일

지은이 § 신가
펴낸이 § 서경석

편집장 § 문혜영
편집책임 § 김민정
편집 § 장상수 · 유경화 · 신혜미
마케팅 § 정필 · 강양원 · 이선구 · 김규진 · 홍현경

펴낸곳 § 도서출판 청어람
등록번호 § 제1081-1-89호
등록일자 § 1999. 5. 31
어람번호 § 제1-0490호

주소 § 경기도 부천시 원미구 심곡1동 350-1 남성B/D 3F (우) 420-011
전화 § 032-656-4452   팩스 § 032-656-4453
http://www.chungeoram.com
E-mail § eoram99@chollian.net

ⓒ 신가, 2004

ISBN 89-5831-098-7 04810
ISBN 89-5831-000-6 (SET)

※ 파본은 본사나 구입하신 서점에서 교환하여 드립니다.
※ 저자와 협의하여 인지를 붙이지 않습니다.

신가 판타지 장편 소설

The Page of Oracle

제이 :kei

4

자일론 폰 카이렌 & 그의 가출

도서출판
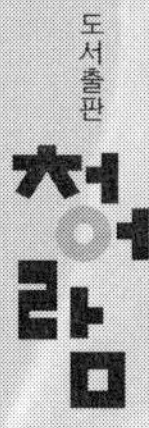
청어람

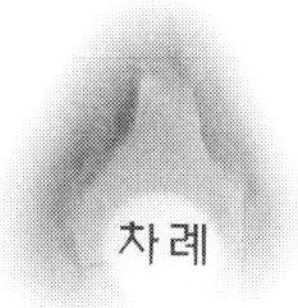

차례

사라진 케이

사라진 케이

"케이! 어디 있어? 케이! 어서 나와~!"

넓은 궁전 안을 앳띤 목소리가 메아리를 만들며 울려 퍼지고 있었다. 조그만 꼬마는 연신 케이라는 이름을 외쳐대며 넓은 궁전 이곳저곳, 이 방, 저 방을 뒤지고 다녔다. 두 눈 가득 눈물이 그렁그렁하게 맺힌 것이 곧 울음이라도 터뜨릴 것만 같았다. 이 소년은 자일론 폰 카이렌, 케이의 둘도 없는 친구인 카이렌의 제5왕자였다.

케이가 일라나에 의해 미드 산맥에 남겨진 지도 어느새 5일이 흘렀다. 곧 자일론에게 있어서는 케이가 사라지고 5일이 지난 것이다. 그 5일간 자일론은 먹고, 자는 시간을 제외하고는 왕궁 안 구석구석을 뒤지고 다녔다. 그토록 열심히 하던 메이키론의 수업도, 마법 공부도, 검술 수련도 내팽개친 채 오직 케이만을 찾아 왕궁 안을 헤매이고 있었다.

자일론은 케이가 자신을 골려주려 왕궁 안 어딘가에 숨어 있다고 생각했다. 분명 케이는 자신과 굳게 약속을 했다. 자신이 18세가 되는 해에 같이 여행을 떠나자고. 그리고 얼마 전에도 케이는 홀로 마법을 익힌다며 말도 없이 왕궁을 하루 정도 떠나 있었던 적이 있기에 자일론은 이번에도 그런 줄 알았다. 그래서 첫날은 그저 내일이면 케이가 오겠지란 생각으로 평상시와 같이 보냈다.

그러나 둘째 날 오후부터 자일론은 왠지 모를 불안감을 느꼈다. 그때부터였다. 울먹이는 소리로 왕궁 안을 헤매이기 시작한 것은.

그런 자일론의 모습을 무척이나 안쓰러운 빛으로 지켜보는 눈동자가 있었다. 카이렌 국왕의 제2귀비이자 자일론의 생모인 일리나 에르시안, 바로 그녀였다. 자신이 자일론에게서 케이를 떼어놓았기에 그 후부터 줄곧 자일론을 지켜보고 있었다. 물론 자일론은 그런 사실을 꿈에도 모르고 있다. 그저 케이 스스로 모습을 감추었다 생각하고 저리도 왕궁 안을 헤매는 것이다.

그런 자일론의 모습을 지켜보던 일리나는 한숨을 내쉬었다.

"하, 겨우 그런 늑대에게 저리도 마음을 주고 있었다니……. 하긴 보통 늑대가 아니었으니……."

케이를 떠올린 일리나의 눈에는 복잡한 빛이 일렁였다. 자신의 아들의 마음을 빼앗아간 데 대한 분노라고 할까, 질투라고 할까? 아니면 아들에 대한 안쓰러움? 그런 여러 가지 감정이 얽힌 복잡하고도 미묘한 눈빛이었다.

사실 아들의 저 구슬픈 목소리를 들을 때마다 일리나는 케이를 다시 데려올까 하고도 생각했었다. 그러나 곧 고개를 가로저었다. 단지 8년을 같이 보낸 것만으로도 저 정도인데 다시 데려다놓으면 앞으로 어떻게 될지 몰랐기에 마음을 모질게 먹고 그저 지켜보고 있는 것이다.

그렇게 오늘 하루도 해가 저물고 있었다. 서쪽 하늘에서 붉게 물든 구름이 일렁이며 어느새 저녁이라는 것을 알려주고 있었다. 자일론은 힘없는 발걸음으로 자신의 방으로 향했다. 아무리 왕자라고 해도 고작 여덟 살밖에 되지 않은 어린아이이기에 해가 진 후에는 궁 안을 마음대로 돌아다니지 못했다. 호위기사가 붙어 있다고는 하지만 자신의 방과 그 주위의 한정된 곳으로만 움직일 수 있었다.

자신의 방으로 돌아와 시녀들이 가지고 온 저녁 식사 앞에 앉은 자일론은 곧 입과 음식 사이로 손을 꾸준히 움직였다. 그러나 정작 식사를 하는 자일론의 두 눈은 멍한 상태로 자신이 식사를 하고 있다는 것조차 인지하지 못하는 듯했다. 단지 기계적으로 식사라는 행위를 할 뿐 음식이 입으로 들어가는지 코로 들어가는지, 음식이 짠지 매운지 전혀 느끼지 못하는 얼굴이었다.

그렇게 식사를 마친 자일론은 힘없는 모습으로 방 안에 머무르다가 밤이 깊자 기계적으로 침대 속으로 들어가 눈을 감았다.

밝은 햇살이 창을 지나 자일론의 얼굴에 내리쬐고 있었다. 따스한 햇살의 감촉을 느낀 자일론은 얼마간 꿈틀거리더니 눈을 떴다. 상쾌한 기운이 감도는 아침에 따스한 햇살과 함께 눈을 떴다면 기분이 좋을 법도 하건만 자일론의 눈은 죽어 있었다.

여덟 살의 아이가 그것도 일국의 왕자가 가지고 있는 눈빛이라고는 믿을 수 없는 힘없고 공허한 눈을 한 자일론은 침대를 빠져나온 후 대충 씻고는 또다시 궁을 헤매이기 시작했다. 카이렌의 왕궁은 넓었다. 아직 어린아이인 자일론이 그 궁을 모두 둘러보려면 얼마의 시간이 걸릴지 모를 정도로……. 이제 겨우 4일을 돌아다녔을 뿐이다.

자일론이 찾아볼 곳은 아직 무궁무진했다. 그랬기에 일어나자마자 궁을 헤매이기 시작한 것이다. 아침 식사 후 시작해도 좋으련만 그전에 얼마간 궁을 둘러보는 것이 이제는 습관처럼 굳어가고 있었다. 그런 자일론의 모습을 지켜보는 자일론의 호위기사 뷰트 이라나스는 한숨을 내쉬며 그 뒤를 조용히 따랐다.

자일론은 얼마간 걸어 전날 마지막으로 찾아보던 곳에 이르렀다. 그곳에서부터 다시 케이를 찾기 시작한 지 약간의 시간이 지났을 때 묵묵히 서 있던 뷰트의 입이 열렸다.

"자일론 왕자님, 곧 아침 식사 시간입니다. 일단 방으로 돌아가시죠."

걱정이 가득 담긴 뷰트의 말에 자일론은 힘없이 고개를 끄덕이고는 돌아섰다. 조금만 더 찾으면 그곳에 케이가 있을 것만 같다는 아쉬움 가득 담긴 시선을 남겨두며……

끼익.

일국의 왕자가 기거하는 방문에서 나리라고는 생각할 수 없는 소리가 자일론의 귀에는 들린 것만 같았다. 물론 기름칠이 잘되어 있었기에 실제로 소리가 난 것은 아니다. 다만 그만큼 자일론의 마음이 황폐해져 있었기에 그가 그렇게 느낀 것일 뿐이다. 아니, 문소리만이 아니었다. 자신의 주위에서 일어나는 모든 일들이 지금과 같았다. 무언지 모르겠지만 괜히 신경을 건드렸다. 아니, 좀 더 정확히 말하자면 뻥 뚫린 가슴의 구멍을 더 휑하게 만든다고 할까?

"자일론, 어서 와라. 요즘 네가 기운이 없다는 소리를 듣고 아침이나 함께 먹을까 하고 왔다."

문을 열고 방으로 들어서자 의외의 인물이 얼굴 한가득 미소를 띤 채 자일론을 반기고 있었다.

로이드 폰 카이렌.

왕비 소생의 카이렌 제1왕자. 이변이 없는 한 왕세자로 내정될 자일론보다 여덟 살 많은 큰형이었다.

"아, 로이드 형."

함박웃음을 머금은 채 자일론을 맞은 로이드와는 달리 자일론의 얼굴은 침울하기 그지없었다. 케이가 없어졌다는 것도 한 가지 이유였지만 둘째 형, 게일에게 들은 이야기가 또 다른 이유이기도 했다.

제1귀비 소생의 게일 폰 카이렌은 2왕자로 종종 자일론에게 들러 이런저런 이야기를 나누곤 했다. 막내인 자일론에게 있어 그나마 가장 가까운 형제가 그였다. 그런 게일이 자일론에게 로이드를 조심하라고 했던 것이다. 자신과 같이 카이져 실버 울프를 받은 자일론을 탐탁지 않게 여긴다는 말을 해주며. 그때, 게일의 눈에 가득 담긴 걱정은 자일론에게 많은 것을 느끼게 해주었다.

"녀석, 얼굴 좀 펴도록 해라. 케트로이드가 사라졌다는 이야기는 전해 들었다만 너무 힘이 없구나."

침울한 자일론의 모습에 처음 자일론을 맞이할 때의 밝은 웃음은 금세 사라지고 걱정 가득한 눈으로 그를 바라보고 있었다.

카이렌의 왕비인 리마 레시페는 무척이나 온화하고 인자한 여인이다. 그녀의 그런 성정은 그녀의 큰아들인 로이드에게 그대로 이어졌고 그래서 로이드는 모든 동생들을 무척이나 아꼈다. 특히 막내인 자일론에게는 더 많이 정이 갔다. 하지만 자신이 막내에게 가까이 다가가려 하면 할수록 막내의 눈에는 알 수 없는 경계심이 서려 있었다. 그래서 더 이상 가까이 할 수 없었다.

그 결과 다른 형제들과는 달리 막내와의 관계는 점점 소원해져만 갔다. 자신과 자일론 사이가 소원해지자 다른 형제들도 자연적으로 자일론을 멀리하게 되었다. 귀여움을 가장 많이 받아야 할 막내임에도 불구하고 형제들 사이에서 외톨이가 되어버린 것이다.

간혹 둘째인 게일이 자일론에게 들르는 것이 그나마 다행이랄까? 로이드는 그런 게일이 너무나 고마웠다. 더불어 자신 역시 자일론에게 더욱 가까이 다가가고 싶었다. 하지만 자일론이 만들어놓은 마음의 벽은 자신에게는 무척이나 견고했다. 가끔 먼발치에서 웃음 짓고 뛰어노는 동생의 모습을 바라볼 뿐 가까이 다가가는 것은 무척이나 어려운 일이었다.

케트로이드라는 카이져 실버 울프는 그래서 무척이나 고마운 존재였다. 케트로이드와 함께 있을 때 자일론의 얼굴에서 웃음이 떠난 적이 없었기 때문이다. 자신도 카이렌 국왕으로부터 레이트라는 카이져 실버 울프를 하사받았지만 케트로이드와 자일론 같지는 않았다.

그래서 케트로이드가 사라졌다는 이야기를 들었을 때 로이드는 무척이나 놀랐다. 가끔씩 지켜보던 자일론의 모습에서 케트로이드가 그에게 어떤 존재라는 것을 충분히 알고 있었기 때문이다. 이야기를 전해 들은 그 다음날부터의 자일론의 모습은 예상대로였다. 마음이 아팠다. 넓디넓은 왕궁에서 유일하게 기대고 있던 존재가 사라진 막내 동생의 아픈 마음이 그대로 전해지는 것만 같았다.

그날부터였다, 자일론의 방 앞까지 왔다가 그냥 돌아가기 시작한 것은. 그리고 다섯 번째 날 아침이 밝았을 때 큰마음을 먹고 방문을 열고 들어왔다. 그런 그를 반긴 것은 텅 빈 방이었다. 비어 있는 방을 보았을 때 로이드의 입에서 새어 나온 한숨은 안도의 그것이었을까, 걱정의 그것이었을까?

일단 한 걸음을 내디디자 그 다음 걸음부터는 쉬웠다. 자일론이 케트로이드를 찾아 나선 것을 알았기에 돌아올 때까지 기다린 것이다. 시녀들에게 자신의 아침도 자일론의 방으로 가져오라 이르고는 자일론이 돌아오기를 기다렸다. 그리고 얼마 뒤 문이 열리며 자일론이 들어섰을 때 환하게 웃으며 그를 맞이한 것이다.

로이드에게는 그야말로 큰 용기가 필요한 일이었다, 자신에게 마음을 닫아 건 동생을 찾는다는 것은. 그리고 예상대로 자신을 맞는 동생의 얼굴은 침울했다. 케트로이드가 사라진 것 때문에 자일론의 얼굴에 드리운 침울함과는 무언가 다른 침울함이었다. 로이드는 그것이 자신 때문이라는 것을 알았지만 내색하지 않았다.

이번만큼은 막내 동생의 마음에 둘러쳐진 벽을 깨뜨리겠다고 마음을 먹었기에 케트로이드를 잃어 이미 지칠 대로 지친 동생에게 못할 짓을 하는 것일 수도 있지만, 더 이상 그런 동생을 지켜볼 수는 없었다.

"그래, 케트로이드가 있을 만한 곳은 다 찾아본 거니?"

"아니오. 왕궁이 보통 넓어야지요."

어색한 질문과 어색한 대답. 나이프와 포크가 움직이는 소리만 들리는 적막한 식사 분위기를 어떻게든 해보려 로이드가 입을 열었지만 얼어붙은 듯한 분위기는 좀처럼 풀리지 않았다.

"식사를 마치고 나도 케트로이드를 찾는 일을 도와주마. 왕궁이 보통 넓은 것이 아닌데 어린 너 혼자 헤매고 다닌다는 게 여간 걱정되지 않는 것이 아니구나."

담담하게 흘러나온 로이드의 음성에 자일론은 흠칫 떨었다. 그리고 그 의미를 알 수 없는 시선으로 로이드를 바라보았다. 상대방의 의도를 알고 싶다는 그러나 미혹에 휩싸여 알 수가 없다는 그런 눈빛이었다. 자일론의 눈빛을 담담히 받고 있는 로이드는 마음 한 켠이 아려왔다. 지금 자신의 동생이 보이는 눈빛은 결코 여덟 살의 아이가 가질 수 있는 것이 아니었다.

자신도 이제 겨우 열여섯이지만 자신은 카이렌의 제1왕자였다. 그리고 2년 후면 성년이었다. 그랬기에 자신은 이미 정쟁의 암투에 알게 모르게 휘둘리고 있었으며, 또 그런 분위기에 익숙해져 있었다. 그런데 지금 자일론이 자신에게 보여준 눈빛은 오히려 자신이 가질 법한 눈빛이었다. 도대체 왕궁 안의 무엇이 저 아이로 하여금 저런 눈빛을 가지게 한 것일까?

"내가 함께 하면 거북한 것이라도 있는 거니?"

"아, 아니에요."

도대체 당신의 의도가 무엇이냐고 묻는 눈으로 로이드를 바라보던 자일론은 뒤이어진 물음에 그 눈을 거두고는 대답했다.

"그래? 그럼 어서 식사를 마치고 나가보도록 하자."

그래도 자신을 거부하지 않은 동생의 대답에 기분이 약간은 좋아진 것일까? 식사를 마치고 나가보자는 로이드의 목소리는 들떠 있었다. 자신은 느꼈는지 모르겠지만…….

"케이~!"

"케~이~!"

넓은 궁전 안을 울리는 목소리. 아침 식사 전과 달라진 것이 있다면 케이를 부르는 목소리가 하나에서 둘로 늘어났다는 것이다. 로이드는 자일론이 케트로이드를 케이라고 부른다는 사실을 함께 궁 안을 헤매며 알게 되었다. 케트로이드라는 이름은 카류일 국왕이 직접 지어준 것이기에 그렇게만 알고 있었던 것이다.

형제가 함께 케이를 찾으러 다니는 모습을 지켜보는 뷰트의 표정은 한결 밝아져 있었다. 그동안 혼자서 외롭고도 구슬픈 목소리를 울리며 궁 안을 헤매는 자일론의 모습을 지켜보는 것은 뷰트에게도 고통이었다. 그런 자일론의 아픔을 함께 나누어주는 로이드의 존재가 그렇게 믿음직스러울 수 없었다.

"자일론, 이쪽에는 케이가 없는 것 같아. 이번에는 장미의 궁 쪽으로 가보도록 하자."

"아, 하지만… 그곳은……."

"괜찮아. 어서 가보자구."

장미의 궁은 카이렌의 왕비인 리마 카이렌의 거처였다. 그랬기에 자일론은 그곳을 찾아보고 싶어도 찾아볼 수가 없었다. 제5왕자인 그가 장미의 궁에 못 들어갈 이유도 없었지만 게일에게 전해 들은 이야기로 인해 왕비와 제1왕자를 지금껏 멀리했기 때문이다. 그런데 지금 1왕자인 로이드가 그곳으로 가자고 하는 것이다.

"자자, 망설일 것 없다구. 최대한 많은 곳을 찾아봐야 하잖아. 가자!"

로이드는 그렇게 말하고는 머뭇거리는 자일론의 손을 잡아끌고는 장미의 궁 쪽으로 향했다. 아직 여덟 살인 자일론은 속수무책으로 끌려가는 수밖에 없었다. 물론 내공을 사용한다면 충분히 로이드의 팔을 뿌리칠 수 있었지만 왠지 그러기는 싫었다.

"어마마마, 저 왔어요."

"어머, 로이드. 웬일이니? 평소에는 잘 오지도 않더니."

"아, 자일론이 케이를 찾는다고 왕궁을 돌아다니고 있어서요. 혹시 장미의 궁에 있지 않을까 해서 찾으러 온 거예요."

"그래? 그러고 보니 자일론도 같이 있었구나."

"왕비 전하께 제5왕자 자일론이 인사드립니다."

갑작스레 방문한 로이드와 대화를 나누던 리마 왕비는 아들의 말에 자일론도 같이 온 것을 발견하고는 방긋 웃으며 자일론을 맞았다. 로이드에게 끌려오다시피 한 자일론이라 로이드의 등 뒤에 가려 얼핏 봐서는 보이지 않았던 것이다.

리마 왕비는 자일론에게 있어서 무척이나 어려운 존재였다. 왕궁 안의 시녀나 시종들의 말로는 무척이나 인자하고 온화한 분이라 들었지만, 게일이 자신에게 들려준 말은 또 달랐기 때문이다. 그런데 지금 저렇게 밝은 미소로 자신을 맞아주는 왕비의 모습에 게일의 말이 무언가 잘못되지 않았나 하는 생각이 들기도 했다.

"그런데 로이드, 케이라니?"

"아, 케트로이드예요. 자일론이 케트로이드를 케이라고 부르더라구요."

"아, 그렇구나. 자일론의 케트로이드가 사라졌다는 이야기는 들었단다. 그래 로이드 너도 같이 찾고 있는 거니?"

"예. 오늘부터이긴 하지만요."

케이를 찾는다는 말에 그렇구나라고 생각하던 왕비는 케이라는 이름을 들은 기억이 없었기에 로이드에게 물었던 것이다. 그리고 케이가 케트로이드라는 말을 들은 왕비는 안쓰러운 눈으로 자일론을 쳐다보며 고개를 끄덕였다. 자일론이 케트로이드를 잃었다는 사실은 이미 왕궁 안에서 모르는 이가 없었다.

"그럼, 어서 찾아보려무나. 장미의 궁도 제법 넓으니 열심히 찾아야 할 게다."

미소 띤 얼굴로 아들과 자일론을 보던 리마 왕비가 격려를 해주고는 발걸음을 옮겼다. 이따금 자신을 찾아와서는 자일론이 자신에게 마음을 닫고 있는 것 같다며 어두운 얼굴로 이야기를 하던 아들이었기에 지금 저렇게 막내 동생과 함께 있는 모습이 무척이나 보기가 좋았다. 물론 자일론이 그렇게도 아끼던 케트로이드를 잃은 것은 매우 안타까운 일이지만, 그 일을 계기로 로이드와 자일론이 가까워지는 것 같아 보이자 오히려 전화위복이란 생각이 들기도 했다.

"케이~!"

"케이~!"

이미 궁의 주인인 리마 왕비에게 허락을 얻었기에 장미의 궁 구석구석을 돌아다니며 로이드와 자일론은 케이를 찾는 일에 여념이 없었다. 미리 언질이 있었던 듯 장미의 궁 안의 시녀, 시종들은 물론 기사들도 그런 둘을 보고 인사만 할 뿐 별다른 제재를 가하지는 않았다.

그렇게 얼마나 궁 안을 돌아다녔을까? 멀리서 그 둘을 찾는 소리가 들려왔다.

"로이드 왕자님~! 자일론 왕자님~!"

누군가가 자신들을 부르는 듯하자 로이드와 자일론은 그 자리에 멈춰 서서 소리가 들려온 곳으로 시선을 돌렸다. 멀리서 시녀 한 명이 자신들을 부르며 헐레벌떡 달려오는 모습이 자일론의 눈에 보였다. 상당히 먼 거리였지만 마나를 눈에 집중하고 보니 어렴풋이 보였다.

‘이 방법도 케이가 가르쳐 준 거지.’

마나를 이용해서 시력을 극대화시키는 방법을 사용한 후 그것을 가르쳐 준 케이가 떠오른 자일론은 다시금 침울해졌다.

누군가가 멀리서 자신들을 찾는 소리를 들은 후 어느 한곳을 바라보던 자일론의 얼굴이 갑자기 침울하게 변하자 로이드는 무슨 일인가 하며 고개를 갸웃거렸다. 그런 그의 얼굴에도 어두운 기색이 내려앉았다.

“저, 왕비 전하께서 점심을 같이 드시자고 전하라 하셨습니다.”

어느새 다가온 것일까. 눈앞에 이른 시녀가 리마 왕비의 말을 전했다.

“응? 벌써 시간이 그렇게 됐나?”

시녀의 말을 들은 로이드는 품에서 회중시계를 꺼내 들고는 시간을 확인했다.

“이런, 벌써 점심 시간이군. 자일론, 일단 점심을 먹고 계속 찾아보도록 하자.”

이미 정오가 지나버린 시간을 확인한 로이드는 자일론을 돌아보며 의사를 물었다. 자일론은 그런 로이드의 물음에 가볍게 고개를 끄덕이는 것으로 대답을 대신했다. 자일론의 반응을 확인한 로이드는 웃음 지으며 시녀를 따라 발걸음을 옮겼다.

“어서들 오너라. 점심때가 다 되었는데 시간 가는 줄도 모르고 열심히들이더구나. 일단 손부터 씻고 점심을 먹자꾸나.”

시녀의 안내를 받으며 안으로 들어서는 로이드와 자일론을 확인한 왕비는 함박웃음을 지으며 둘을 반겼다. 그런 왕비의 반김에 자일론은 머쓱한 얼굴을 했다. 이런 분위기가 익숙하지 않은 탓이었다.

왕비의 말대로 로이드와 자일론은 일단 손을 씻고 몸에 묻은 먼지도 시녀들이 대강 털어준 후 식당으로 향했다.

"그래, 어떠니? 케이는 찾을 수 있을 것 같니?"

"모르겠어요. 이곳저곳 많이 둘러본 것 같은데… 오늘 제가 자일론과 함께 둘러본 곳만 해도 제법 넓은데 지금껏 자일론 혼자서 찾아본 곳까지 생각한다면……."

"그래? 음, 정말 힘들겠구나. 그래도 자일론, 힘을 내렴."

로이드의 대답을 들은 리마 왕비는 진정으로 걱정이 되는 듯 어두운 얼굴로 고개를 끄덕였다. 그러나 곧 웃음 지으며 자일론을 격려해 주는 것을 잊지 않았다.

그런 왕비와 로이드의 모습에 자일론은 무척이나 혼란스러웠다. 케이가 사라진 것만으로도 충분히 혼란스럽고 우울한데, 멀고 어렵게만 생각한 제1왕자와 왕비가 이리도 살갑고 정답게 대해주니 자일론이 느끼는 혼란의 폭과 정도는 더욱 커질 수밖에 없었다.

"자일론, 지금 네가 얼마나 힘들고 기분이 우울할지는 나도 잘 모르겠다만 그래도 기운내렴. 그리고 너무 서두르지 말도록 하고, 아무리 어려운 일이 닥치더라도 마음의 여유마저 잃어서는 안 된단다."

차를 한 모금 음미한 리마 왕비는 따사로운 눈으로 자일론을 보며 다독여 주었다. 자일론이 케이를 찾으려는 데만 정신이 팔려 그 외의 어떠한 것에도 신경을 쓰지 않고 있기에 조언을 겸한 말이었다.

로이드와 자일론도 어느새 접시 위의 음식을 다 비우고는 차를 마시고 있었다. 그러나 여유롭게 음미해야 할 식후의 차 한잔이지만 자일론의 얼굴은 초조하기 그지없었다. 마음의 여유를 잃지 말라는 리마 왕비의 조언에 묵묵히 고개를 끄덕이기는 했지만 여덟 살의 아이가 그것을 직접 행하기는 무척이나 어려운 일이었다.

"그리고 자일론, 어머니께도 가끔 들르도록 하고. 요즘 몇 번 뵈었다만 네 걱정이 이만저만이 아니시더구나."

"예."

자신의 친모를 찾아뵈라는 왕비의 말에 자일론은 조그만 소리로 대답했다. 그러고 보니 요즘 케이의 일에 정신이 팔려 정말 그 외에는 어떤 것도 신경을 쓰지 못한 듯했기 때문이다. 어머니를 만나보았던 것이 언제인지도 기억이 안 날 정도이니…….

"어마마마, 그럼 저희는 또 케이를 찾으러 가볼게요."

찻잔을 다 비운 로이드가 의자에서 일어서며 힘차게 말했다.

"가자, 자일론. 어서 다른 곳도 찾아봐야지."

"그래, 그러도록 하려무나. 그리고 위험한 곳에는 무턱대고 가지 말고 몸 조심하고. 알겠지? 로이드, 자일론."

"예~!"

"예."

오른손으로 자일론을 잡아끌고 나가던 로이드는 조심하라는 어머니의 말에 뒤돌아보며 큰 소리로 힘차게 대답했다. 자일론도 왕비의 말에 작게나마 대답하고는 짧은 다리를 빠르게 놀려 로이드의 뒤를 따랐다. 큰 키로 성큼성큼 걷는 로이드의 속도를 따라가려면 최대한 빨리 걸어야 했기 때문이다. 그렇지 않으면 로이드와 떨어져 홀로 걷게 될 테니까.

그 후로도 자일론과 로이드의 케이 찾기는 계속되었다. 그런 그 둘을 한시도 놓치지 않고 지켜보는 눈이 있었으니, 바로 일라나였다. 둘을 바라보는 일라나의 눈엔 복잡하고 미묘한 빛이 일렁였다.

"하, 1왕자와 저리도 가깝게 되었다라… 이것이 화가 될지, 복이 될지… 그나저나 그 늑대 녀석은 어디로 간 것인지. 어디에 있는지 정도는 알아두어야 혹시라도 있을 만일의 사태에 대비할 수 있는데 말야. 추적 마법이라도 걸어둘 것을. 아, 혹시 모르니 자일론에게도 추적 마법을 걸어둬야겠구나."

자일론의 모습이 너무나 안쓰러워 일라나는 자신이 케이와 전투를 벌였던 미드 산맥을 다시 찾았지만 그곳엔 자신이 난사한 마법의 흔적만 남아 있을 뿐이었다. 며칠의 시간이 흐른지라 홀로 남겨두었던 케이는 이미 어딘가로 갔는지 보이지 않았다.

로이드와 자일론의 열성을 다한 노력에도 불구하고 시간은 속절없이 흘러만 갔고 엘프의 마을에 머무르고 있는 케이를 왕궁에서 찾을 수 있을 리 없었다. 하지만 그래도 자일론과 로이드는 꿋꿋이 왕궁 안 이곳저곳을 헤집고 다녔다. 그런 그 둘이 케이 찾기를 포기한 것은 그로부터 한 달의 시간이 더 흐른 후였다.

지난 한 달간의 노력에도 불구하고 결국 케이를 찾지는 못했지만 자일론과 로이드, 둘 모두 값진 것을 얻을 수 있었다. 로이드는 자일론이라는 막내 동생을, 자일론은 로이드라는 큰형을 얻게 된 것이다. 둘이 함께한 한 달이라는 시간은 둘 사이의 우애를 키우기에는 너무나도 충분한 시간이었던 것이다.

자일론 폰 카이렌
&
로이드 폰 카이렌

"타핫! 핫! 이얍!"

강한 햇살이 내리쬐는 연무장의 한곳에서 낭랑한 기합 소리가 울려 퍼지고 있었다. 윗옷을 벗은 상체는 땀에 흠뻑 젖어 반짝거리며 햇빛을 반사시키고 있었다.

기합을 내지르는 사람은 아직은 어려 보이는 소년이었다. 목검을 들고 진지한 자세로 내지르고, 휘두르고, 찌르며, 베는 그 모습은 절도있고도 힘있었다. 아래로 길게 늘어뜨린 검극에서 검신을 타고 흐른 땀방울이 아롱지며 한 방울, 한 방울 떨어져 내렸다.

짝짝짝.

연무장의 한 켠에서 박수 소리가 들려왔다. 검을 늘어뜨리며 호흡을 고르고 있는 소년을 보던 한 중년인이 박수를 치고 있었다.

"정말 훌륭합니다! 자일론 왕자님. 1년 전부터 부쩍 실력이 늘고 계시군요."

힘찬 기합과 함께 검술을 수련하던 소년은 자일론이었다. 그런 자일론을 보며 박수를 친 이는 릭본 라이트 백작이었다. 자일론의 검술 스승이자 카이렌의 근위기사단장이기도 한 왕국 내에서 세 손가락에 꼽히는 실력자로 소드 마스터이기도 한 사람이었다.

"뭘요, 라이트 경. 이게 다 라이트 경의 가르침 덕분인걸요."

릭본의 칭찬에 자일론은 머리를 긁적이며 머쓱한 표정을 지어 보였다.

"아닙니다. 왕자님의 실력은 그야말로 제가 놀랄 수밖에 없도록 매일매일 성장하고 있습니다. 이런 성장 속도라면 어쩌면 왕국 최초로 20대의 소드 마스터가 탄생할지도 모르는 일이죠."

"아니, 라이트 경, 소드 마스터라니요. 저한테는 어림도 없는 소리예요."

얼굴이 붉어진 자일론은 손사래까지 치며 릭본의 말을 부정했다. 붉어진 자일론의 얼굴은 릭본의 칭찬으로 인한 부끄러움 때문인지 격한 검술을 펼친 후의 열기 때문인지…….

"하하하. 내가 보기엔 겸손이 너무 지나친 것 같구나, 자일론."

그때 연무장의 한쪽에서 낭랑한 웃음소리가 들려왔다.

"아, 근위기사단의 단장 릭본 라이트가 왕세자 저하를 뵙습니다."

"아! 큰형!"

낭랑한 웃음소리의 주인은 로이드 폰 카이렌. 얼마 전 성년식을 치른 후 정식으로 왕세자에 책봉된 이제는 카이렌의 왕세자가 된 자일론의 큰형이었다.

"반갑습니다, 라이트 경. 자일론, 이 형이 검술은 잘 모른다만 한 가지 분명한 것은 무척이나 대단한 실력 같다는 거다. 그러니 그렇게 겸손 떨 것 없다. 진정한 실력자라면 자신의 실력에 자부심 정도는 가져야지."

"왕세자 저하의 말씀이 맞습니다."

"에이, 형. 전 자부심을 가질 정도의 실력자가 아닌걸요."

릭본과 로이드의 말에도 불구하고 자일론은 여전히 자신의 실력을 낮추기에 급급했다.

'그때 케이가 보여준 그 검법에 비한다면 이건 어린아이 장난 수준인걸요.'

릭본과 로이드는 모르는, 아니, 오직 세상에서 자신과 케이만이 아는 그 일을 떠올리는 자일론의 입가에는 씁쓸한 한줄기 미소가 걸렸다.

케이가 사라진 지도 어느새 2년이란 세월이 훌쩍 흘러 있었다. 그리고 2년이란 세월은 많은 것을 바꾸기에 충분한 시간이었다.

그사이 자일론과 로이드의 사이에는 많은 발전이 있었다. 여느 형제들처럼 우애가 돈독해진 것이다. 그리고 이제 열여덟의 나이로 성년식을 치른 로이드는 예정대로 왕세자에 책봉되었다.

자일론은 그토록 열의를 보이며 공부하던 마법 수련을 그만두었다. 3서클 마스터의 수준에 이른 어느 날 마법 공부를 중단하겠다고 했다. 그때가 1년 전이었다.

레이블은 그날 무척이나 섭섭해했다. 아니, 내심 자일론 앞에 무릎이라도 꿇고 제발 마법을 배워달라고 빌고 싶었는지도 모른다. 아홉 살의 나이에 3서클의 마스터에 이르다니, 그런 재능은 다시없을 것이기 때문이다. 자일론이 꾸준히 계속해서 마법을 익힌다면 인간으로는 단 한 명만이 그 세계를 보았다는 9서클 마스터의 경지도 꿈은 아닐 것 만 같았다.

그런 자일론이 마법 공부를 그만두겠다고 했으니 그 말을 듣고 있던 레이블의 심정이 오죽했을까만은 그래도 순순히 고개를 끄덕이는 것으로 물러났다. 섭섭한 속내를 자일론에게 약간 비추기는 했지만 별다른 말은 없었다.

그 후로 자일론은 검법에만 매진했고 지난 1년간 눈부신 발전을 이룬 것이다. 사실 자일론이 마법을 그만둔 것은 케이 때문이었다. 어느 날 갑자기 사라져 버린 케이 덕에 검법과 마법 둘 모두에서 별다른 진전이 없었던 것이다.

릭본에게만 배우는 검법이라면 어려울 것도 없겠지만, 이미 케이는 자일론에게 혼원검법을 가르친 상태였다. 자일론은 비록 케이는 없지만 그동안 홀로 꾸준히 혼원검법을 수련해 왔다. 확실히 옆에서 지도해 주는 이가 있다가 없으니 무척이나 어려웠다. 케이가 옆에 있을 때는 하루하루가 새롭던 검법 수련이 도통 진전이 없었다.

마법 역시 마찬가지였다. 케이가 가르쳐 준 수식 풀이법은 3서클까지였다. 4서클 수식 풀이법은 가르쳐 주지 않았었다. 그 상태에서 4서클의 마법을 배우려고 하니 무척이나 어려웠다. 그렇지 않아도 혼원검법 덕에 머리 아파하고 있는 상태에서 케이가 정리해 준 간단한 수식이 아닌 어렵기 그지없는 류블라드 식의 마법 수식은 자일론에게서 마법에 대한 흥미를 앗아가기에 충분한 것이었다.

결국 검 한 가지 길을 선택했고 우선은 릭본이 가르치는 검술을 열심히 수련했다. 자일론 자신이 생각하기에도 케이가 가르쳐 준 검법은 엄청난 검법이었다. 하지만 케이도 없는 지금 혼자서 무리하게 익히기

보다는 릭본으로부터 기초를 착실히 닦고 나서 다시 혼원검법에 도전해 보기로 마음먹은 것이다. 물론 혼원심법은 매일매일 빼먹지 않고 열심히 수련했다.

그 결과가 매일매일 달라지는 모습으로 릭본을 놀래키는 것이었다. 릭본은 요즘 들어 세상 사는 것이 이토록 즐거울 수가 없었다. 자신이 가르치는 자일론이 매일매일 발전하는 모습을 보노라면 자신이 마치 자일론을 가르치기 위해 태어난 것만 같았다. 그렇게 릭본이 자일론을 가르치는 즐거움에 푹 빠져 있다면, 그런 릭본의 모습을 지켜보는 레이블은 안타까움에 주름만 늘어갔다.

요 1년간 릭본의 얼굴에 걸린 환한 웃음을 볼 때면 1년 전의 그 선택이 후회됐던 것이다. 그런 인재는 어디에서도 못 구할 텐데 괜히 마음에도 없는 것을 억지로 가르치기는 싫다는 생각에 두말 않고 자일론에게 마법 가르치는 것을 그만둔 것이 못내 아쉬웠다.

"자일론, 오늘 검술 수업은 끝난 거지?"

"예."

목검을 잘 갈무리한 자일론은 한쪽에 걸어두었던 수건으로 몸을 닦으며 로이드의 물음에 답했다.

"그러면 오늘 왕궁 밖으로 나가보지 않을래?"

"예?"

로이드가 갑작스레 왕궁 밖 나들이를 제안하자 자일론은 놀라서 눈을 크게 뜨고는 되물었다. 가만히 로이드의 말을 듣고 있던 릭본도 놀란 얼굴이었다.

"세자 저하, 하지만 왕궁 밖은……."

"정말 왕궁 밖으로 나가려고요? 그래도 될까요?"

　지금껏 왕궁 밖으로 단 한 번도 나가보지 못한 자일론이기에 로이드의 말을 이해하는 순간 빠르게 질문이 튀어나왔다. 그 바람에 릭본은 자신이 하려던 말도 다 하지 못했다.

　"아아, 라이트 경. 무슨 말씀을 하시려는 것인지 알겠어요. 하지만 걱정 마세요. 제가 어린아이도 아니고 무턱대고 왕궁 밖으로 나가지는 않으니까요. 물론 근위기사들을 대동하고 나갈 거예요."

　자일론은 5왕자라지만 로이드는 왕세자였다. 그런 로이드가 아무런 준비도 없이 왕궁 밖으로 나간다는 것은 말로 안 되는 일이었다.

　"에, 형, 그런 거예요? 근위기사들을 잔뜩 이끌고 나가면 제대로 구경할 수가 없잖아요."

　로이드의 대답에 그제야 릭본은 안도의 표정을 지었고 반대로 자일론의 볼은 한껏 부풀었다. 자일론은 왕궁 밖으로 나가보자는 로이드의 말을 단둘이서 몰래 빠져나가 보자는 뜻으로 받아들였기 때문이다.

　"흠. 그럼 왕궁 밖으로 나가보기 싫어? 난 자일론 네가 아직 왕궁 밖으로 단 한 번도 나가보지 못했다고 들었는데 말야……."

　로이드는 눈을 가늘게 뜨고는 볼을 부풀린 채 투덜거리는 자일론을 능청스레 바라보았다.

　"아, 저, 그건 아니고… 저, 그러니까……."

　로이드가 그렇다면 안 나가겠다는 식으로 이야기를 하자 자일론은 당황해서 뭐라 말을 꺼내지 못하고 입 안에서 우물거리고만 있었다.

　"하하하. 걱정 마. 나갈 테니까. 다만 마차를 타고 근위기사들의 호위를 받으면서 나가는 거야. 물론 그렇게 나가면 구석구석 자세히 시가지를 볼 수는 없겠지만 말이지. 그래도 마차 창밖으로 보이는 도시 풍경도 제법 멋지단다."

당황해서 얼굴이 빨개진 채로 우물쭈물거리는 자일론의 모습이 무척이나 귀여웠기에 로이드는 기분 좋게 큰 소리로 웃었다. 그런 모습을 지켜보고 있던 릭본 역시 잔잔한 미소를 머금었다.

"자, 어서 들어가서 씻고 옷을 갈아입도록 해라. 일국의 왕자가 그런 꼴을 하고 국민들 앞에 나설 수는 없잖아."

말을 마친 로이드는 짝 소리가 나게 자일론의 등을 쳐 그의 궁 쪽으로 보냈다. 그와 동시에 자일론은 자신의 궁으로 달려가기 시작했다. 그리고 그 뒤로 자일론의 호위기사인 메케인이 뒤따랐다.

"금방 준비하고 나올 테니까 꼭 기다려야 해요~! 로이드 형~!"

달려가면서 크게 외치는 자일론의 말은 로이드의 입가에 작은 미소를 만들었다.

"정말 보기 좋습니다, 세자 저하."

묵묵히 지켜보고만 있던 릭본이 웃음 지으며 입을 열었다.

"그렇습니까?"

로이드 역시 미소로 그에 답했다.

"예. 예전의 자일론 왕자님은 케이라는 늑대와 함께 있을 뿐 형제분들과는 그다지 어울리시지를 못했었죠. 저는 그것이 무척이나 외롭게 보였답니다. 물론 케이와 함께 있을 때는 항시 밝은 모습이어서 그런 것을 느끼지 못하게 하셨지만요."

"그랬었죠. 전 아직도 자일론이 케이를 잃었을 때를 생각하면 무척이나 가슴이 아픕니다. 저 아이가 그렇게 슬퍼하는 것을 본 적이 없으니까요. 하지만 저에게는 오히려 전화위복(轉禍爲福)이라고 할까요? 덕분에 자일론이 제게 마음을 열 수 있는 계기가 만들어졌죠."

2년 전의 일을 회상하는 로이드의 미소는 씁쓸해 보이기도 기분 좋아 보이기도 하는 미묘한 것이었다.

"그때의 자일론 왕자님은 분명 여러 사람들에게 마음을 닫고 있었던 것처럼 보였습니다. 저리도 착하고 밝으신 분인데."

"그러게 말입니다. 도대체 무엇 때문에 그랬는지는 아직도 모르겠어요. 저리도 명랑하고 쾌활한 아이가 말입니다. 저도 이만 가서 시가지에 나갈 준비를 해야겠군요. 뭐, 준비야 시종들과 시녀들이 알아서 하겠지만 저도 이만 가봐야지요."

"예. 살펴 가십시오, 세자 저하. 근위기사들은 제가 준비시키도록 하겠습니다."

"예. 그럼 수고하십시오, 라이트 경."

인사를 하고 돌아서서 가는 로이드를 보는 릭본의 얼굴에는 훈훈한 미소가 감돌았다. 로이드의 몸이 아스라이 사라질 무렵 릭본도 근위기사들을 준비시키기 위해 발걸음을 옮겼다.

으드득.

아무도 없는 텅 빈 연무장. 그 한쪽에서 누군가의 이 가는 소리가 울렸다.

"젠장. 저 둘이 저리도 가까워지다니……. 그럼 그동안 내가 들인 공은… 정말 한순간에 무너져 버렸군. 망할 늑대 새끼는 왜 갑자기 사라져서는……."

나직이 새어 나온 한마디를 끝으로 더 이상 어떤 소리도 들리지 않았다.

"자일론, 준비는 다 했니? 이제 출발할 생각인데."

어느새 간소한 형식의 예복을 갖춰 입은 로이드가 자일론의 방으로 들어섰다.

"잠시만요, 형. 조금만 더 기다려 줘요."

자일론은 시녀 세 명에게 둘러싸인 채 거울 앞에서 어색하게 서 있었다. 자일론은 궁 안에서는 예복을 입고 생활한 적이 거의 없다시피해서 예복을 입는 것이 무척이나 어색했다.

"훗, 알았어. 급한 거 아니니까 천천히 준비하라구."

자일론의 모습을 본 로이드는 실소를 머금으며 한쪽에 놓인 의자에 앉았다. 로이드가 의자에 앉아 물끄러미 자일론이 옷 입는 모습을 지켜보자 다른 시녀 하나가 차를 내왔다. 향기로운 차 내음에 가볍게 한 모금 들이킨 로이드의 눈에는 막내 동생에 대한 정이 담뿍 담겨 있었다.

"아, 겨우 다 됐다."

"수고하셨습니다, 왕자님."

로이드가 차 한 잔을 다 비울 때쯤 지친 듯하면서도 기쁜 듯한 자일론의 음성이 터져 나왔다. 시녀들은 그런 자일론의 모습에 잔잔한 미소를 머금으며 인사를 하고는 물러났다.

"자, 그럼 그만 가볼까?"

"예!"

로이드의 말에 힘차게 대답한 자일론은 성큼성큼 걸음을 옮기며 한 껏 들뜬 표정을 지어 보였다.

"아, 그래도 일단 자일론 너는 첫 왕궁 밖으로의 외출인데 어마마마 랑 귀비 마마께 인사는 드리고 가야지."

자일론의 들뜬 모습을 기분 좋게 보던 로이드가 생각났다는 듯 말했다. 이미 자신이 외출한다는 이야기는 왕비의 귀에 들어갔을 것이다.

오늘의 외출은 자일론을 위해 준비한 것이기에 자일론과 동행한다는 이야기도 들어갔을 터이니 가서 인사를 해두는 것이 좋았다. 특히 자일론의 친모인 일리나 귀비에게는 인사를 해두어야 했다. 그렇지 않고 그냥 나갔다가는 무척이나 걱정할 것 같았다.

"예. 그럼 우선 왕비 마마께 가도록 해요."

왕궁 밖으로 나가는 시간이 지연된다는 말과 같은 소리에 자일론의 얼굴에 가득하던 들뜬 기색은 가라앉았지만 여전히 표정은 밝았다.

장미의 궁으로 가서 리마 왕비에게 다녀오겠다는 인사를 하자 왕비 특유의 온화한 미소로 잘 다녀오라 하였다.

"자일론, 그럼 일리나 귀비 마마께 가보도록 하자."

장미의 궁을 나선 로이드와 자일론은 일리나의 처소로 발걸음을 옮겼다.

"어머, 자일론. 어서 오너라. 로이드 세자도 어서 오세요."

자일론이 자신의 궁에 나타나자 일리나는 환한 미소로 맞았다. 그리고 자일론과 함께 있는 로이드 세자에게도 따스한 미소를 보냈다.

"로이드 세자가 우리 자일론을 잘 돌봐준다는 이야기는 많이 들었어요. 정말 고맙게 생각하고 있답니다. 진작부터 인사를 한다는 것이 기회가 없어 이제야 하게 되네요."

일리나는 로이드에게 가볍게 고개를 숙이며 인사를 했다. 일리나가 왕의 후궁인 귀비이기는 하지만 로이드는 카이렌의 다음 국왕으로 내정된 몸인지라 예의를 갖춰 대하는 것이었다.

"별말씀을요. 제 동생인데 당연히 그래야지요."

로이드도 같이 고개를 숙이며 인사에 답했다.

"그래, 자일론, 웬일로 날 찾았니? 평소에는 그렇게 얼굴 보기가 힘든데 말이다."

슬며시 웃으며 이야기하는 일리나는 그러면서도 자일론이 자주 들르지 않은 것에 대한 섭섭함도 내비쳤다.

"자주 찾아오지 못해서 죄송해요, 어머니. 헤헤. 사실 오늘 로이드 형이 왕궁 밖으로 나가는데 저도 같이 가자고 해서요. 인사드리러 온 거예요."

일리나의 말에 자일론은 머리를 긁적이곤 귀엽게 웃으며 대답했다. 그런 자일론의 모습에 일리나는 그저 빙그레 웃을 뿐이었다. 그러다가 왕궁 밖으로 나간다는 말에 그제야 자일론이 간소하긴 하지만 예복 차림인 것을 알아차렸다.

"그래? 그리고 보니 네가 웬일로 예복을 다 입었구나. 예복은 답답하다며 그렇게 입기 싫어하던 녀석이 말이야. 하긴 일국의 왕자로서 백성들이 사는 곳으로 나가는데 그렇게 위엄은 갖춰야지."

짓궂어 보이는 미소를 지으며 자일론에게 말하는 일리나의 얼굴 표정은 바로 어머니의 그것이었다.

"로이드 세자, 우리 자일론에게 이렇게까지 신경을 써주다니 다시 한 번 감사해요. 아시다시피 자일론은 왕궁을 벗어나는 것이 처음이니 잘 돌봐주세요."

일리나는 로이드를 돌아보며 다시 한 번 감사의 인사를 더했다. 8남매 중 막내인 자일론은 그동안 다른 형제와의 교류는 거의 없다시피 했기에 내심 걱정을 하기도 했던 일리나였다. 간혹 2왕자인 게일이 자일론을 찾는 것은 알았지만 그는 그다지 마음에 들지 않았다. 그의 어머니인 제1귀비 티라나 역시 거리를 두고 있었다.

2년 전 케이를 버리고 왔을 때 자일론이 방황하던 모습에 무척이나 마음 아팠었다. 하지만 그 일을 계기로 1왕자와 자일론이 저렇게 가까워지게 되자 일라나는 역시 그때의 결정이 옳은 것이었구나 하고 자신의 결정에 만족하곤 했다.

사실 지금껏 자일론을 지켜봐 온 바에 따르면 자일론이 형제들에게 알게 모르게 벽을 쌓아 거리를 두고 있었다. 그것이 2왕자 때문인 것은 짐작했지만 언젠가는 나아지리라 생각을 했었다. 하지만 좀처럼 나아지지 않던 것이 1왕자가 자일론에게 가까이 다가감으로 인해 그 벽이 허물어진 것이다. 리마 왕비는 일라나 자신도 감탄하며 존중하는 인물이었고, 그런 왕비의 성정을 그대로 물려받은 로이드가 믿음직스러운 것은 당연한 일이었다.

"그럼, 자일론. 조심해서 다녀오거라."

일라나가 미소를 지으며 자일론에게 인사를 하자 자일론의 얼굴에 웃음꽃이 활짝 피었다.

"네! 그럼 다녀오겠습니다."

"그럼, 자일론을 잘 부탁해요, 로이드 세자."

"예. 조심해서 다녀오도록 하겠습니다."

그렇게 일라나에게 인사를 마친 자일론은 다시 들뜬 얼굴이 되어서 천천히 걷고 있는 로이드를 재촉했다. 동생의 재촉에 로이드는 기분 좋게 웃으며 발걸음을 빨리했다. 지금껏 자신이 봐온 자일론의 웃음들 중 지금의 웃음이 최고라 할 수 있었기에 덩달아 기분이 좋아진 까닭이었다.

로이드를 재촉해서 도착한 세자궁의 입구에는 이미 사두마차가 준비되어 있었다. 근위기사들도 연락을 받고 말을 탄 채 십여 명이 대기

하고 있었다. 마차의 외관은 화려함 속에 소박함이, 그리고 수수함 속에 위엄이 깃들어 과연 일국의 왕세자가 타고 다니는 마차다웠다.

"우와! 이게 형 마차예요?"

"그래. 어서 타자. 그렇게 서두르더니 마차에 안 타고 뭘 그리 열심히 보는 거야."

마차 앞에 서서 연신 마차의 모습에 감탄하는 자일론의 모습에 기분 좋게 웃으며 로이드는 자일론의 손을 잡아끌고 마차에 태웠다.

"자, 이만 출발하도록 하지."

로이드의 말에 근위기사 넷이 마차 앞에 서서 먼저 움직이기 시작했고 곧 마부가 마차를 출발시켰다.

"이랴!"

다그닥. 다그닥.

세자궁 안에 말발굽 소리를 울리며 마차가 서서히 움직이기 시작했다. 마차가 움직이기 시작하자 근위기사 넷은 둘씩 짝을 지어 마차 좌우를 호위했고 나머지들은 마차의 뒤를 따랐다. 천천히 움직이던 마차는 어느새 속도가 오르며 카이렌 왕궁을 유유히 빠져나와 시가지로 접어들기 시작했다.

"비켜라~! 로이드 왕세자 저하의 행차시다. 길을 비켜라~!"

앞에서 선도하던 근위기사 중 하나가 큰 소리로 외쳤고 행인들은 길 좌우로 비켜서서 고개를 숙이기에 급급했다. 자일론은 마차의 창에 매달려 창밖의 풍경을 보며 연신 감탄성을 내뱉고 있었다.

"우와~! 정말 대단해요. 이렇게 많은 사람은 처음 봐요. 왕궁 밖은 이런 곳이었네요."

"하하. 왕궁 밖으로 나온 것이 처음이니 모든 것이 신기할 거다."

로이드의 말대로 자일론은 모든 것이 새롭고도 신기했다. 왕궁 안의 세상과 밖의 세상은 너무도 달랐다. 커다란 문 하나가 경계일 뿐인데 그것을 사이에 두고 전혀 다른 세상이 펼쳐져 있다는 사실이 무척 신기했다. 케이가 왜 그렇게 여행을 갈망했는지 조금은 이해가 되는 자일론이었다.

"그럼, 시장 쪽으로 가보도록 할까? 그곳은 더욱 볼 것이 많단다."

"그래요? 그럼 어서 그쪽으로 가보도록 해요."

그 말에 귀가 솔깃한 자일론은 똘망똘망한 눈으로 로이드를 쳐다보았다.

"후훗. 알았다. 젠, 마부에게 일러서 시장 쪽으로 향하도록 하게."

"예."

자일론의 귀여운 모습에 웃음을 머금은 로이드는 마차에 함께 타고 있던 시종인 젠을 시켜 마차의 방향을 조정했다. 젠이 마부에게 말을 전하는 것을 확인한 자일론은 다시 창문에 매달려 바깥 풍경을 구경하기에 여념이 없었다.

'마차에서 보는 것만으로도 이토록 굉장한데 실제로 여행을 한다면 어떨까?'

여지껏 접하지 못한 세상을 눈으로나마 보게 되자 그 세상 속으로 뛰어들고 싶은 욕구를 자일론은 강하게 느끼고 있었다.

근위기사들이 마차 주위를 둘러싸고 적절히 사람들을 통제하고 있어 별다른 어려움 없이 마차는 시장으로 접어들 수 있었다. 시장으로 들어서자 잠시 닫혔던 자일론의 입에서 연신 감탄에 찬 소리가 터져나왔다.

"이야~! 햐~!"

"지금은 세자 저하의 행차 때문에 사람들이 모두 길가로 늘어서 있습니다만 평소에는 모두들 저곳에서 정신없이 바쁘게 돌아다닌답니다, 자일론 왕자님."

자신에게는 너무나 익숙한 일상을 자일론이 너무나 신기해하며 흥미롭게 바라보자 젠이 설명을 덧붙였다. 예상치 못한 젠의 설명을 들은 자일론의 시선은 즉시 젠을 향했다.

"그래요? 시장이 사람들이 모여 물건을 사고파는 곳이라는 것은 배웠어요."

"예, 왕자님. 맞습니다. 그래서 시장은 무척이나 바쁘고 소란스러운 곳이죠. 자신이 필요한 것을 조금 더 좋은 조건에 구하려는 사람들이 모인 곳이 시장이니까요. 서로들 자신의 이익을 챙기다 보면 바빠지고 시끄러워지는 법이죠."

자일론이 흥미를 보이자 젠도 기분이 좋아져 설명을 계속했다.

"흠. 그렇담 이렇게 사람들이 하던 일을 멈추고 길가에 늘어선 모습이 아니라 바쁘게 사는 모습을 보고 싶네요. 사람들이 사는 모습 그대로가 더욱 흥미로울 것 같아요."

지금 자신의 눈앞에 보이는 시장의 모습이 평소의 그것이 아니라는 말에 자일론의 얼굴엔 약간은 섭섭한 기색이 떠올랐다.

"그건 네가 조금 더 커서 성년이 지난다면 할 수 있을 거다. 호위기사 몇을 데리고 가끔씩 잠행을 나가는 것이 허락되니 말이다."

자일론의 말을 들은 로이드가 빙그레 웃으며 말했다.

"그렇담 형은 잠행을 다녀온 적이 있어요?"

"두세 번 다녀왔지."

"정말요? 어땠어요? 잠행을 나왔을 때 사람들이 사는 모습은?"

로이드의 잠행에 자일론은 큰 관심을 보이며 이것저것 묻기 시작했다. 로이드는 그런 동생의 물음에 하나둘 친절히 답해주었다. 그리고 대답하는 종종 젠에게 이것저것 묻기도 했다.

"흠. 그건 말이다. 잘 모르겠구나. 젠, 지금 자일론이 물은 것은 어떻게 되는 거지? 그래, 그렇군. 그렇게 된다는구나. 자일론, 형도 잠행을 나간 수가 겨우 두세 번이란다. 그걸로 모든 것을 알기에는 평민들의 생활과 궁 안의 생활은 너무도 다르단다. 그리고 평민의 삶이란 무척이나 다양하고 복잡하지. 여기 젠이 평민 출신이니 그에게 묻는 것이 오히려 더 정확할 게다."

자신 역시 얼마 되지 않은 경험으로 자일론에게 이야기해 줄 것이 별로 없었기에 로이드는 주로 이런 말을 자일론에게 들려주었다. 그때마다 자일론은 고개를 끄덕이며 젠을 바라보았고 그런 시선을 받은 젠은 어색하게 웃으며 자세히 풀어 설명해 주었다.

그렇게 창밖의 풍경과 젠의 이야기와 함께 자일론의 첫 시가지 나들이는 끝을 맺었다. 이 첫 나들이가 자일론의 가슴에 한 가지 다짐을 깊게 새겼으니…….

'성년식을 치르면 꼭 가출한다.'

태어난 이후 줄곧 왕궁에서만 지낸 자일론에게 다른 세상을 보여주고픈 마음에서 베푼 자신의 호의가 그에게 가출의 다짐을 더 굳게 만들었다는 사실을 알 리 없는 로이드는 동생의 기뻐하는 모습에 그저 기분이 좋을 뿐이었다.

석양을 물들이는 붉은빛과 함께 마차는 왕궁을 향했고 그제야 시민들은 안심하고 자신의 일에 매달릴 수 있었다.

"나참, 오늘은 왜 이리 오랫동안 돌아다닌 건지. 덕분에 오늘 하루

공쳤구먼 그래."

"그러게 말이야. 그래도 세자 저하께서는 인품이 온화하시니 오히려 우리 같은 놈들에게는 좋은 일이지."

하루 종일 라디칼 이곳저곳을 누비고 다닌 로이드의 마차 덕에 사람들은 제대로 자신의 일에 집중할 수 없었다. 이미 로이드의 이동보다 빠른 속도로 퍼진 소문 덕에 사람들은 언제 왕세자의 행차가 자신들이 있는 곳으로 올지 신경 쓰느라 일이 손에 제대로 잡히지 않았던 것이다.

하지만 로이드가 왔다 가면 그곳에는 항시 무언가 좋은 일이 생겼다. 병자가 있으면 치료사가 찾아왔고 굶는 사람이 있었으면 식량이 왔다. 그래서 사람들은 로이드의 행차는 무척이나 반겼다. 이례적으로 긴 시간 동안 행차가 이어져 사람들은 힘들어했지만, 그래도 그 행차의 주인이 로이드였기에 웃으며 서로 이야기를 나눌 수 있었던 것이다.

로이드가 단지 자신의 동생의 흥미를 채워주기 위해 이끌고 나온 행차라는 것을 모르는 사람들은 내일은 또 어떤 좋은 일이 있을까 상상하며 기분 좋게 하루를 마감하고 있었다.

"하. 오늘 너무 즐거웠어요. 정말 고마워요, 형."
"네가 즐거웠다니 나도 기분이 좋아."
어느새 어두어두해진 하늘 아래를 두 형제가 나란히 걸으며 대화를 나누고 있었다. 자일론은 아직도 첫 나들이의 흥분이 가라앉지 않은 것인지 상기된 얼굴로 싱글벙글 웃으며 이야기하고 있었다. 그런 모습을 지켜보는 로이드의 얼굴에도 잔잔한 미소가 걸려 있었다.

"자, 피곤할 텐데 그만 방으로 들어가 보도록 해. 내일도 검술 수업을 해야 하잖아. 오늘은 이만 들어가서 푹 쉬도록 해."

"예. 형, 그럼 내일 뵙도록 해요."

로이드에게 밝게 웃으며 인사를 한 자일론은 자신의 방으로 달려갔다. 기분이 매우 좋아서일까? 자일론의 말 한마디, 행동 하나하나가 무척이나 활기 차고 기운이 흘러넘쳤다.

방으로 돌아온 자일론은 시녀들이 준비해 준 목욕물에 몸을 누였다. 곧 따뜻한 물이 온몸을 감싸 안아주자 피로가 풀리며 나른해졌다. 그러면서 서서히 졸음이 몰려왔다. 자일론의 목욕 시중을 들고 있던 시녀들은 그런 모습을 보며 살풋 미소를 지었다. 모두들 평민 출신이기에 시가지의 모습을 보고 흥분해 돌아온 왕자의 모습이 재미있기도 하고, 또 귀엽기도 했던 것이다.

욕조에 몸을 누인 채 꾸벅꾸벅 조는 모습은 또 얼마나 귀여운 것인지… 어느 정도 시간이 지나자 시녀들은 자일론이 깨지 않도록 조심조심 씻기고는 물기를 닦아내고 옷을 입힌 후 조심히 침대에 눕혔다. 그리고 이불을 끌어 올려 목 아래까지 덮어주고는 조용히 물러 나왔다. 막내 왕자 자일론의 시중을 드는 것은 무척이나 재미나고 기분 좋은 일이었다.

물론 2년 전 케이가 사라졌을 때는 시중드는 것이 무척이나 힘들고 안쓰러웠지만 지금은 그런 적이 있었느냐는 듯 밝은 모습을 보이는 자일론을 보는 것만으로도 기분이 좋아졌다.

끼익.

이미 어두워진 방 안은 기분 좋게 자고 있는 자일론의 쌕쌕거리는 숨소리만 울려 퍼지고 있었다. 그 가운데 고요를 깨며 방문이 살짝 열렸다. 그리고 침대 앞에 긴 그림자가 드리워졌다. 그 그림자는 점점 가까워지더니 침대에 다다르자 가만히 멈춰 섰다.

그림자의 주인은 일리나였다. 일리나는 침대 옆 의자에 가만히 앉아서는 조용히 자고 있는 아들의 얼굴을 물끄러미 내려다보았다. 기분 좋게 자는 모습이 그렇게 사랑스러울 수가 없었다. 손을 들어 가만히 이마를 쓰다듬어 주었다. 그러는 일리나의 입에는 가는 미소가 서렸다.

"으음……."

이마를 간질이는 감촉 때문인가, 자일론이 몸을 뒤척였다. 그러더니 살며시 떨리던 눈꺼풀이 위로 올라가더니 자일론은 초점이 흐릿한 눈을 떴다.

"음?"

흐릿하게 떠진 눈 위에 맺힌 흐릿한 그림자를 인지한 자일론은 몇 번 눈을 끔뻑였다.

"아! 어머니!"

눈의 초점이 잡히며 흐릿하던 그림자가 명확한 상으로 맺혔을 때 일리나의 얼굴을 알아본 자일론은 놀람이 가득한 음성을 내뱉었다. 지금껏 자신이 자고 있을 적에 자신의 곁에 어머니가 있었던 기억이 없었기에 놀람 섞인 외침이 나온 것이다.

"이런, 깼니? 조용히 얼굴만 보고 가려고 했는데 말이다."

이미 문 앞을 지키고 있던 시녀로부터 자일론이 잠들었다는 이야기를 들었기에 조용히 들어와 잠시 얼굴만 보고 나갈 생각이었다. 이런 일은 이미 자주 있었기에 별다른 생각 없이 이마에 손을 가져갔던 것인데 그만 자일론이 깨어버린 것이다.

"아니에요, 어머니. 잘 오셨어요."

　이미 잠에서 완전히 깬 듯 자일론이 침대에서 몸을 일으키면서 말했다. 자일론이 일어난 듯하자 곁에 있던 시녀가 방 안의 초에 불을 붙이고 마법등을 켜 방 안을 밝혔다.

　"이렇게 오셨으니 저랑 이야기나 나누도록 해요, 어머니."

　어머니가 자신의 처소를 찾은 것이 기뻤던 것일까? 일리나의 손을 잡아끌며 푹신한 소파로 가는 자일론의 목소리에는 생기가 가득했다. 자신은 어머니를 자주 찾지는 않지만, 그래도 어머니는 자신을 자주 찾아주기를 바랐는지 어머니를 바라보는 자일론의 눈에는 기쁨이 서려 있었다.

　자일론의 행동을 지켜보던 시녀는 발 빠르게 차와 다과를 준비해 자일론과 일리나의 앞에 내려놓았다. 자일론은 이미 오늘 하루 밖에서 겪은 이야기를 일리나에게 들려주느라 정신이 없었고, 일리나는 그런 자일론의 이야기를 무척 기분 좋게 듣고 있었다.

　지금껏 자신의 아들이 저렇게 신나 하며 자신에게 무엇을 이야기한 적이 없었기에 일리나는 마냥 기분이 좋았다. 간간이 차를 마시고 다과를 들며 자일론의 이야기에 빠져 있는 기분이란… 어머니가 아니면 결코 맛볼 수 없는 기쁨이었다.

　한참을 그렇게 자일론의 이야기에 빠져 있던 일리나는 이야기가 끝을 맺자 자리에서 일어났다. 자일론과 더 있고는 싶었지만 하루 동안의 나들이로 피곤해할 아들을 생각하며 자리에서 일어났다. 정신없이 구경에 몰두하느라 미처 알아차리지 못하고 있지만 아마도 상당한 피로가 몸에 쌓였을 것이다. 그런데 자신이 그만 자는 것을 깨워 버렸으니……. 하나 자일론에겐 무척 미안했지만 한편으론 깨우기를 잘했다는 생각이 슬며시 드는 것이 어쩔 수 없었다.

자신의 방을 나서는 어머니를 배웅하는 자일론의 얼굴에는 섭섭함
이 진하게 배어 있었다. 물론 그 섭섭함은 일리나의 얼굴에도 그대로
맺혀 있었다.

"그럼 푹 쉬도록 하거라. 너는 느끼지 못하겠지만 상당한 피로가 쌓
였을 테니까. 그럼 나는 그만 가보도록 하마."

그 말을 끝으로 일리나는 몸을 돌려 걸음을 옮겼고 자일론의 방문도
닫혔다.

왕궁 한 켠의 작은 숲 속. 이곳에도 어둠이 몰려와 여기저기에 검은
그림자를 드리우고 있었다.

"하……."

그 어둠 속을 헤쳐 걸으며 한 인영이 나직한 한숨을 내쉬고 있었다.

"겨우 자일론과 로이드 녀석을 갈라놓았는데 그깟 늑대 한 마리 때
문에 일이 이렇게 되버리다니……. 휴, 이젠 또 어떤 방법을 써야 할
지……."

밤이 되자, 세상을 뒤덮는 어둠 속에서 홀로 오롯이 존재하는 빛마
저도 가려 버리는 아름드리 나무의 그늘 아래. 널찍한 바위 위에서 한
참 동안 고민에 잠긴 인영은 게일 폰 카이렌, 카이렌 왕국의 2왕자였
다.

"우, 눌 사이를 벌어시세 한 우 ᅮ 너석 노두 세서하더 했는네… 둘
이 가까워지다니! 으드득. 단지 먼저 태어났다는 이유만으로, 아니, 놈
의 어미가 왕비라는 이유만으로 나보다도 못한 놈이 왕이 된다는 것은
참을 수 없는 일이야. 게다가 자일론 녀석. 5왕자 주제에 단지 그 늑대
새끼와 같은 날 태어났다는 이유만으로 왕국의 상징이라는 카이져 실

버 울프를 받다니… 두 마리가 태어났으면 나머지 하나는 당연히 내가 가져야 하는데… 으득!"

바위에 걸터앉아 땅을 노려보는 그의 눈은 살기로 번들거렸다. 2년 전 그날부터 자신이 계획한 일이 틀어질 거라 생각은 했지만 지금에 이르러서는 그 오차가 너무 컸다. 아니, 아예 계획을 처음부터 전부 다시 짜야 했다. 1왕자, 아니, 이제는 왕세자가 된 로이드를 제거하고 동시에 마음에 안 드는 자일론까지 내칠 계획을…….

[무엇이 그리도 불만인가?]

갑자기 뒤에서 들려오는 소리에 게일은 놀라 황급히 뒤로 돌아섰다. 그런 그의 손에는 언제 뽑아 들었는지 검신이 서늘한 기운을 뿌리고 있었다.

"누구냐?"

[호~ 재빠르군. 실력이 제법인걸?]

검은색의 로브를 입고 후드를 깊게 눌러쓴 괴인이 게일의 눈에 보였다. 상대방의 모습을 확인한 게일은 일단 안도의 한숨을 내쉬었다. 적어도 자신이 아는 한 눈앞의 저 인물이 왕궁 안의 사람은 아니었기 때문이다. 왕궁 안의 수많은 사람들을 자신이 다 알지는 못하지만 적어도 저런 분위기를 풍기는 인물은 없다고 확신할 수 있었다.

"네놈은 누구지? 그리고 이곳은 왕궁 안에서도 아무나 들어올 수가 없는 곳인데 어떻게 들어온 것이지?"

그러나 일단은 수상한 인물이기에 검을 곧추세우고 상대를 노려본 채 천천히 말했다.

[호오. 갈수록 감탄하게 만드는군. 이런 의외의 상황에서 이토록 침착하다니 말이야. 열일곱의 나이가 믿기지 않아. 과연 일국의 왕자라

는 건가? 아니면 발톱을 감춘 호랑이?]

괴인의 말 한마디에 게일은 흠칫 몸을 떨었다. 마지막에 내뱉은 말에 뼈가 있다는 것 정도는 충분히 알아들을 수 있었기 때문이다.

"네놈이 이곳을 찾은 목적이 뭐냐!"

[흠. 너무 서두르지 말라구. 네가 걱정하는 것이 무엇인지는 알겠지만 그 걱정은 기우(杞憂)라고 말해 주지. 이미 이곳은 세상의 그 어떤 존재라도 알 수 없도록 완벽하게 차단되었으니.]

'설사 신이라도 알 수 없도록 말이지…….'

괴인은 마지막 뒷말은 입 안에서 삼켰다. 굳이 그 말까지 해줄 필요는 없었기에.

괴인의 입에서 새어 나온 말에 게일은 고개를 갸웃거렸다. 이 부근이 누구도 알지 못하게 완벽하게 차단되었다니. 자신의 비밀을 캐려 접근한 자라 생각했었는데 그의 말을 들어보니 그것과는 거리가 멀어 보였기 때문이다.

"으음. 도대체 네놈이 나에게 접근한 이유가 뭐지?"

[아아, 시간은 많으니 그렇게 너무 성급히 굴지 말라구. 하긴 내색은 안 해도 지금쯤 속이 타 들어가고 있겠군. 자, 받아라.]

후드에 가려 얼굴을 볼 수는 없었지만 목소리로 보아 괴인은 분명히 재미있다는 듯 웃고 있다는 것을 알 수 있었다. 자신을 가지고 노는 듯한 괴인의 말에 게일은 얼굴을 찡그렸지만 곧 상대가 품 안에서 꺼내는 무언가를 얼떨결에 왼손으로 받아 들었다.

[후훗. 그것을 받으면서도 검을 겨누고 있는 자세는 칭찬해 주지. 하지만 내가 던진다고 그냥 무턱대고 받다니… 아직 어려. 그것이 독이나 폭발 마법이 걸린 그런 물건이었으면 어쩌려고 하나? 크크크.]

"뭐라?"

[아아. 그렇다고 내던지지 말라구. 좀 더 신중해지기를 바라는 마음에서 한 충고니까. 그리고 그건 그냥 책이야, 책.]

게일이 자신의 말에 화가 나서 손에 든 것을 다시 자신에게로 던지려 하자 황급히 입을 열었다. 책이라는 괴인의 말에 게일은 잠시 자신의 왼손에 들린 검은 천으로 휘감긴 물건을 쳐다보았다.

[그것이 네가 하려는 일에 얼마나 도움이 될지는 모르겠다. 다만 나는 그것을 네게 전해주라는 부탁을, 아니, 명령을 받았기에 전해준 거야. 그럼 내 볼일은 끝났으니 이만 사라져 주도록 하지. 부디 현명한 선택을 하기 바란다.]

말을 마친 괴인이 몸을 돌려세우자 게일이 황급히 외쳤다.

"잠깐! 도대체 네놈은 누구냐?"

[곤. 그렇게만 알아두도록.]

곤이 말을 마치자마자 어디선가 세찬 바람이 불어왔다. 그리고 바람이 불어옴과 동시에 그는 사라지고 그 자리엔 아무것도 없었다. 단지 게일의 손에 들린 책만이 괴인이 왔다 간 것을 증명해 줄 뿐.

게일은 방금 자신에게 있었던 일에 멍하니 있다가 고개를 절레절레 흔들며 숲을 빠져나왔다. 어느새 하늘은 완전한 어둠으로 뒤덮여 달과 별만이 세상을 밝히고 있었다.

게일이 숲을 빠져나가는 모습을 허공에서 어둠과 동화된 곤이 착잡한 눈으로 지켜보고 있었다.

[후. 염라대왕께서 시키신 대로 하기는 했는데… 저 책이 어떤 분란을 일으킬지… 자세히는 모르겠지만 인간에게 맡길 만한 물건이 아닐텐데……. 그나저나 그 영혼은 어디 가서 찾나? 하긴 나보고 영혼을 찾

으러 가라고 한 것은 이 일을 시키기 위한 핑계였으니… 그래도 이곳의 신들이 지켜보고 있으니 그만두라고 할 때까지는 이곳을 떠돌아야 하나? 뭐, 나름대로 그것도 괜찮군. 평생 영혼만을 인도하다가 이렇게 다른 세계에서 여행도 즐기다니……. 제갈효라고 했던가? 그 친구에게 감사해야 하나? 아무튼 이 세계에 별다른 일이 없었으면 좋겠군…….]

나직이 혼잣말을 하던 곤은 하늘의 달을 물끄러미 바라보더니 사라졌다.

제   22   식

또 다른 친구

달빛이 영롱히 빛을 흩뿌리는 밤의 한가운데. 아무도 없는 연무장 한 켠에서 자일론이 숨을 고르며 가만히 서 있었다. 자일론의 오른손에는 손때가 묻어 반들반들한 목검이 들려 있었다.

가만히 호흡을 고르던 어느 순간, 목검이 서서히 움직이기 시작했다. 자일론이 그리는 목검의 궤적은 그 어느 날 케이가 환상 속에서 보여주었던 그것을 어설프게나마 닮아 있었다.

1초, 2초, 3초… 하나하나의 초식이 자일론의 손끝에서 검끝으로 펼쳐져 그 형을 만들어갔다. 그러던 어느 순간, 하나의 춤과 같이 되어가던 검의 움직임이 누군가의 방해라도 받은 듯 딱 멈춰 섰다.

"후, 역시 이 이상은 안 되나? 8초까지는 그래도 흉내 내는 정도는 되는데 천환과 혼원은 도무지 어떻게 펼쳐야 할지……. 분명 케이가 펼치는 것을 봤는데도 막상 내가 해보려면 어떻게 해야 할지 몰라 무영까지 펼친 다음에 딱 멈출 수밖에 없으니… 분명 검의 또 다른 경지에 들어야만 펼칠 수 있다고 했던가? 그 경지라는 게 도대체 뭔지… 우씨, 케이는 다 가르쳐 주지도 않고 왜 사라져서는……."

혼원검법을 수련하던 중 8초까지 펼치고 9초에서 막히는 이런 일을 벌써 2년째 반복하던 자일론은 갑자기 사라진 케이를 향한 불만만 토로하고 있었다.

"우와~ 굉장하다! 내가 지금까지 본 검법들 중에서 가장 아름다웠어!"

자일론이 벽에 가로막힌 검법에 대해 투덜거릴 때 어디선가 감탄에 찬 목소리가 들려왔다.

"응? 누구지?"

자일론은 깜짝 놀랐다. 이 시간에 연무장에서 검을 휘두르는 건 자신이 수련하는 모습을 그 누구에게도 보여주고 싶지가 않아서인데 누군가가 봐버린 것이다.

"아, 수상한 사람은 아니니까 경계하지 마. 남의 수련을 엿보는 것이 예의가 아니라는 것은 알지만 너무 아름다워서 나도 모르게 넋을 잃고 보고 말았어. 정말 미안해."

자일론이 있던 곳 옆의 나무 뒤에서 작은 그림자 하나가 튀어나왔다. 키가 그리 크지 않은 걸로 봐서는 자일론 또래인 것 같았다. 자일론과 키가 비슷했으니.

"아, 난 브라이튼 유크 콘티넌트. 콘티넌트 공작가의 차남이야."

자일론의 지척까지 다가온 그 아이는 오른손을 내밀며 씨익 웃어 보였다. 갈색의 머리에 서글서글한 눈을 가진 소년은 묘하게 호감이 가는 인상이었다.

“웅. 난 자일론 폰 카이렌. 카이렌의 5왕자야. 잘 부탁해.”

거리낌없이 친근하게 다가오는 소년의 태도에 자일론도 싱긋 웃으며 오른손을 내밀어 악수를 했다. 자일론의 호응에 기분이 좋아졌는지 브라이튼은 크게 웃었다.

“아하하하. 그래. 자일론이구나. 마음에 드는걸. 물론 내가 공작가의 아들이지만 뭐, 난 둘째라 작위를 물려받을 일도 없으니 말이야. 그런데 넌 5왕자라구? 으…음. 5왕자?!”

크게 웃으며 자기 할 말을 하던 브라이튼은 그제야 자일론이 왕자라고 한 것을 깨닫고는 눈을 크게 떴다. 그리고 입을 벌린 채 어버버거리며 무슨 말인가 하려고 했으나 너무 놀랐는지 그 시도는 번번이 무산되었다.

“훗. 제법 놀란 모양이네?”

브라이튼의 반응에 자일론은 실소를 흘렸다.

“정말 5왕자님이신가요?”

브라이튼은 아직도 자신의 눈앞에 있는 인물의 정체가 믿기지 않는 듯 다시 되물었다. 하지만 좀 전과 같은 평대가 아닌 존대를 사용했다.

“넌 공작가의 자제라면서 이 나라의 왕자들 이름도 모르는 거야?”

상대방이 쉽사리 자신의 말을 믿지 못하자 자일론은 오히려 되물었다. 그가 자신을 공작가의 차남이라 소개했으니 왕실의 일은 어느 정도 알 것이라 생각했기 때문이다.

“그… 그렇다면 어린 나이에 궁정 마법사를 놀라게 할 정도의 마법에 대한 재능을 보였으면서도 마법을 때려치우고 검법만 배우는… 그리고 같이 자란 카이져 실버 울프 한 마리가 실종되자 온 왕궁을 헤집고 다니며 울었다는 그 5왕자 자일론 폰 카이렌님이시군요.”

　브라이튼은 확인하려는 것인지 자일론을 화나게 하려는 것인지 케이가 사라졌을 때의 일을 들추며 고개를 끄덕였다. 그의 말을 들은 자일론의 얼굴이 그대로일 리 없었다. 살짝 찌푸려진 얼굴로 약간의 노기를 띤 채 브라이튼을 바라보았다.

　“아, 죄송합니다. 일부러 그런 말을 한 건 아니에요. 왕실에 관해 들려온 이야기를 생각하다가 떠오른 것을 그만 그대로 말하고 말았네요.”

　자일론의 상태를 눈치 채고 황급히 변명을 하는 브라이튼이었지만, 싱글벙글 웃는 얼굴로 하는 그런 변명은 아무런 설득력이 없었다. 아니, 오히려 일부러 그랬다는 것을 더욱 강조하는 듯했고 그런 행동은 상대의 화를 더 돋울 뿐이었다.

　“너, 날 너무 우습게 보는 것 같은데?”

　상대방의 의도를 눈치 챘음인가? 자일론의 입에서 곱지 않은 목소리가 흘러나왔다.

　“아니, 그럴 리가 있겠습니까? 카이렌 왕실 사상 최고의 천재라 칭송받으시는 자일론 왕자님을 우습게 보다니요.”

　능글맞은 브라이튼의 대답에 자일론은 점점 더 기분이 나빠졌다. 그의 말은 명백한 도발이었기 때문이다.

　“나에게 뭔가 바라는 것이 있는 모양인데.”

　자일론의 입에서 그 말이 나오기를 기다렸다는 듯 브라이튼은 싱긋 웃었다. 그리고 어느새 그의 손에도 손때가 묻어 반들거리는 목검이 들려 있었다.

　“뭐, 저도 오늘 어쩌다 왕궁에서 묵어가게 돼서요. 가만히 방에 있는 것도 좀이 쑤시고 해서 달빛을 받으며 검이나 휘둘러 볼까 하고 잠시

나왔던 것인데 왕자님의 수련을 보니 이렇게 손이 떨려서 말이죠.”

말을 마친 브라이튼은 검을 들어 중단을 겨눴다. 그런 그의 행동에 자일론도 말없이 검을 들었다. 비록 목검이지만 검극은 달빛을 받아 반짝 빛나고 있었다.

눈앞의 건방진 녀석이 괘씸하기는 했지만 솔직히 자일론은 지금 가슴이 세차게 뛰고 있었다. 여태껏 누구와도 대련을 한 적이 없었기에 저 소년의 대련 신청은 사실상 자일론에게는 첫 경험이었다. 아직 열 살의 어린 나이이기에 누구도 그와 대련을 해주지 않았던 것이다. 그리고 솔직히 대련을 한다고 하더라도 누가 감히 왕국의 왕자에게 전력을 다하겠는가? 하지만 지금 눈앞의 녀석은 그런 것 따위는 전혀 신경 쓸 것 같지 않았다.

그래서 괘씸한 한편 가슴이 두근거리는 것이었다.

“그럼, 먼저 갑니다. 하앗!”

자일론이 두근거리는 가슴을 진정시키고 있을 때 브라이튼이 힘찬 기합을 내지르며 검을 내려쳤다. 같은 또래가 휘두른 검이라고는 믿기지 않을 정도로 빠르고 힘있는 움직임이었다. 자일론도 재빨리 검을 맞부딪쳐 갔다.

두 개의 목검이 허공에서 부딪치려는 찰나, 자일론은 손의 감각이 허전함을 느꼈다. 분명 둔탁한 소리와 함께 손에 묵직한 감각이 전해져 와야 했는데 둘 모두 느껴지지 않았다. 자신의 검은 그저 허공을 가를 뿐이었다.

그때 어느새 몸을 옆으로 이동시켰는지 측면에서 브라이튼이 검을 빠르게 찔러왔다. 처음 세차게 내려친 그 검은 자일론을 유인하기 위한 속임수였던 것이다. 검을 찔러오는 브라이튼의 입에는 희미한 미소가 걸려 있었다.

'뭐야, 생각보다 쉽잖아.'

그런 생각과 함께 검을 찔러가던 브라이튼은 갑자기 손에 전해져 오는 묵직한 무게감에 깜짝 놀랐다. 분명 자신의 속임수에 속아 엉뚱한 방향으로 내려치고 있던 자일론의 검이 어느새 자신의 검을 비스듬히 막아서고 있었다. 그 모습에 브라이튼은 깜짝 놀라며 재빠르게 두세 걸음 뒤로 물러섰다.

'콘티넌트 가문이라… 젠장, 잊고 있었네. 왕국 제일의 검가(劍家)를……'

완전히 허를 찔리는 바람에 등 뒤에 촉촉이 맺힌 식은땀과 함께 자일론의 머리 속에는 언젠가 메이키론에게서 들었던 왕국의 공작가에 대한 내용이 떠올랐다.

콘티넌트 공작가.

카이렌의 건국 공신가 중 하나로 대대로 카이렌 최고의 기사 가문이었다. 특히 그들만의 독특한 검법은 카이렌뿐 아니라 류블라드에서 알아주는 절기였다. 현재 콘티넌트 공작가의 공작인 네이팜 유크 콘티넌트 공작은 현재 카이렌의 세 소드 마스터 중에서도 가장 강한 상급의 소드 마스터였다. 그리고 카이렌 최고의 기사단이라는 카이져 기사단의 단장이기도 했다. 그런 전통적인 검가의 차남이니 예사로운 솜씨를 가졌을 리 만무했다.

"이런, 이런. 대단하시군요. 완벽하게 속였다고 생각했는데 그 짧은 시간에 검을 회수해 방어하시다니요."

놀라기는 브라이튼 역시 마찬가지였는지 세차게 뛰는 심장을 진정시키며 태연히 말했다.

"사실, 전 제 또래에서는 더 이상 상대를 찾을 수 없으리라 생각했습니다. 제가 비록 이제 열 살이지만 솔직히 열다섯 살의 기사 수련생도 제 상대는 되지 못했거든요."

자일론의 실력에 놀랐는지 자조적인 웃음을 띠며 브라이튼은 이야기를 계속했다. 그의 입에 걸린 미소는 어찌 보면 자조적이었지만 또 다른 일면에는 은은한 기쁨이 배어 있었다.

열 살이라는 브라이튼의 말에 자일론 역시 살짝 놀랐다. 자신과 나이가 비슷하리라 여기긴 했지만 같을 줄은 몰랐기 때문이다.

"호오. 지나친 자신감인걸. 그 정도면 자신감이 아니라 자만이라고 해야 할 것 같은데."

비릿한 웃음을 지으며 한마디 한 자일론은 그 말이 끝남과 동시에 브라이튼을 향해 달려들었다. 잠시의 소강 상태를 보낸 후 이번에는 자신이 먼저 공격을 한 것이다.

일체의 허초를 배제한 채 직선으로 곧게 나가는 정직하기 그지없는 공격이었지만, 그 검에 담긴 힘은 예사로 볼 것이 아니었다. 지금 자일론은 혼원검법의 5초 금(金)을 펼치고 있었다. 가장 단단한 금기를 검에 담아 일체의 눈속임을 버리고 오직 속도와 힘만으로 상대를 몰아쳐 가는 것이다.

좀 전에 자신이 썼던 방법으로 공격해 오는 자일론의 모습에 잠시 당황했던 브라이튼은 곧 평정심을 찾았다. 그에게 대련이란 어제오늘 일이 아니었기 때문이다. 하지만 자일론의 검에 담긴 기운은 결코 가벼이 여길 수 없는 것이었다. 지금껏 수많은 대련을 해보았지만 이처럼 강한 기운은 처음이었다.

아니, 자신의 가문 기사들이 수련할 때 이 정도 기운의 검을 뿌려대는 것을 지켜본 적은 있지만 직접 겪어본 적은 없었다. 자신의 또래 중 검에서 이런 기운을 뿜어낼 사람은 없기 때문이었다.

상대의 검에 담긴 기운을 알아차린 브라이튼은 상대가 안 될 것을 뻔히 알면서 부딪쳐 갈 정도로 멍청하지 않았다. 자일론을 향해 달려들며 자신을 향해 찔러오는 검을 슬쩍 흘려 받았다. 검의 기운이 다른 방향으로 흐르도록 비스듬히 흘려 받았음에도 손바닥에 전해져 오는 압력은 장난이 아니었다.

하지만 일단 자일론의 검을 흘려내는 데 성공했기에 현재 자신의 눈앞에는 무방비의 자일론이 훤히 온몸을 드러내고 있었다. 그 모습에 회심의 미소를 지은 브라이튼은 자신의 검을 아래에서 위로 빠르게 올려 베어갔다.

자신만만하게 금을 펼치던 자일론은 상대의 반응에 일순 당황했다. 그리고 자신을 향해 베어오는 검을 알아차리고는 어쩔 줄을 몰라 했다. 그러다가 무의식적으로 발을 놀렸다. 혼원검법을 수련하며 같이 익힌 유수보법이 펼쳐진 것이다.

그 순간 자일론의 신형이 흐릿해지며 브라이튼의 검은 자일론의 잔상을 갈랐다. 손에 아무런 감촉이 없었기에 고개를 갸웃거리던 브라이튼은 한쪽에서 나타나는 자일론의 모습에 표정이 살짝 변했다.

"흠. 완벽하게 잡았다고 생각했는데 대단한 움직임이군요."

"쳇, 내가 할 말이야. 설마 그걸 막아내다니……."

"뭐, 정말 대단한 위력의 검이었습니다. 아직도 제 손이 저린걸요."

브라이튼은 싱긋 웃으며 검을 든 오른 손목을 이리저리 돌려 보였다. 그런 둘의 입에는 완벽하게 똑같은 미소가 그려지고 있었다.

이런 둘의 모습을 지켜보는 이가 있었다면 과연 이 둘의 나이가 열

살이라는 것을 믿을까? 그저 천진하게 뛰어놀 나이의 아이들이 이런 엄청난 대련을 펼치고 나이에 맞지 않는 대화를 나눈다는 것을 믿을 수 있을까?

"후, 이만하도록 하지. 계속해 봐야 서로 상하기만 할 뿐… 쉬이 결판이 나지도 않을 것 같은데 결판은 천천히 내자구."

자일론이 브라이튼의 중단을 겨누고 있던 검을 내리며 말했다.

"그러도록 하지요. 사실 저는 손바닥과 손목이 너무 아파 검을 들고 있을 힘도 없는 상태니까요."

브라이튼도 씨익 웃으며 자일론의 제안에 동의했다. 사실 자일론도 조금 전 유수보법을 펼치며 검을 급히 회수하느라 기혈이 역류해 작지 않은 내상을 입은 상태였다.

"훗. 첫 대련 상대로 아주 훌륭했어."

처음하는 대련에 만족했는지 자일론은 밝은 미소를 지으며 홍분이 가라앉지 않은 어조로 말했다. 그런 자일론의 말에 브라이튼의 얼굴은 묘하게 뒤틀렸다.

"첫 대련이라구요? 그럼 지금껏 단 한 번도 대련한 경험이 없단 말입니까?"

"응."

"그 말, 정말입니까?"

대련이 처음이라는 자일론의 말에 논란 브라이튼이 계속해서 자일론을 추궁했다. 조금 전 대련에서 자일론이 보여준 움직임이며 그 대응은 결코 처음 대련을 하는 자의 그것이 아니었기 때문이다.

"훗. 그럼 너는 이 왕궁 안에 너 같은 녀석이 또 있으리라 생각하는 거야?"

자조 섞인 웃음과 함께 나온 자일론의 질문에 브라이튼은 고개를 저었다. 자신도 알고 있었다. 지금 자신의 행동이 얼마나 무례한 것인지. 설사 자신이 공작가의 자제라고 하나 절대 왕자에게 이렇게 행동할 수는 없었다. 그 대상이 왕권과는 아무런 연관이 없는 5왕자라 할지라도 말이다.

"그러니 나랑 대련해 줄 사람도 없는 거지. 아무튼 즐거웠어."

"흠. 하지만 왕자님의 그 말씀으로 인해 저는 별로 유쾌하지 않군요. 저는 하루에 한 번 이상의 대련을 여덟 살 때부터 해왔다구요. 즉 지금까지 천 번이 넘는 경험이 있는데 이제 첫 대련이라는 왕자님과 겨우 이런 정도의 대련을 하다니… 솔직히 조금 기분이 나쁘네요."

왕국 제일의 기사 가문답게 콘티넌트 가는 자식의 검법 교육에 엄격했다. 가문의 기사단 소속 기사 자제들과 공작의 자제와 전혀 차별을 두지 않고 어릴 때부터 검법을 수련했으며, 또 서로 간에 대련도 가졌다. 게다가 브라이튼은 자신보다 세 살 많은 형과도 수없이 대련을 했었다.

그런데 처음 대련을 했다는 자일론에게서 조금의 우세도 점하지 못하다니. 아무리 검법이 뛰어나다 하더라도 다른 사람과 검을 맞부딪쳐 본 경험의 차이라는 것이 있을진대. 브라이튼은 자신의 고된 검술 수련이 허무하게 느껴졌다.

"훗. 달리 내가 천재라고 불릴까?"

"쳇, 아니꼬와서……."

그렇지 않아도 지금껏 자신의 수련에 대한 의구심을 가지고 있던 차에 자일론의 자화자찬과도 같은, 아니, 어찌 보면 지극히 재수없어 보이기까지 한 자기 자랑성 발언이 나오자 브라이튼은 자신도 모르게 본

심을 내뱉었다.

"앗! 너 지금 뭐라고 한 거지?"

그 말을 놓치지 않은 자일론은 약간은 험악해 보이는 표정으로 브라이튼을 노려보았다. 그제야 자신의 실수를 알아차린 브라이튼의 얼굴은 당황으로 물들었다. 지금까지 자신의 행동도 충분히 죄를 물을 수 있을 정도로 무례한 것이었다. 이런 상황에 지금 내뱉은 말은 정말이지… 한 번 쏟은 말을 주워 담을 수 없다는 사실이 원통할 뿐이었다.

그렇게 당황한 브라이튼을 바라보는 자일론의 얼굴은 슬그머니 미소로 물들기 시작했다. 그런 자일론의 변화를 브라이튼은 눈치 채지 못했다. 자신이 저지른 일을 어찌 수습해야 할지 감이 잡히지 않았기 때문이다. 아버지의 후광이 있기에 큰일이야 있겠냐마는 자신의 아버지는 그런 일을 무척이나 싫어하셨다.

왕국에 절대적으로 충성하시는 뼛속까지 기사인 아버지라면 설사 왕국에서 용서해 준다 하여도 아버지 스스로가 직접 징계하시리라. 그 생각에 브라이튼은 자일론의 변화를 눈치 챌 수 없었다.

"흐음… 내가 이 사실을 근위기사단에 알리면 어떻게 될까? 아니, 괜히 왕궁 시끄럽게 근위기사단에 알릴 것도 없이 그냥 콘티넌트 공작께 직접 알리는 쪽이 좋겠군. 그래도 카이렌 최고의 공작 가문인데 이런 일로 시끄럽게 할 수는 없지. 그냥 공작께 말씀드려 조용히 해결하는 쪽이 좋겠는걸."

이미 메이키론으로부터 네이팜 유크 콘티넌트 공작이라는 사람에 대해 들은 바가 있는 자일론은 슬며시 입을 열었다. 그런 자일론의 말에 브라이튼의 얼굴은 사색이 되어 새하얘졌다.

"그… 그것만은……."

자일론의 미소가 사악하게만 보이는 브라이튼은 떠듬떠듬 말했다. 목소리가 심하게 떨리는 것으로 보아 그에게 있어 아버지가 어떤 존재인지 충분히 짐작할 수 있었다.

"그으래?"

자일론의 입가에 머물던 미소가 더욱 짙어지며 얼굴 전체로 퍼져 갔다. 그런 모습이 브라이튼의 눈에는 악마와 다름없었다.

"어떻게 하지? 흠……."

"도대체 제게 원하는 게 뭡니까?"

결국 참다 못한 브라이튼이 절규에 가까운 외침으로 자일론에게 물었다.

"내가 원하는 게 있다면 들어줄 거야?"

브라이튼의 외침이 터져 나오자마자 자일론의 눈은 반짝 빛났다.

"제가 할 수 있는 거라면요. 단 아버지께는 말씀드리면 안 됩니다."

풀 죽은 목소리로 대답한 브라이튼의 말을 확인한 자일론은 환하게 웃었다.

"물론. 조금 전에 있었던 일은 모두 잊어줄게. 대신, 나랑 친구하자."

과연 어떤 말이 자일론의 입에서 튀어나올까 조마조마한 심정으로 기다리던 브라이튼은 너무나 쉽게 나온 대답에 잠시 멍하니 서 있었다. 자일론의 말이 가슴에 와 닿지 않았기 때문이다.

"예? 지금 뭐라고?"

"친구하자고."

눈을 반짝반짝 빛내며 자신을 바라보는 자일론의 모습에 그의 말이 결코 자신을 놀리거나 하는 말이 아니라는 것을 깨달은 브라이튼은 다시 한 번 공황 상태에 빠졌다. 눈앞의 이 5왕자가 바라는 것이 무엇인지 정녕 짐작이 되지 않았기 때문이다.

자신의 제안에 혼란스러워하는 브라이튼의 모습에 자일론은 다시 입을 열었다.

"너도 대충 알겠지만 왕자라는 건 상당히 따분하고 심심하며 재미없는 거라구. 뭐, 공작가의 자제도 비슷하긴 하겠지만 왕자라는 건 정말이지 사람으로서 할 수 없는 일이라고 생각해. 그나마 친구가 하나 있기는 했는데 어느 날 갑자기 사라져 버리고. 주위에 있는 사람들은 전부 날 떠받들기만 하고… 물론 형이 있기는 하지만 형과 친구는 다르잖아. 그래서 나는 친구가 무척 갖고 싶다고."

반짝거리던 눈은 어느새 풀이 죽어 어둡게 물들어 있었고 자일론의 목소리에는 힘이 없었다. 자일론의 설명에 혼란한 정신을 수습한 브라이튼은 우울해 보이는 그의 모습에 잠시 고민을 했으나 곧 결정을 내렸다.

"대신, 아버지께는 절대 비밀입니다. 왕자님과 친구하기로 했다는 것을 아신다면 전 당장에 죽을 테니까요."

"응! 알았어!"

브라이튼의 입에서 승낙의 말이 떨어지자마자 언제 그랬냐는 듯 자일론의 입에서는 힘찬 대답이 터져 나왔다.

"그런데 친구라면서 나한테 계속 존대할 거야?"

힘차게 대답한 후 조금 전 브라이튼의 말이 존대였다는 것을 떠올린 자일론이 은근한 어조로 말했다. 그런 자일론의 행동에 브라이튼은 당황할 수밖에 없었다. 아무리 친구를 하기로 했다지만 자신의 눈앞에 있는 이는 왕자였다. 자신이 귀족 중 가장 높다는 공작가의 자제이긴 하지만 왕자에게 평대를 할 만한 배짱은 결코 쉽게 가질 순 없었다.

기분이 울적해지는 바람에 잠시 실수로 입에서 튀어나온 말은 있을 수 있지만 제정신으로 왕자에게 평대할 수는 없는 것이다. 그러나 자일론은 자신에게 계속 은근한 눈빛을 던지고 있다. 저 눈빛 속에 담긴 평대를 하라는 무언의 압력이 브라이튼을 강하게 눌렀다.

"흠……. 계속 존대를 하겠다는 거지? 그럼 그건 나를 친구로 생각하지 않겠다는 거지? 알았어. 날이 밝는 대로 콘티넌트 공작님을 찾아뵙는 수밖에……."

"알았어, 알았다구. 말 놓을게."

브라이튼은 자일론의 입에서 아버지에 관한 이야기가 나오자마자 그의 말을 자르고는 바로 평대를 해버렸다. 그에게 있어 아버지는 그런 존재였다. 브라이튼의 말을 들은 자일론의 얼굴은 좀 전보다 훨씬 환하게 밝아졌고 얼굴에 걸린 웃음도 무척이나 활기 찼다.

"좋았어! 그래야 친구지."

씩 웃으며 자일론은 오른손을 내밀었다.

"휴, 어쩔 수 없지. 부디 오늘 일로 죽는 일만 생기지 않기를 바랄 뿐."

그러면서 브라이튼 역시 오른손을 내밀어 자일론의 손을 잡았다.

그렇게 둘은 친구가 되었다.

일렁이는 촛불을 따라 그림자 역시 요란하게 춤을 추고 있다. 촛불의 어스름에 비친 방 안의 풍경은 호화의 극을 달리고 있었다. 이런 방이라면 마법등도 있을 법하건만 오직 하나의 초만이 방 안에서 어둠과 힘겨운 싸움을 벌이고 있었다.

초가 올려진 책상 위에는 검은색 일색인 책 한 권이 놓여 있었다. 그 책을 침중한 눈으로 바라보는 한 사내. 소년이라기에는 나이가 좀 있어 보이고 그렇다고 청년이라고 하기에는 조금 앳되어 보이는 이였다.

"흠. 이 책을 어떻게 해야 할까? 그 곤이라는 자……. 흠, 모르겠어. 내가 하려는 일에 도움이 될 거라는 듯 말했지만… 현명한 선택을 하라고 한 것으로 봐서는 이 책을 보지 말라는 뜻 같기도 하고……. 어찌한다."

촛불이 힘겹게 어둠을 몰아내고 자리한 옅은 밝음 속에 앉은 게일은 그렇게 고민에 잠겨 물끄러미 책의 표지를 바라보고 있었다. 그러나 오직 검은색만 있을 뿐 책 표지에는 어떠한 것도 없었다.

"휴. 제목만이라도 알면 어떻게든 해보련만 제목도 없으니… 일단 펼쳐 보기에는 그자의 말이 걸리고. 어찌한다."

책의 표지에 손을 올렸다 내렸다를 반복하기를 수차례. 결국 결심을 굳혔는지 게일은 가죽으로 덧대어져 있는 표지를 넘기고 첫 장에 시선을 가져갔다.

흑마법서.

표지에 없던 제목이 첫 장에 그렇게 적혀 있었다.

"흠. 흑마법서라… 결국 마법서인가? 검은 몰라도 마법이라면 나에게는 별 도움이 안 될 텐데."

책의 정체가 마법서라는 것을 알자 약간은 맥이 빠진 소리가 게일의 입에서 흘러나왔다. 그러나 그런 음성과는 달리 게일은 첫 장을 넘기고 다음 장에 시선을 두고 있었다.

이 책은 사악신의 휘하 사마왕 중 하나인 동마왕(東魔王) 헤르마카인과의 계약 방법을 수록한 흑마법서이다. 이 책을 읽고 있는 이가 마법에 관한 재능과 지식을 가지고 있는가의 여부는 중요하지 않다. 계약을 위한 모든 것이 이 책에 들어 있기 때문이다. 계약을 맺기 위해 준비해야 할 것은 오직 당신의 영혼 하나일 뿐……

"으음……."

책의 도입부를 읽어 내려가던 게일은 침음을 삼켰다. 단 몇 줄의 말이 의미하는 바가 너무나 충격적이었기 때문이다.

류블라드는 주신 헤이트론과 열두 대신을 신봉한다. 하지만 빛이 있으면 어둠이 있는 법. 열두 대신에 반하는 신들이 있었으니 바로 사악신(四惡神)이었다. 열두 대신이 선과 빛의 속성을 가진 신이라면 이들 사악신은 악과 어둠의 속성을 가진 신이었다. 이들 모두 주신 헤이트론이 창조했으며 열두 대신이 지상계를 다스리는 반면 사악신은 마계를 다스린다.

마계는 정사각형 다섯 개로 이루어진 십자 모양으로 네 모퉁이의 면적과 가운데 부분의 면적이 동일한 아주 간단한 모양이다. 그 네 모퉁이의 동서남북(東西南北)을 각기 하나의 악신이 다스린다. 음모의 동악신(東惡神), 살육의 서악신(西惡神), 파괴의 남악신(南惡神), 공포의 북악신(北惡神)이라 불리는 이들 넷은 휘하에 사마왕(四魔王)을 두어 네 곳을 다스렸다. 그리고 중앙부의 땅은 완충지대로 그들 사악신의 지배에서 벗어나 온갖 중하위 마족과 마물들이 서로 섞여 살아가고 있었다.

그런 사악신 중 동악신 휘하의 동마왕 헤르마카인과 계약을 할 수 있는 마법서라니 분명 놀라운 일이었다.

"흠. 음모의 동악신 이에이아의 휘하 마왕 헤르마카인과 계약을 할 수 있다라… 확실히 대단한 마법서야. 하지만 영혼이 담보라니 나에겐 아무 쓸모가 없군. 난 영혼을 버려가면서까지 왕위를 노릴 생각은 없으니까 말야."

영혼을 담보로 한 계약을 맺는다는 구절에서 게일은 피식 웃었다. 그가 왕위를 노리는 야욕은 가지고 있다지만 영혼을 버려가면서까지 노릴 정도는 아니었던 것이다. 그리고 열두 대신 중 리야드의 신전은 류블라드 전체에 널리 퍼져 있었다. 그랬기에 류블라드의 지성체라면 누구나 환생을 믿었기에 자신의 영혼을 소중히 했다.

마족과의 계약은 자신의 영혼을 버린다는 것으로 돌고 도는 환생의 고리를 벗어나 영원히 마계에 있어야 한다는 것을 의미했기 때문이다.

그러니 게일은 자신의 영혼을 잃어가면서까지 왕위를 노릴 생각은 없었던 것이다. 하지만 게일의 손은 여전히 책장을 넘기고 있었다. 영혼을 담보로 하는 마법서라는 것을 알아차렸을 때는 필요없다는 듯 웃었지만 그래도 동마왕 헤르마카인과 계약을 할 수 있는 마법서이기에 흥미가 동한 것이다.

책의 전반부는 마계에 대한 설명과 사악신에 대한 설명, 그리고 사마왕에 대한 설명으로 빼곡히 차 있었다. 대부분이 사람들에게 알려진 사실들이었지만 개중에는 전혀 알려지지 않은 것들도 있었다. 그때마다 게일의 눈은 반짝였다. 그리고 전반부가 끝날 때쯤 헤르마카인과 계약하는 방법이 자세히 나와 있었다.

게일은 일단 그 부분도 읽었다. 계약할 마음은 없지만 지적 호기심이랄까? 아무튼 저절로 그 주문이 눈에 들어왔다. 그리고 머리 속 깊숙이 하나하나 각인되었다.

"으음… 이 마법서에도 마법이 걸려 있는 것인가? 그저 읽었을 뿐이건만 이리도 자세히 기억이 나다니… 지금 내가 무언가 잘못하고 있는 것은 아닌지……."

기이한 현상에 게일은 무언가 건드려서는 안 될 것을 건드린 듯한 불안감에 얼굴이 찌푸려졌다.

그러나 그러한 불안도 곧 사라졌음인가 손은 다시 책장을 넘기기 시작했다. 후반부를 읽어가는 게일의 눈은 지금까지와는 다르게 강렬한 빛을 뿌리기 시작했다.

지금부터는 헤르마카인과 계약을 하지 않더라도 이 마법서를 매개로 사용할 수 있는 몇 가지 흑마법과 저주에 대해 설명하겠다. 세상에 알려지지 않은 9서클의 위대한 흑마법사인 내가 죽기 전 남기는 유일한 흔적일지니 이 마법서를 얻는 자는 9서클을 이룬 마법사가 시스렌 데 메데오뿐이 아님을 기억해 주기를……:

책의 후반부는 그렇게 시작하고 있었다. 책의 서장에 비하면 그 놀라움이 덜하긴 했지만 시스렌 데 메데오 이외에 또 다른 9서클의 마법사가 존재했다는 것은 충분히 놀라운 일이었다. 그런 자가 세상에 알려지지 않았다는 것 또한 놀라운 일이었고.

끝내 자신의 이름을 밝히지는 않았지만 그 뒤로는 그가 생전에 사용하던 흑마법과 저주, 독에 대하여 자세하게 설명되어 있었다. 그리고 그것들을 사용하는 데 역시 아무런 마나나 마법적 지식이 필요하지 않았다. 그저 책에 손을 올린 후 적혀 있는 주문만 외면 되었다.

　그러니까 이 마법서는 일종의 스크롤과 같은 것이었다. 두꺼운 표지 아래에 마나석을 얇고 편평하게 가공하여 앞뒤로 끼워 넣었고 책에 적힌 주문들은 스크롤과 같은 원리로 이루어져 있었다. 스크롤과의 차이점이라면 스크롤은 시동어만 외치면 되지만 이 마법서는 주문을 외워야 한다는 것이었다.

　하지만 스크롤에 비해 장점도 있었으니 스크롤은 일회용이었지만 이 마법서는 마나석에 마나가 남아 있는 한 여러 번 사용이 가능하다는 것이었다. 그리고 책에 따르면 적어도 스무 번은 사용할 정도의 마나가 마나석에 담겨 있다고 했다.

　실제로는 더 많은 양의 마나가 담겨 있지만 나머지 마나는 헤르마카인과의 계약에만 사용할 수 있도록 주문을 걸어놓았다고 이름 없는 저자가 밝히고 있었다.

　"훗. 이 정도면 아주 큰 도움이 되겠어. 오로지 검법만을 수련했다고 알려진 내가 흑마법이라. 크크크. 비록 마법서에 저장된 마나가 소진될 때까지라는 제약이 있지만 이 정도만 되어도 내가 하려는 일에는 충분히 큰 힘이 될 테지. 곤이라고 했던가? 나에게 아주 큰 선물을 주었군. 아하하하하!"

　가볍게 시작한 웃음이 점점 커지더니 어느새 촛불 하나가 홀로 빛나고 있는 방 안을 가득 채울 정도의 광소로 변해 있었다. 기분 좋게 웃는 게일의 몸은 기쁨에 겨워 그런 것인지 몹시 심하게 떨리고 있었다. 그렇게 방 안을 채워 울리는 광소성은 한참 동안 계속되었다.

*　　　　*　　　　*

　　지구(地球) 염라부(閻羅府).

　　예의 제갈효가 염라대왕을 만났던 집무실. 염라대왕이 영혼을 심판
하던 탁자에는 염라대왕이 아닌 다른 인물이 앉아서 땀을 뻘뻘 흘리며
열심히 영혼의 구슬을 굴리고 있었다. 그런 그의 뒷자리에 염라대왕은
편안한 자세로 커다란 의자에 기대어 앉아 맞은편의 벽을 바라보고 있
었다.

　　[이봐, 화이(火理). 너무 열심히 하지는 말게나. 그러다 몸 상한다네.
쉬엄쉬엄 하게나.]

　　염라대왕은 뒤도 돌아보지 않고 열심히 일하는 그 사내에게 말했다.
그 말을 들은 화이라는 사내는 얼굴을 찌푸릴 뿐 일언반구의 대답도
없이 열심히 영혼들을 심판할 뿐이었다.

　　[흠. 내가 여기 있다고 설마 자네 얼굴이 어떤 표정을 짓고 있는지
모른다고 생각하는 건 아니겠지?]

　　등 뒤에서 들려오는 은근한 염라대왕의 목소리에 화이는 화급히 얼
굴 표정을 바로 했다. 저 갈아 마셔도 시원치 않을 염라대왕이 자신을
가지고 놀고 있는 것이었다.

　　이 일의 발단은 예전 죽음이 뒤엉켜 버린 제갈효라는 사내가 왔다
가 나서부터였다. 그때부터 염라대왕은 무언가 바쁜 일이 생긴 듯
업무에 소홀해지기 시작하더니 언제부터인가 부관인 자신이 영혼의 심
판을 하고 있었다.

　　이것은 명백한 규율 위반이었으나 상제(上帝)가 조야선을 이곳에 염
라대왕으로 처박아 버린 이후로 천계에서는 그 흔한 감사 한 번 오지
않았다. 적어도 천 년에 한 번은 상제가 보내는 감사가 와야 하건만 조
야선이 천계에 있을 때 어떤 일들을 벌였는지 그를 이곳 저승으로 보

내 버린 이후 상제는 아예 저승을 외면하고 있었다.

그 사실을 알고 있기에 조야선이 저리도 마음대로 행동할 수 있는 것이었다. 출장을 명목으로 다른 차원으로 다녀온 것이 벌써 몇 번째인지 모른다. 게다가 심판이 끝난 영혼을 임의로 다시 되돌려 어딘가로 빼돌리기도 했다. 그 모든 사실을 알고 있는 화이였지만 어쩔 수 없었다. 적어도 이곳 저승에서는 염라대왕이 절대자였다.

지금도 염라대왕이라는 작자는 의자에 편하게 기대어 앉아 다른 차원의 상황을 영상으로 보고 있었다. 이곳의 영혼 하나가 그 차원으로 어떻게 흘러 들어가 그 문제를 해결하기 위한 일이라고 하지만 화이는 대충 어떻게 된 일인지 전모를 알고 있었다. 다만 모른 척할 뿐. 그런 염라대왕의 음모에 희생되어 다른 차원을 떠돌고 있는 곤이 불쌍할 뿐이었다.

[그렇지! 이제야 전해주다니. 곤 녀석, 생각보다 일 처리가 너무 늦는 게 아닌지 모르겠어.]

그때 갑자기 조야선이 큰 소리로 외쳤다. 그 소리에 화이는 하던 일을 멈추고는 슬쩍 뒤돌아보았다. 그의 눈에 비친 염라대왕이 보고 있는 영상에는 곤이 어떤 사내를 만나고 있었다. 분명 무언가를 던져 주는 것 같았지만, 화이는 고개를 절레절레 흔들며 다시 영혼의 구슬들을 열심히 굴리기 시작했다.

[흠. 앞으로 점점 더 흥미로워지겠는걸…….]

웃음 띤 염라대왕의 목소리가 귀로 흘러 들어왔지만 화이는 신경 쓰지 않고 묵묵히 염라대왕이 시킨 일을 할 뿐이었다.

*　　　　　*　　　　　*

"하핫. 왕자님, 기분이 아주 좋아 보이십니다. 어제 뭔가 좋은 일이라도 있었나 봅니다."

햇살이 밝게 내리쬐는 연무장에서 얼굴 가득 웃음을 짓고 있는 자일론을 본 릭본이 유쾌한 웃음소리를 내며 물었다.

"아, 라이트 경. 예, 어제 좋은 일이 있었죠."

지난밤, 브라이튼과의 대련을 떠올리자 자일론의 얼굴에 맺힌 웃음은 더욱 짙어졌다.

"호오. 왕자님께 좋은 일이 있으셨다니 저도 기분이 좋군요. 무슨 일인지 저도 좀 알면 안 될까요?"

"하하. 비밀이에요. 그럼 어서 오늘 수련을 시작하도록 하죠."

비밀이라 말하며 힘차게 외치는 자일론의 모습을 본 릭본은 슬며시 웃었다. 자일론이 이토록 밝은 모습을 보이는 것이 너무 오랜만의 일인지라 그도 기분이 좋았던 것이다. 다만 비밀이라는 그 좋은 일이 무엇인지 궁금하기도 했지만.

"흠. 비밀이라니 그거 아쉽군요. 그럼 그 일은 그 일이고 오늘 수련을 하도록 하죠. 오늘은 대련을 하도록 하겠습니다."

"아, 대련이요. 옛~? 대련이라구요?"

처음에는 습관적으로 대답을 하여 릭본의 말을 이해하지 못하다가 곧 제대로 이해를 한 자일론은 놀라서 되물었다. 그런 자이론의 모습에 릭본은 빙그레 웃으며 고개를 끄덕였다.

"예. 왕자님께서 검을 배우신 지도 어느새 몇 년의 시간이 흘렀습니다. 그런데 그동안 제대로 된 대련 한 번 하지 않은 것이 오히려 이상한 것이지요. 그래서 오늘은 대련을 하도록 하겠습니다. 그러니 그 전에 적당히 몸을 풀어두십시오."

"예!"

릭본의 말에 기분이 좋아진 자일론은 힘차게 대답하고 연무장 한쪽에서 목검을 뽑아 들고 기본 동작을 연습하기 시작했다. 대련 전에 적당히 몸을 풀어두기 위한 준비 운동이었다. 그런 자일론의 모습을 흐뭇하게 바라보던 릭본도 왼손에 들고 있던 목검으로 기본 동작을 하나하나 펼치기 시작했다. 그도 준비 운동을 시작한 것이다.

얼마나 검을 휘둘렀을까? 자일론의 이마에 땀이 송골송골 맺히기 시작했다.

"라이트 경, 저는 이제 준비가 다 되었습니다."

휘두르던 검을 멈추고 릭본을 돌아보며 자일론이 말했다. 자일론의 말에 릭본도 휘두르던 검을 멈추고는 자일론을 향해 몸을 돌렸다. 그리고 곧 검을 쥔 손을 가슴 높이로 하여 검을 곧추세워 들었다.

"자, 그럼 먼저 공격하십시오. 아무래도 왕자님께서 하시는 첫 대련이니 조심하십시오."

'훗. 라이트 경, 죄송하지만 이번이 두 번째랍니다.'

속으로 웃음을 삼킨 자일론은 빠르게 달려나가며 릭본의 무릎 아래를 찔러갔다. 그런 자일론의 모습을 힐끗 본 릭본은 검을 늘어뜨려 손쉽게 자일론의 검을 막았다.

딩!

목검끼리 부딪치는 소리가 요란하게 울렸다. 그리고 그 순간 자일론은 손바닥이 심하게 저려왔다. 릭본의 검에 실린 힘이 굉장했던 것이다. 그때 자일론의 검과 맞대어 있던 릭본의 검이 자일론의 검신을 타고 자일론을 향해 쏘아져 왔다.

흠칫 놀란 자일론이 재빨리 몸을 돌렸지만 릭본의 검이 어느새 자일론의 목 앞에 멈춰 있었다.

"흠. 대단하군요, 왕자님. 첫 대련이라고는 믿을 수 없을 정도로 날카로운 공격이었습니다."

자일론의 목 앞에 두었던 목검을 거두며 릭본이 말했다. 진정이 담긴 릭본의 감탄이 터져 나왔지만 자일론은 뚱한 표정이었다.

"칫. 그래도 릭본 경의 단 일 검에 이렇게 당했는걸요."

비록 본신의 실력을 다하지는 않았지만 솔직히 어느 정도 자신의 실력에 자신감을 가지고 있었다. 지난밤, 브라이튼과의 대련을 통해 그 자신감은 한층 더 커져 있었다. 그런데 오늘 릭본이 그 자신감을 여지없이 박살 내버린 것이다.

어느 정도 검을 맞대다가 진 것도 아니다. 단 한 번의 찌르기가 막히면서 바로 자신의 목 앞에 도달해 있는 릭본의 검. 만일 릭본이 선수를 양보해 주지 않았다면 검을 한 번 휘둘러 볼 수나 있었을까?

"하지만 왕자님의 실력은 정말 훌륭했습니다. 그럼 오늘은 이만하도록 하죠. 내일 뵙겠습니다."

릭본은 다시 한 번 자일론의 실력을 칭찬한 후 인사를 하고는 연무장을 벗어났다. 릭본의 모습이 사라지는 동안에도 자일론은 여전히 불만 가득한 얼굴로 서서 가만히 자신의 목검만을 바라보고 있었다.

"휴우. 역시 대단하군. 저 나이에 저런 실력이라니……."

릭본은 연무장에서 완전히 벗어난 후 오른손에 들고 있던 목검을 왼손으로 바꿔 쥐고는 자신의 오른손을 바라보았다. 미세하게 떨리고 있었다. 자일론과 검이 부딪치며 받은 충격이 원인이었다. 만일 그때 자신이 이 정도의 충격을 받지 않았더라면 그렇게 빨리 대련을 끝내지 않았을 것이다.

자신이 받은 충격을 숨기기 위해 단번에 대련을 끝내고는 서둘러 연무장을 벗어난 것이다.

"쩝. 대충했으면 큰일날 뻔했어. 설마 저 정도일 줄은……."

사실 릭본이 오늘 갑자기 대련을 하게 된 데에는 자일론의 자신감이 지나친 감이 있어 보였기 때문이다. 자신감을 가지는 것은 중요하지만, 그것이 지나쳐 자만심이 되면 문제였다. 그래서 자일론의 자신감을 적당히 꺾어줄 요량으로 대련을 했던 것이었는데 하마터면 오히려 자만심을 더욱 키워줄 뻔했다.

카이렌에 단 셋뿐이라는 소드 마스터와 검을 맞대어 소드 마스터의 손에 경련을 일으키다니… 전혀 생각지도 못한 일이었다. 그래서 그 사실을 눈치 채기 전에 단번에 대련을 끝낸 것인데 그것이 자일론에게는 상당히 큰 충격이었던 것 같았다.

릭본 앞에서 크게 내색은 안 했지만 자일론의 눈동자는 그가 받은 충격을 그대로 보여주고 있었다. 이 일이 자일론에게 화가 될지 복이 될지는 자일론의 역량에 달린 것이다. 처음 생각과는 다르게 자일론의 자신감을 무참히 깨부수었지만, 이것을 이겨내면 자일론의 실력은 한 단계 더 성숙하리라. 오히려 잘된 일일 수도 있다는 생각을 갈무리하며 릭본은 사신의 집무실을 향해 걸음을 옮겼다.

"하아. 내 실력이 고작 이 정도였나……."

홀로 연무장에 남아 땅이 꺼져라 한숨을 쉰 자일론은 검을 힘없이 늘어뜨리고는 자신의 방을 향해 터덜터덜 걸음을 옮겼다. 그 뒤를 자일론의 모습에 걱정스런 얼굴을 한 메케인이 조용히 따르고 있었다. 자일론이 지나갈 때마다 그 근처에서 일하고 있던 시종과 시녀들은 황급히 고개를 숙여 인사를 했다. 그리고 자일론이 시야에서 사라진 후 삼삼오오 모여서 수군거리기 시작했다.

지금 자일론의 모습이 그때와 비슷했던 것이다. 케트로이드라는 늑대가 사라졌을 때와. 그러니 걱정이 된 시종과 시녀들이 수군거릴 수밖에 없었다.

"아, 자일론~! 오늘은 아침 수련을 빨리 끝냈구나."

자일론의 방으로 향하다가 마침 자일론의 뒷모습을 발견한 로이드가 큰 소리로 자일론을 불렀다.

"아, 큰형."

로이드의 부름에 뒤돌아본 자일론이 힘없이 웃으며 인사에 답했다. 그런 자일론의 모습을 본 로이드의 얼굴이 살짝 찌푸려졌다. 지금 자일론의 모습은 누가 보더라도 그 상태를 알 수 있을 정도였기 때문이다.

"왜 그러니, 자일론? 무슨 일이 있는 거야?"

이제는 부쩍 밝아진 모습을 보이던 동생이 갑자기 어둡고 힘없는 얼굴을 하고 있자 로이드가 걱정스레 물었다.

"아, 아무것도 아니에요. 걱정 마세요. 오늘은 약간 피곤해서 들어가서 조금 쉬고 싶네요. 죄송해요, 형."

로이드의 물음에 여전히 맥빠진 모습으로 대답을 한 자일론은 로이드의 대답을 듣지도 않고 다시 터덜터덜 걸음을 옮겼다. 로이드는 그런 동생의 모습에 붙잡지도 못하고 그저 멍하니 바라만 볼 뿐이었다.

"또 무슨 일로 저러는 건지. 후……."

자일론의 모습이 완전히 사라질 때까지 지켜보던 로이드는 차마 떨어지지 않는 발을 억지로 떼어 걸음을 돌렸다. 당장 자일론 옆에 붙어 자초지종을 알고 싶었지만 지금은 혼자 두는 것이 오히려 나을 것 같았기 때문이다.

"으음. 역시 릭본 라이트 백작인걸. 자일론을 저렇게 박살 내버리다니. 뭐, 쇠는 두드려야 강해지는 법이니 자일론에게는 좋은 약이 될 거야."

마법을 사용해 자일론의 모습을 지켜보고 있던 일라나는 살풋 미소를 지었다. 너무나 사랑하는 아들이 저렇게 의기소침해 있는 모습은 마음이 아팠지만 앞으로 더욱 강해질 자일론의 모습을 생각하며 웃음 짓고 있는 것이었다.

"그래도 역시 뭐라 위로라도 해주고 싶은데……. 하지만 이럴 때는 혼자 두는 게 좋겠지?"

그래도 역시 걱정은 되는지 웃음 뒤로 어두움이 자리하고 있었다.

"후. 어떻게 단 일 검도 못 막고 그렇게 허무하게 당할 수가 있지. 라이트 경이 우리 왕국에서 세 손가락 안에 꼽히는 소드 마스터라고 하시만 어떻게 검의 움직임조차 알아차리지 못하냐고……."

아침부터 계속해서 중얼거리며 자책하던 말을 이미 달이 뜬 지금까지도 계속하고 있었다. 어젯밤에 브라이튼을 만났던 그 자리에 위치한 제법 크기가 있는 나무 중간쯤의 가지에 앉아서 물끄러미 하늘에 떠 있는 달을 바라보며 한탄하고 있었다.

"음. 무슨 일이 있었기에 그렇게 세상 다 산 사람처럼 달을 보고
있나?"

어느새 온 것일까? 브라이튼이 나무 아래에서 자일론을 올려다보며
말했다.

"아? 왔어?"

브라이튼을 발견한 자일론은 나무에서 훌쩍 뛰어내렸다.

"네 녀석 덕에 이 왕궁에 하루씩이나 더 있었는데 어째 나보고 나오
라고 한 너는 오늘 기분이 영 아닌가 보다. 오늘 시녀들이 수군거리는
소리를 듣기는 했다만, 대체 왜 그래?"

지난밤 대련이 끝난 후 둘은 무척 많은 이야기를 나누었다. 그리고
아직은 어린 아이답게 금세 친해졌다. 처음 평대를 할 때 무척이나 어
려워 쩔쩔매는 모습을 보이던 브라이튼도 이젠 자연스럽게 자일론에게
이야기하고 있었다.

"시녀들이 수군거려? 무슨 말을?"

혼자 실의에 잠겨 있느라 주위에 전혀 신경을 쓰지 않고 있던 자일
론은 브라이튼에게서 들은 의외의 말에 되물었다.

"음. 뭐라고 하더라. 자일론 왕자님이 다시 2년 전의 모습을 보이고
있다나? 어떻게 되는 건 아닌지 걱정된다고 아주 조심스레 수군거리고
있던걸. 이미 시녀들이랑 시종들 사이에는 다 퍼졌을 거야."

브라이튼이 싱긋 웃으며 대답했다.

"쳇, 뭐야. 알지도 못하면서 그런 소문이나 흘리고 말이야."

"이보라구, 그만큼 네가 시종들이나 시녀들에게서 사랑받고 있다는
거잖아. 아랫사람들이 그렇게 걱정해 주도록 만드는 거 결코 쉬운 게
아니다."

“예, 예. 알아 모시겠습니다.”

브라이튼의 말에 졌다는 듯 자일론이 어깨를 으쓱이며 대충 대답했다.

“그런데 정말 대체 무슨 일이야? 도대체 어떤 일이 천하의 자일론 폰 카이렌 제5왕자님을 이렇게 비루먹은 망아지 꼴로 만든 거야?”

브라이튼도 궁금했든지 자일론에게 현재의 모습에 대해 물어왔다.

“흠. 내가 보낸 지난 10년간의 인생에 회의를 느꼈다고 할까?”

“뭐? 허참, 너 정말 열 살이 맞는 거야?”

자일론의 대답에 브라이튼이 어이없다는 듯 헛웃음을 흘렸다. 브라이튼이 나이답지 않게 의젓하게 행동하기는 했지만, 그는 자신이 어린아이라는 것은 분명히 인식하고 있었다. 그런데 자일론의 입에서 그런 말이 나왔으니 어이가 없을 수밖에.

정말 자일론이 한 말은 과연 열 살짜리 어린아이가 할 말인가하고 생각될 정도였다. 아니, 이제 인생의 황혼기에 들어 리야드의 부름만을 기다리고 있는 사람들에게는 정말이지 같잖기 그지없는 말이었다.

“웃지 마. 난 나름대로 진지하고 심각하다구.”

브라이튼의 반응이 기분 나쁜지 자일론이 입술을 샐쭉이며 쏘아붙였다.

“그래, 일있으니끼 지세히게 이야기헤 보라구. 그렇게 이시없는 이야기 말고.”

“그러니까 말이지.”

그렇게 자일론은 오전에 있었던 릭본과의 대련에 관해서 브라이튼에게 이야기했다.

"나참, 기가 막혀서."

자일론의 이야기가 끝나고 나서 브라이튼의 입에서 가장 먼저 터져 나온 소리였다.

"또 뭐가?"

"이봐, 자일론 넌 대체 네가 몇 살이라고 생각하는 거야?"

"열 살."

브라이튼의 물음에 뭘 그런 걸 묻느냐는 듯 자일론은 눈을 동그랗게 뜨고 대답했다.

"그래, 열 살. 즉 우린 아직 소위 말해 젖비린내나는 어린아이라고."

"응? 젖비린내나는 어린아이? 그건 또 무슨 말이야?"

왕궁에서는 좀처럼 들을 수 없는 생소한 표현에 자일론이 물었다.

"몰라. 아무튼 그런 말이 있어."

브라이튼도 시장에 놀러 나갔다가 우연히 들은 말을 그대로 인용한 것이라 대충 얼버무리고 넘어갔다.

"지금 그게 중요한 게 아니고 너는 이제 겨우 열 살의 어린아이라구. 그리고 라이트 백작님은 카이렌에서도 단 셋뿐이라는 소드 마스터이시고. 그런 분한테 검을 배우다니, 역시 왕자란 좋군."

"쳇, 자꾸 엉뚱한 이야기 하지 말고 본론을 말하라구."

"그래. 소드 마스터가 마음먹고 싸운다면 겨우 2년 정도 검을 배운 열 살짜리 꼬맹이쯤은 굳이 검을 휘두르지 않아도 얼마든지 죽일 수도 있다는 거야. 네가 찌른 검을 라이트 백작님이 직접 목검으로 막았다는 것 자체가 엄청 대단한 거라구. 네 검에 그 정도의 위력도 없었다면 넌 검이 부딪치는 것도 느끼지 못하고 졌을걸? 네 검에는 적어도 소드 마스터가 맞부딪쳐 줄 정도의 가치는 있었다는 거야. 그게 얼마나 대단한 건 줄 알아? 고작 열 살 꼬맹이의 검을 소드 마스터가 받아준다는 게."

브라이튼의 긴 설명이 이어지는 동안 자일론은 고개를 끄덕이기도 갸웃거리기도 했다.

"그런 거야?"

그래도 이해가 잘 안 가는 듯 자일론은 브라이튼에게 다시 한 번 확인했다.

"그래. 네 실력은 그 정도로 대단하다구."

"흠. 넌 아버지랑 대련해 본 적 있지? 넌 어때?"

명실 상부한 왕국 최고의 소드 마스터라는 네이팜 유크 콘티넌트 공작에게 생각이 미친 자일론이 물어보았다. 그 물음을 받은 브라이튼의 얼굴은 가볍게 굳었다.

"묻지 마라. 떠올리기도 싫으니까. 아버지 그림자도 구경 못하고 흠씬 두들겨 맞기만 하는 것도 대련이라고 한다면 말이야."

아버지와의 대련이 얼마나 힘들었는지 떠올리는 것만으로도 브라이튼은 몸을 부르르 떨었다.

"아무튼 그러니까 너는 네 실력에 자신감을 가져도 돼. 알겠어?"

"응."

브라이튼의 말에 힘이 좀 나는 것일까? 어느새 기운 차린 목소리로 자일론이 내뱉었다.

"자자, 그럼 대련이나 하자구. 네가 날 왕궁에 붙잡아 둔 목적은 그것 아니었어?"

왼손에 들고 온 목검을 좌우로 흔들며 브라이튼이 싱긋 웃었다. 그런 모습에 자일론도 목검을 들며 마주 웃었다.

"훗. 그건 네가 왕궁에 남은 목적 아니었어?"

자일론이 말을 마침과 동시에 둘의 목검은 부딪쳐 가고 있었다. 이런 둘의 모습을 보고 과연 어느 누가 그들이 열 살이라는 것을 믿을까?

제 23 식

날마다 새로운…

“아아, 졌다, 졌어. 정말 너란 녀석은 너무 엄청나다구. 이제 한 달 전부터는 도저히 상대가 되질 않으니.”

달빛이 영롱히 하늘 아래를 비춰주는 가운데 한 소년이 검을 늘어뜨리곤 한숨을 푹 쉬며 내뱉었다. 이제는 청년 티가 조금씩 나는 소년은 브라이튼이었다. 그런 브라이튼의 맞은편에는 자일론이 싱긋 웃음 짓고 서 있었다.

자일론 역시 이젠 소년의 티를 조금씩 벗고 청년의 모습이 군데군데 보이고 있었다. 그것끼는 상관없이 자일론이 든고 있는 가검(假劍)을 달빛에 반사되어 은은한 빛을 뿌리며 브라이튼의 목 앞에 있었다.

“이제 그만 내 목 앞에 있는 물건 좀 치워주면 안 될까, 친구?”

승리의 순간을 만끽하고 싶음인가? 자일론은 브라이튼이 항복 선언을 하고도 잠시간 검을 그대로 들고 있었다.

"아아, 너무 완벽한 승리라서 말이지. 잠시 그 기분에 도취되어서 깜빡했어. 미안."

"쳇. 잘난 척은 그쯤 해두라고. 네가 나 정도는 우습게 이길 수 있을 정도로 강하다는 것은 잘 알고 있으니까."

기분이 상한 듯 브라이튼의 목소리는 곱지 않았다. 그럴 수밖에 없는 것이 자일론을 만난 그날 이후 5년이 지난 지금 도저히 자일론을 당해낼 수 없었던 것이다.

자일론과 첫 대련을 가졌을 때는 서로 실력이 엇비슷했다. 때로는 자신이 때로는 자일론이 이겼으니 거의 백중지세(伯仲之勢)였다. 하지만 언제부터인가 조금씩 자신이 밀리기 시작하는 것을 느낄 수 있었다. 그럴수록 브라이튼은 더 더욱 열심히 검을 갈고닦았다.

그토록 두렵던 아버지와의 대련도 자신이 먼저 청할 정도로 열심히 검을 수련했다. 그런 자신의 모습에 아버지는 또 얼마나 흐뭇해하던가. 그 결과 칭찬에 그렇게 인색한 아버지가 자신의 또래에서는 더 이상 적수가 없을 거라는 칭찬도 해주었다.

하지만 그런 자신을 우습게 다루는 녀석이 지금 눈앞에 번듯이 서 있었다. 이미 한 달 전부터는 도저히 상대할 수가 없었다. 자일론이 조금 봐주며 대련에 임하면 어느 정도 검을 맞대기나 할까, 자일론이 마음먹고 공격을 해오면 도저히 감당할 수가 없었다. 그러던 것이 오늘은 자일론의 단 일 검도 막아내지 못하고 완벽하게 졌다.

이런 적은 없었다. 자일론도, 자신도. 그랬기에 자일론이 잠시 승리의 기쁨에 도취되었으리라. 아무리 자일론의 재능이 뛰어나고 또 자신보다 경지가 높다고 하지만 이것은 도저히 이해할 수 없는 일이었다.

현재 자신은 소드 익스퍼트 하급의 실력이고 자일론은 소드 익스퍼트 중급의 실력이었다. 그 한 단계의 차이가 이토록 압도적인 결과로 나타날 수는 없었다. 최상급의 소드 익스퍼트와 하급의 소드 마스터라면 모를까 같은 클래스인 소드 익스퍼트 안에서 이런 결과라니.

"하하, 미안. 기분 상했어? 그만 기분 풀라구. 응?"

브라이튼의 목소리에서 그의 기분을 읽었는지 자일론이 머쓱하게 웃으며 사과했다.

"휴. 됐다. 내가 못나서 그런 걸 왜 잘난 너한테 화를 내겠냐."

브라이튼이 연무장 바닥에 벌러덩 드러누우며 말했다. 하늘을 묵묵히 바라보는 그의 눈에는 이미 조금 전의 화난 듯한 기색은 찾아볼 수 없었다.

"흠. 내가 잘났기는 잘났지."

자일론이 그 옆에 같이 드러누우며 대답했다.

"이봐, 자일론. 사람은 겸손할 줄도 알아야 한다는 걸 배우지 않았어? 메이키론님 정도의 현자께서 그런 기본적인 것을 빠뜨리지는 않으셨을 텐데."

순순히 자신이 잘났다는 것을 인정하는 자일론의 반응이 아니꼬운지 약간은 띠꺼운 듯한 목소리가 브라이튼의 입에서 나왔다.

"물론 배웠지. 아니, 요즘도 항상 듣고 있어. 늘 겸손하라고 말야. 하지만 말이지……."

"하지만 뭐?"

자일론이 대답을 하다가 말을 길게 끌자 브라이튼이 대답을 재촉했다.

"사람이 항상 배운 대로만 살 수는 없는 것 아니겠어? 그러니까 사람이고."

"훗… 후후. 우하하하. 그래 네 말이 맞다, 맞아. 배운 대로만 산다면 정말 지루하겠지. 하지만! 겸손함 정도는 좀 가지라구."

자일론의 말에 무엇이 그리도 좋은지 브라이튼은 유쾌하게 웃었다.

"뭐, 나야 항상 겸손하지. 단지 네 앞에서만 이럴 뿐."

자일론은 싱긋 웃으며 브라이튼의 말에 대답했다.

"그래? 그럼 그렇다고 해두지 뭐."

"그런데 누워서 뭘 보는 거야?"

"그러는 너는?"

"글쎄?"

잠시의 정적이 흐른 후 자일론이 물은 말에 브라이튼은 오히려 되물었고 자일론은 그에 두루뭉술하게 답했다.

"누워서 눈에 들어오는 게 하늘밖에 더 있겠어? 달도 보고, 별도 보는 거지… 어둠 속에 찬란히 빛나고 있는 존재들을……. 세상을 밝히는 건 태양이지만 이런 어둠 속에 홀로 빛나고 있는 저 달이나 별이 더 좋아. 적어도 나는 말이지."

자일론의 두루뭉술한 대답을 들은 브라이튼이 담담히 말했다.

"내 이름의 의미는 알지? 브라이튼. 밝게 한다는 뜻이야. 정말로 나는 저 달이나 별처럼 어둠에 둘러싸인 세상을 환하게 밝히는 그런 사람이 되고 싶어."

자일론은 그저 묵묵히 브라이튼의 말을 듣고 있었다.

"그래? 부디 그 소망을 이루길 바라지. 하지만 너라면 분명 이룰 수 있을 거야."

"훗, 고맙다. 사실 요즘 너 때문에 제법 의기소침해 있었거든. 너 같은 존재도 있는데 내가 과연 나의 꿈을 이룰 수 있을까 하고 말이야."

"아아, 이룰 수 있을 거야. 당연하지. 하지만 말이야……."

자일론은 잠시 말을 끊고 묵묵히 하늘을 바라보았다. 그러다가 브라이튼을 돌아보며 씨익 웃었다.

"뭐야? 그 뭔가를 꾸미는 듯한 수상한 웃음은?"

자일론의 웃음에서 무엇인가를 느꼈는지 브라이튼이 어정쩡한 얼굴을 하고는 물었다.

"뭐, 별건 아니고, 세상을 밝히려면 과연 세상이 어떤지부터 알아야 하지 않을까 싶어서 말야."

그렇게 대답하는 자일론의 웃음은 더욱 짙어졌다.

"세상을 알아야 한다고? 내가 비록 아직 어리지만 그건 앞으로 나이를 먹어가면서 해결될 일이라고 생각하는데."

브라이튼이 자일론을 돌아보며 대답했다. 브라이튼의 대답을 들은 자일론은 누운 자세에서 무릎을 굽혀 다리를 들더니 몸을 퉁겨 일어나 앉았다. 그리고는 브라이튼을 향해 검지를 까딱까딱 흔들며 말했다.

"쯧쯧쯧. 아직 어려."

"뭐가?"

자일론의 행동에 브라이튼도 몸을 일으키며 물었다.

"공작가의 차남인 네가 나이가 들어가면서 알게 되는 세상이란 과연 어떤 걸까? 카이렌의 수도 라디칼에서의 귀족으로서의 세상뿐이지. 영지도 네 형이 물려받을 테고… 넌 스스로의 영지를 얻기 위해 그것만을 보며 살겠지. 귀족들의 세상에 빠져서. 하지만 네가 진정으로 세상을 밝히고 싶다면 말이야… 진짜 세상을 알아야 할 거야."

자일론의 입에서 한마디 한마디가 흘러나올 때마다 브라이튼의 얼굴은 점점 진중해졌다. 그리고 자일론이 말을 마쳤을 때 그의 눈은 깊게 가라앉아 있었다. 무얼 생각하고 있는 걸까?

"그럼, 진짜 세상을 알려면 어떻게 해야 하는 거지?"

생각을 정리했는지 브라이튼이 조용히 물어왔다.

"당연히 세상에 나가봐야지."

"어떻게? 너나 나나 큰 이변이 없는 한 이곳에서 평생을 살아야 할 텐데."

브라이튼의 말에 자일론이 피식 웃었다.

"이변은 만들면 돼."

자일론의 가벼운 웃음이 점점 의미심장하게 변해가자 브라이튼은 무언가가 떠오른 듯 자일론을 바라보았다.

"너, 설마? 아니지?"

"아마도 맞을걸."

"자일론, 나라면 어떻게 가능할지 몰라도 네가 그런다면 그건 정말 큰일이야."

자일론이 말하고자 하는 것을 완전히 깨달은 브라이튼은 놀란 목소리로 말했다.

"아아, 알아. 하지만 난 이 왕궁이 답답한걸. 벌써 너를 알기 전부터 생각했던 거야."

너무나도 확고한 음성으로 자일론이 대답했다. 그런 자일론의 모습에 브라이튼은 고개만 저었다.

"그럼 언제쯤 실행할 건데?"

브라이튼은 자일론의 확고한 음성에 말리기를 포기한 듯 담담하게 물었다. 지난 5년간 봐온 자일론의 성격이라면 자신이 말린다고 무슨 수가 나는 것은 아니었다. 그리고 브라이튼 자신도 세상에 나가보고 싶기도 했고.

어쩌면 자신도 자일론이 말한 세상을 알고 싶다는 것이 가장 큰 이유일 것이다. 하지만 혼자서 나간다는 것은 아무래도 두려운 일이었다. 그러나 옆에 친구라도 있다면 제법 든든할 것이다.

"성년식은 치러야겠지, 아무래도? 그리고 아직 실력도 더 쌓아야 하고 말이야."

"그래? 다행이네. 조금 전 네 표정은 당장 오늘 밤에라도 뛰쳐나갈 것처럼 보였거든. 그런데 계획은 세워놓은 거야?"

"아니. 그냥 뛰쳐나가면 되지 않을까? 배울 만한 것은 다 배웠으니."

대책없는 자일론의 말에 브라이튼은 잠시간 모든 사고를 정지시키고는 멍하니 있었다.

"설마 진담은 아니겠지?"

"왜?"

"배운 것과 행동하는 것이 완전히 같을 수 없는 것처럼 세상이란 곳이 설마 네가 배운 그대로겠어? 아니, 배운 그대로라면 세상을 알기 위해 나갈 필요도 없잖아? 안 그래? 네 말과 행동은 분명 모순이라구."

"그런가? 거기까지는 생각을 안 해봐서. 솔직히 왕궁 안에서만 사는 내가 어떻게 준비를 할 수 있겠어?"

브라이튼의 지적에 머쓱한지 자일론이 머리를 긁적이며 말했다. 얼굴에는 머쓱함을 감추기 위한 멋쩍은 웃음도 떠올라 있었다.

"후, 하긴……."

"그래서 말인데, 세부적인 계획은 네가 좀 짜면 안 될까? 언젠가 말했잖아? 너네 집 가신 중에는 자유기사로 세상을 떠돌던 사람도 있다고 말야."

눈을 반짝이며 부탁하는 자일론의 모습에 브라이튼은 고개를 끄덕일 수밖에 없었다. 왠지 자일론에게 당한 것 같다는 찜찜함을 가슴 한 켠에 밀어둔 채.

그렇게 그 둘의 가출 계획 모의는 시작되었다.

챙! 채챙! 챵! 챙!

검과 검이 부딪치는 소리가 따사로운 햇살 아래서 경쾌하게 울려 퍼지고 있었다. 마치 무슨 악기의 연주라도 되는 양 박자까지 가지고 울려 퍼지는 검명을 듣노라면 절로 흥겨워지는 듯했다.

사람을 죽이는 병기인 검끼리 부딪쳐 내는 소리에 흥겨움을 느낀다니 어딘가 모순적인 이야기지만, 지금 눈앞에서 그 흥겨운 음률을 만들어내는 두 사람의 입에 걸린 미소가 그들도 흥에 겨워 있다는 것을 보여주고 있었다.

그 모습을 조용히 지켜보고 있는 뷰트는 자신도 저 흥겨운 한판의 춤사위에 뛰어들고 싶어 몸이 근질거리는 듯 검병을 움켜쥔 손에 힘이 들어가 있었다. 그렇게 뷰트가 안달이 나도록 만든 자일론과 릭본은 그런 그의 사정은 알 바 아니라는 듯 더 더욱 대련에 몰입해 갔다. 격렬한 움직임 속에서 튀어나와 햇빛을 반사시키며 영롱히 빛나는 땀방울이 무척이나 아름다워 보였다.

대련이 계속될수록 두 사람의 얼굴에 맺힌 미소는 더욱 짙어졌고 움직임은 더욱 경쾌해졌다. 이미 주위의 모든 것은 잊은 듯 그렇게 둘만의 세계로 몰입해 들어갔다. 그러던 어느 순간 릭본의 입에 걸린 미소가 일순 굳는 듯했다. 그러더니 어느 순간 릭본의 검이 자일론의 목 앞에 와 있었다.

자일론 역시 그 순간 검을 빠르게 뻗었다. 하지만 아직 릭본에 비해 실력이 많이 모자라는 듯 릭본은 자신을 향해 쏘아져 오는 자일론의 검을 쳐내고는 자일론의 목젖을 점했기에 자일론은 그저 검을 늘어뜨리고 있을 뿐이었다.

"휴우. 또 졌네요. 전 언제쯤에야 라이트 경을 이길 수 있는 걸까요?"

한숨을 내쉬며 말하는 자일론의 모습은 마치 자신의 모자란 실력에 대해 한탄하는 듯했지만 입가에 걸린 미소는 결코 그런 것이 아니라는 걸 말해 주고 있었다.

"하하, 별말씀을 다하십니다, 왕자님. 열다섯의 나이에 중급의 소드 익스퍼트를 이룬 사람은 결코 흔하지 않습니다. 아니, 아주 귀한 존재이죠. 저 역시 소드 익스퍼트 중급을 이룬 게 스물다섯일 때이니 지금 왕자님의 실력이 어느 정도인지 아시겠죠?"

자일론의 뛰어난 성장이 기꺼운지 릭본의 얼굴에서는 웃음이 떠날 줄을 몰랐다.

"게다가 저는 왕자님을 상대하면서 거의 소드 익스퍼트 상급의 실력을 사용했습니다. 왕자님의 검의 움직임이 뛰어나 아마도 같은 중급의 익스퍼트 중에서는 왕자님을 이길 수 있는 사람은 없을 겁니다."

실제로 자일론은 조금이기는 하지만 케이가 가르쳐 준 혼원검법의 뜻을 조금씩 깨달아 가고 있었다. 전에는 그저 모양만 흉내 내는 수준이었지만 5년 동안의 수련은 그 속에 숨겨진 뜻을 어렴풋이나마 볼 수 있게 해주었던 것이다.

"그런가요? 그럼 저도 어서 빨리 라이트 경을 이길 수 있도록 노력해야겠어요. 경의 말씀을 들으니 그리 먼 길은 아닐 것 같은데요."

싱긋 웃으며 하는 자일론의 말에 릭본은 크게 웃었다.

"하하하하. 그러십시오. 왕자님이라면 충분히 그러실 수 있을 겁니다. 저 같은 사람쯤은 가벼이 이기실 수 있는 실력을 기르셔야지요. 하하하!"

빠르게 성장하는 제자의 모습을 보며 흐뭇해하는 스승의 모습이 저러할까? 요즘 릭본의 얼굴에서는 웃음이 떠날 날이 없었다. 근위기사단에서도 호랑이라고 소문난 그가 요즘 저렇게 웃음을 얼굴에 달고 다니자 릭본이 이제 곧 근위기사단장을 그만두고 자일론 왕자를 가르치는 일에만 전념할 것이라는 등의 이상한 소문이 떠돌기도 했었다. 하지만 그런 소문 같은 일은 전혀 일어나지 않았고 릭본은 여전히 웃고 다녔기에 사람들도 뒤에서 도대체 어떻게 된 일이냐며 수군거리기만 할 뿐 그걸로 끝이었다.

아니, 오히려 근위기사단의 기사들은 그것을 좋아했다. 호랑이처럼 엄하기만 한 릭본이지만 분명 근위기사들은 한 명의 기사로서 그를 존경하며 따랐다. 그런 그가 근위기사단을 떠난다는 것은 분명 근위기사들에게도 섭섭한 일이었기 때문이다. 게다가 전과 달리 요즘 릭본이 많이 너그러워진 것도 또 다른 이유라면 이유였다.

"하루하루 그 모습과 실력이 다른 왕자님이시라면 어쩌면 서른이 되기 전에 마스터의 경지를 이루실지도 모릅니다. 그러니 더욱 정진하십시오."

일신우일신(日新又日新)하는 자일론의 모습에 릭본은 잠시 웃음을 거두고 진중하게 말했다. 그만큼 자일론에게 기대하고 있다는 말이었다.

"예. 반드시 더욱 노력할게요. 그리고 소드 마스터는 서른이 되기 전이 아닌 스물 정도에 이룰 거예요."

자일론은 당차게 대답했다. 일견 당돌해 보이기도 하는 자일론의 대답에 릭본은 그저 고개를 끄덕이며 웃을 뿐이었다.

그 모습을 한 켠에 조용히 서서 지켜보고 있는 뷰트의 얼굴에도 미소가 감돌고 있었다. 이미 자일론의 실력은 자신과 또 다른 호위기사 메케인에게 거의 근접해 있었다. 자신들의 실력은 상급의 소드 익스퍼트였다. 그리고 분명 릭본 라이트 근위기사단장은 자일론을 상대하기 위해 상급의 소드 익스퍼트 정도의 실력을 사용했다고 했다. 그 말은 호위기사인 자신들과 자일론이 실력에서는 거의 차이가 없다는 이야기였다.

비록 자신들이 마나를 다루는 경지가 조금 높을 뿐 검을 다루는 데 있어서는 거의 차이가 없으니 지금대로라면 1, 2년 안에 자일론은 더욱 뛰어난 실력을 가지리라. 그러나 그런 생각을 하고 있는 뷰트는 즐거웠다. 자신이 모시는 분의 실력이 나날이 좋아지는데 어떻게 즐겁지 않겠는가? 그 즐거움이 웃음이 되어 입가를 맴돌고 있는 것이었다.

"호호호. 조금 전부터 지켜봤지만 정말 대단한걸요. 요즘 라이트 단장님의 입에서 웃음이 떠나지 않는 이유가 여기에 있었네요."

그때 연무장 한쪽에서 경쾌한 웃음소리가 들려왔다. 그리고 그 웃음소리와 함께 나타난 사람은 에메랄드 빛의 머리칼을 길게 늘어뜨린 아름다운 여인이었다. 다만 복장이 화사한 드레스가 아닌 기사들이 착용하는 갑주라는 것이 의아하게 생각될 뿐 무척이나 아름다웠다.

"오, 카나카인 후작님. 어서 오십시오."

"카나카인 후작, 오랜만이에요."

나타난 여인은 페이트라 카나카인, 카이렌의 3대 소드 마스터의 마지막 일인으로 여자의 몸으로 소드 마스터의 경지에 오른, 기사들 사이에서는 전설적인 인물이었다. 비록 세 명 중 실력이 가장 떨어지지만 소드 마스터라는 실력으로 스스로 후작의 작위를 차지한 여인이었다.

카이렌은 여자도 귀족의 작위를 가질 수 있었기에 페이트라는 실버 기사단의 단장을 하며 후작의 작위를 하사받은 것이다. 하지만 실제로 카이렌에서 현재 귀족의 작위를 가지고 있는 여인이 단둘뿐이라는 것을 보았을 때 페이트라가 얼마나 대단한 인물인지 알 수 있었다.

"페이트라 카나카인이 왕자님을 뵙습니다."

페이트라는 자일론에게 허리를 숙이며 예를 표했다.

"그런데 후작, 먼저 인사부터 하는 것이 예의 아닌가요? 갑자기 그렇게 웃으시며 나타나 깜짝 놀랐답니다."

"호호. 죄송합니다, 왕자님. 그런데 전에 무도회에서 뵈었을 때 분명 저를 작위가 아닌 경이라는 호칭으로 불러달라고 간절히 청하였을 텐데요?"

여자의 몸으로 귀족이 되는 것도 힘들지만, 여자로서 기사로 인정받는 일은 더욱 힘든 일이었기에 페이트라는 '후작'이라는 호칭보다는 '경'이라는 호칭으로 불리는 것을 더 좋아했다.

"아, 제가 깜빡했네요, 카나카인 경. 하지만 아무리 그렇다고 해도 왕자인 제게 그렇게 바로 말씀하시다니… 제가 5왕자라고 절 너무 무시하는 것 같네요."

페이트라의 대답에 자일론이 침울한 표정을 지으며 어둡게 말했다. 그 모습을 본 릭본과 뷰트의 안색이 가볍게 변했다. 그러나 정작 자일론을 그렇게 만든 페이트라는 여전히 태연했다.

"이런, 왕자님. 여전히 그 장난기와 연기력은 일품이시군요. 어쩌면 검을 쓰시는 솜씨보다 더 좋을지 모르겠는데요."

페이트라가 슬쩍 미소를 띠며 말하자 자일론이 머리를 긁적였다.

"역시, 감찰단의 단장께는 이런 어설픈 연기가 안 통하는 모양이네
요."

"호호호. 별말씀을요."

자일론의 대답에 페이트라가 기분이 좋아졌는지 소리 내어 웃었다.

페이트라가 단장을 맡고 있는 실버 기사단은 왕국 내의 귀족들과 관
료들의 감찰도 겸하고 있었다. 그랬기에 페이트라의 말은 직선적이었
으며 그녀의 성격 역시 대쪽 같아 결코 주위의 압력에 굴하지 않았다.

여기서 잠시 카이렌의 3대 기사단을 살펴보자. 3대 기사단은 3대 소
드 마스터가 각기 단장을 맡고 있으며 카이렌의 실제적인 힘이었다.

우선 자타가 공인하는 최고의 기사단인 카이져 기사단이 있다. 네이
팜 유크 콘티넌트 공작이 단장을 맡고 있는 이 카이져 기사단은 최고의
실력을 가진 기사들만을 엄선해 뽑은 정예 기사단으로 카이렌 최강의
공격력을 자랑하는 돌격 기사단이었다. 카이져 기사단만 놓고 본다면
결코 제국의 기사단에도 밀리지 않는 그야말로 최고의 기사단이었다.

그리고 왕실의 경호를 담당하는 근위기사단이 있다. 릭본 라이트 백
작이 단장인 근위기사단은 왕실의 요인 경호를 최우선으로 했다. 왕족
의 안전은 왕국의 안전과 직결되는 문제였기에 근위기사단 역시 최고
의 실력을 가진 기사들을 엄선에 뽑는다. 다만 카이져 기사단과는 그
성격이 다르기에 두 기사단 기사들 간의 실력을 가리는 것은 상당히
힘든 일이다.

일단 카이져 기사단과 근위기사단은 기사들을 뽑은 후 그 훈련이 전
혀 달랐다. 타국과의 전쟁에서 전장을 휩쓰는 카이져 기사단과 혹시

있을지도 모르는 암살자들의 습격으로부터 왕족을 지키는 근위기사단의 훈련이 같을 수는 없기 때문이다.

마지막으로 실버 기사단은 수도인 라디칼의 방어를 담당하는 기사단이다. 그리고 또한 카이렌의 귀족과 관료들에 대한 감찰도 담당하고 있다. 그러한 성격 때문에 인원 수는 3대 기사단 중 가장 많으나 실력은 나머지 두 기사단에 한 수 접어주는 정도이다. 하지만 사실상 카이렌의 정보부나 다름없는 기사단이기에 카이렌에서 차지하는 비중은 오히려 3대 기사단 중 가장 높을 수도 있었다.

최근 들어 타국에 대한 정보 관할도 실버 기사단으로 옮기려는 움직임이 있어 그 힘의 크기는 갈수록 커져 가고 있었다. 그래서 지방의 영주들이나 야심이 있는 귀족들에게 가장 무서운 이는 네이팜 유크 콘티넌트 공작도, 릭본 라이트 백작도 아닌 페이트라 카나카인 후작이었다.

이렇게 3대 기사단과 3대 소드 마스터가 있었기에 카이렌은 주변 국가에서도 감히 무시할 수 없는 강국일 수 있는 것이었다. 3대 기사단의 단장 중 릭본 라이트 백작만이 홀로 백작의 작위를 가졌는데 거기에는 이유가 있었다.

소드 마스터라면 최소한 후작의 작위를 가질 수 있었지만 릭본 라이트 백작의 아버지 헤르만이 후작이었다. 그리고 아직 정정한 모습으로 열심히 정사에 참여하고 있었다. 릭본의 아버지 헤르만 역시 진정으로 카이렌을 위하는 충신으로 군부의 한 축을 담당하는 노장이었다.

장남인 릭본은 라이트 가문을 잇길 원하였기에 현재는 백작의 작위를 지키며 조용히 자신의 일을 다 할 뿐인 것이다. 릭본 자신이 원한다면 후작의 작위를 받을 수도 있겠지만 그렇게 된다면 그는 라이트 가문의 성을 버리고 자신의 새로운 성을 가져야 했다. 라이트 후작은 자신의 아버지였기에. 그래서 백작으로 있는 것이었다. 그러한 사실을 수도의 귀족이라면 누구나 알고 있었기에 모두들 그를 대할 때는 후작에 준하는 태도를 보였다.

"그런데 후작께서는 여기까지 어쩐 일이시죠?"

자일론과 페이트라의 대화를 지켜보던 릭본이 물었다.

"아, 그건 다 릭본 백작님 덕분이죠. 홋, 요즘 근위기사단에 떠도는 소문에 대해서 모르시지는 않겠죠? 조용하게 퍼지면서도 얼마나 시끄러운지 제 귀에도 들어와서 확인 차 와봤답니다. 그 무서운 호랑이 단장님께서 요즘 항상 웃고 다니신다고 해서 말이죠."

미소 지으며 대답하는 페이트라의 말에 릭본은 헛웃음을 지을 뿐이었다.

"허, 어떤 소문이길래 말입니까?"

"어머? 설마 모르셨어요? 릭본 라이트 백작께서 요즘 그 재능이 출중한 5왕자님을 가르치는 재미에 흠뻑 빠져 항상 웃으며 다니신다고 하더군요. 그리고 왕자님을 가르치는 일에 전념하기 위해 근위기사단장 자리를 그만두실지도 모른다고요. 그래서 왕자님의 그 출중한 실력을 보러왔는데 잠시 봤지만 정말 대단하더군요."

손벽을 가볍게 치며 놀란 듯 말하는 페이트라의 모습에 릭본은 고개를 절레절레 흔들었다.

"까다로운 후작께서도 왕자님의 실력에 관해서는 대충 알지 않습니까? 게다가 제가 근위기사단장을 그만두는 일은 절대 없을 거라는 것도 아실 테구요."

"라이트 백작님, '경' 이라고 불러주세요. 아, 그리고 물론 왕자님의 실력에 대해서는 '대충' 알고 있었죠. 그래서 자세히 알아보려고 찾아온 것이고요. 호호! 그리고 물론 저는 그런 헛소문을 믿지는 않지요. 왕국 내 감찰 정보를 다루는 책임자로서 그 진위 정도는 쉬이 알 수 있으니까요."

후작이라는 말에 잠시 인상을 찡그리며 '경'이라 불러달라고 강조한 페이트라는 입을 가리며 가볍게 웃었다. 그와 동시에 그녀의 입에 걸린 미소는 무척이나 아름다웠다.

"그래서 제 실력을 자세히 알아보셨나요, 카나카인 경?"

자일론이 둘의 대화에 끼어들어 페이트라에게 물어보았다.

"흐음… 아직은 자세히 알았다 할 수 없네요. 하지만 확실한 것은 소문보다 더 뛰어난 실력을 가지셨다는 거예요."

페이트라는 이마에 주름을 만들며 대답했다.

"그래요? 그럼 이제는 어떻게 할 생각이시죠?"

페이트라의 생각을 읽고 있다는 듯 자일론이 빙그레 웃으며 물었다.

"어머! 제가 온 이유를 이미 짐작하고 계시나 보네요. 흐음… 제게 올라온 왕자님에 대한 보고서는 왕자님을 너무 과소평가하고 있었네요."

자신의 속내를 짐작한 자일론의 말에 페이트라가 환하게 웃으며 대답했다.

"잠깐, 카나카인 경. 보고서라니요?"

페이트라의 말에 릭본이 끼어들어 물었다.

"흠… 라이트 백작님, 근위기사단의 주 임무는 왕족의 경호지요. 그런 반면 저희 실버 기사단의 주 임무는 수도의 방어와 감찰이죠. 그 감찰의 목적은 물론 부패한 관리와 귀족을 벌하려는 것도 있지만 주목적은 아니에요."

페이트라의 말이 이어지는 것을 릭본은 묵묵히 듣고 있었다.

"주목적은 반란을 일으킬 위험 요소를 미리 알아내어 미연에 방지하는 거죠. 그러니 자연 왕세자 저하를 제외한 모든 왕자님들과 힘있는 귀족들은 관리 대상이 되는 거죠. 설마 모르셨어요? 제게는 라이트 백작님에 관한 보고서도 제법 있는데 말이에요."

"어, 라이트 경, 정말 몰랐어요? 나도 알고 있는 걸?"

자일론도 의아한 듯 릭본에게 물었다. 그러나 그런 자일론의 물음에 대한 대답은 다른 곳에서 터져 나왔다.

"에엣! 왕자님, 알고 계셨어요?"

바로 페이트라였다. 그들 나름대로 왕자에 대한 조사는 조심한다고 했을 텐데 자일론이 알고 있어서 놀란 눈치였다.

"라이트 백작님이야 이미 소드 마스터에 이른 분이시니 감시가 쉽지 않아 어느 정도 눈치를 채셨을 거라 생각했는데 그런 백작께서는 모르시고 오히려 왕자님께서 알고 계시다니⋯ 아무래도 돌아가면 이놈들을 제대로 굴려야겠네요."

눈을 스산히 빛내며 조용히 중얼거리는 페이트라의 주위로 찬공기가 지나갔다.

"자자, 카나카인 경. 그 일은 뒤로 미뤄두고 절 찾아오신 일을 끝내셔야죠."

자일론이 손뼉을 치며 페이트라의 주의를 돌리곤 말했다.

"어머. 제가 그만 깜빡하고 있었네요, 왕자님. 그럼 제가 이곳까지 찾아온 일을 끝내야죠. 자일론 폰 카이렌 왕자께 저 페이트라 카나카인 후작이 대련을 청합니다."

"수락합니다."

예상한 대로였다는 듯 자일론은 웃으며 고개를 끄덕였다.

“아, 참. 가검은 가지고 오셨겠죠? 아직 진검으로는 대련하지 않아서 말이에요.”

자일론이 생각났다는 듯 말했다.

“물론이죠, 왕자님. 감찰단의 단장을 너무 가볍게 여기시는 것 아닌가요?”

페이트라가 살풋 웃으며 대답했다. 그런 분위기에 릭본은 그저 멍하니 둘을 바라볼 뿐 어떤 행동도 취하지 못했다.

“어라? 자일론과 카나카인 경이 대련하는 건가요?”

그때 연무장 한쪽에서 목소리가 들려왔다.

“아, 형. 어서 오세요.”

“세자 저하를 뵙습니다.”

자일론의 반가운 목소리와 뷰트, 릭본, 페이트라의 목소리가 동시에 울려 퍼졌다.

“하하, 슬슬 자일론의 수련 시간이 끝나갈 때가 된 것 같아서 같이 산책이라도 할까 하고 들렀는데, 또 이런 재미있는 일이 있었구나.”

이제 스물셋의 완연한 청년이 된 로이드의 모습에서는 왕위를 이을 자의 위엄이 흘러나오고 있었다. 그러나 자일론을 바라보는 그의 눈은 여전히 따사로운 형의 눈빛 그것이었다.

“오늘은 어쩐 일인지 사람들이 많이 찾아오네요.”

페이트라에 이어 로이드까지 찾아오자 자일론이 웃으며 말했다.

“그래? 오늘 어쩌다 카나카인 경과 내가 같은 생각을 했나 보구나. 그나저나 카나카인 경, 대련은 시작 안 하나요? 저도 상당히 흥미가 솟는걸요.”

자일론의 말에 대답한 로이드가 페이트라를 바라보며 물었다.

"예, 세자 저하. 왕자님, 준비는 되셨습니까?"

"아, 좋아요. 그럼 자리를 옮기도록 하죠. 형, 거기서 잘 보세요. 제 실력을 보여 드릴 테니."

"하하, 알겠다. 잘해봐라."

로이드는 릭본, 뷰트와 함께 연무장 한쪽에 있는 나무 그늘 아래에서서 자일론과 페이트라가 검을 뽑기를 기다렸다. 자일론과 페이트라는 나무에서 조금 떨어진 연무장에 서로를 마주 보고 섰다.

스르릉.

맑은 소리를 울리며 페이트라의 검이 검집에서 빠져나왔다. 비록 날이 없는 가검이지만 햇빛을 반사시키며 빛나는 모습이 자못 날카로웠다.

"왕자님, 검을 뽑으시죠."

페이트라의 말에 자일론은 고개를 끄덕이며 검을 뽑았다.

스르릉.

역시 맑은 소리를 퍼뜨리며 검이 검집 밖으로 모습을 드러냈다.

"그럼, 먼저 오십시오."

누구나 공인하는 실력의 격차가 있기에 페이트라가 선공을 양보했다. 이미 지금까지 몇 년에 걸쳐 릭본과 대련을 하며 소드 마스터의 실력을 절감한 자일론은 희미하게 웃으며 고개를 끄덕였다.

자일론은 페이트라를 노려보며 서서히 호흡을 골랐다. 들이쉬고 내쉬고, 다시 들이쉬고 내쉬고 그렇게 서서히 호흡을 가다듬던 자일론은 일순 들이쉰 숨을 멈췄다. 그 순간 빛살로 변한 자일론의 검이 페이트라를 향해 쏘아져 갔다. 그리고 그 순간 페이트라의 검 역시 빛살로 화해 자일론이 쏘아낸 빛살을 향해 날아가고 있었다.

챙―!

두 검이 허공에서 부딪치며 큰 울음을 떨어 울렸다. 그리고 두 검은 맞부딪친 여력을 이기지 못하고 동시에 공중으로 그 끝을 향했다. 그 순간 자일론의 발이 재빠르게 움직였다. 순식간에 눈앞에서 자일론의 모습이 사라지자 페이트라는 눈에 띄게 당황했다.

"흐음……."

자일론의 재빠른 움직임과 그에 당황하는 페이트라의 모습을 지켜본 릭본은 침음을 흘렸다. 지금 페이트라가 처한 상황을 충분히 공감했기 때문이다. 자신 역시 저렇게 사라지는 자일론의 모습에 당황했던 적이 한두 번이 아니었다.

중급의 소드 익스퍼트인 자일론을 상대하며 상급 또는 최상급의 소드 익스퍼트의 능력을 사용하게 만드는 두 가지 이유 중의 하나가 바로 저 신출귀몰한 움직임이었다. 그런 모습을 이미 릭본과 자일론의 대련에서 수없이 지켜보았던 뷰트는 담담한 모습으로 둘의 대련을 지켜보았다.

검에는 문외한이나 다름없는 로이드는 그저 감탄만 연발하며 둘의 대련을 지켜보고 있었다. 그가 검에 대해 문외한이라 하나 왕국의 3대 소드 마스터로 이름 높은 페이트라의 실력이라던가, 소드 마스터가 어떤 존재라던가 하는 정도는 알고 있었다. 그런 페이트라와 저렇게 당당히 맞서는 동생의 모습이 자랑스러우면서도 무척이나 감탄스러웠다.

지켜보는 사람들이 어떠하든 간에 페이트라는 자일론의 모습을 놓쳐 잠시 당황한 순간 재빠르게 방어를 위한 자세를 취하며 뒤로 물러났다. 수많은 경험에서 우러나온 행동이었다.

페이트라가 뒤로 물러서는 그 순간 조금 전까지 자신이 있던 자리의 측면에서 자일론의 검이 튀어나와 자신의 앞을 지나갔다. 대응이 조금만 늦었어도 낭패를 당할 뻔한 아슬아슬한 순간이었다.

"쳇. 역시 대단한걸요, 카나카인 경."

회심의 일격이 빗나가자 아쉬운 듯 자일론이 투덜거렸다.

"아니오, 왕자님. 정말 섬뜩한 일격이었습니다."

릭본과의 대련을 지켜보았지만 그래도 어느 정도 자일론을 경시하는 마음이었던 페이트라는 조금 전의 일격으로 그 마음을 버렸다. 그러자 페이트라의 몸에서 뿜어져 나오는 기세가 달라졌다.

"음. 이제 카나카인 경이 진심으로 상대하시려는 모양입니다."

페이트라의 기세가 눈에 띄게 변한 것을 알아차린 릭본이 로이드에게 말했다.

"그런가요? 그래도 자일론 녀석, 정말 대단하군요. 카나카인 경이 진심으로 상대하게 만들다니 말입니다."

자일론이 너무나 자랑스러운 로이드가 뿌듯하게 말했다.

"그렇지요. 저 카나카인 경을 저런 자세로 대련을 하게 만들다니 말입니다. 그것도 불과 열다섯의 나이로 말이죠. 카나카인 경은 누가 뭐라 하든 카이렌에서 가장 뛰어난 재능을 가진 기사이니까요. 그것은 저나 콘티넌트 공작이나 인정하는 사실입니다."

페이트라 카나카인. 사람들은 그녀가 여자라는 이유만으로 그 사실을 인정하길 꺼려하지만, 그녀는 카이렌 역사상 최연소 소드 마스터였다. 현재 그녀의 나이는 서른. 그녀는 2년 전 불과 스물여덟의 나이로 소드 마스터의 경지에 이르렀고 그런 그녀의 재능을 높이 산 카류일 국왕으로부터 후작의 작위를 하사받았다.

카나카인이라는 그녀의 성도 그녀가 스스로 만든 것이었다. 릭본 라이트 백작이 소드 마스터가 된 것은 서른여섯일 때였다. 그리고 카이렌 최고의 검의 명가라는 콘티넌트 가문의 네이팜 유크 콘티넌트 공작이 소드 마스터에 이르렀을 때는 서른둘의 나이였다.

아마 앞으로 십 년 정도만 지난다면 카이렌 최고의 소드 마스터는 눈앞의 페이트라 카나카인일 가능성이 무척이나 컸다. 아니, 릭본은 내심 그렇게 확신하고 있었다.

그런 그녀가 지금 진지한 자세로 기세를 한껏 뿜어내고 있었다. 그것만으로도 자일론의 실력은 이미 상상을 초월할 지경에 이른 것이다.

페이트라의 눈동자 깊은 곳에서 붉은 불꽃이 서서히 타올랐다. 릭본이나 네이팜을 대할 때 이외에는 좀처럼 느껴보지 못한 감정이었다. 눈앞의 이 풋내기 같은 왕자가 자신의 호승심에 불을 지른 것이었다.

"그럼 왕자님, 이번에는 제가 들어가겠습니다."

그렇게 말한 페이트라는 잠시 숨을 고르더니 재빠르게 발을 놀려 자일론을 향해 쇄도해 들어갔다. 그리고 어느 점에 이른 순간 그녀의 검은 순식간에 횡으로 베어 들어오고 있었다. 자일론은 재빨리 검을 비스듬히 눕혀 페이트라의 검을 흘리고는 반격을 했다. 그러나 역시 소드 마스터. 완벽히 흘린 줄 알았던 검이 어느새 되돌아와 자일론의 반격을 막아내고 다시 자신의 가슴을 향해 찔러오고 있었다.

자일론은 다시 재빠르게 유수보법의 방위를 밟아 나갔고 페이트라의 눈앞에서 자일론의 모습은 다시 감쪽같이 사라졌다. 하지만 이미 한 번 경험한 일이기에 페이트라는 당황하지 않고 침착하게 대응했다.

일단 검을 중단으로 곧추세워 방어를 위한 자세를 취하고 자신의 주위에 모든 감각을 동원해 자일론의 기척을 읽어 나갔다. 그리고 순간 페이트라는 재빠르게 뒤돌아서며 검을 휘둘렀다.

챙ㅡ!

또다시 검이 부딪치는 맑은 소리가 울려 퍼졌다.

“흠. 역시 한 번 사용한 방법은 두 번은 안 통하네요. 역시 아까 끝을 냈어야 했는데… 아쉽네요. 쩝.”

뒤로 물러서며 자일론이 아쉽다는 듯 입맛을 다셨다. 그런 자일론의 모습을 지켜보는 페이트라의 등은 식은땀으로 축축히 젖었다. 자신이 돌아서는 것이 조금만 늦었어도 돌아서는 과정에서 분명 자일론의 검에 몸의 어딘가를 베였을 것이다. 물론 가검이라 큰 상처는 안 되겠지만 그래도 지금 자일론의 실력이라면 가검으로도 충분히 사람을 벨 수 있을 정도였다.

“왕자님의 몸놀림은 정말 대단하군요. 제가 도저히 쫓아갈 수가 없으니 말입니다.”

페이트라는 땀방울이 송골송골 맺힌 코끝을 찡그리며 말했다.

“그처럼 뛰어난 몸놀림을 보여주신 데 대한 보답으로 저도 멋진 걸 보여 드리도록 하죠.”

그렇게 말한 페이트라는 검을 가만히 들었다. 곧 페이트라의 검 주위로 공기가 일렁이더니 바람이 일기 시작했다. 바람의 세기가 점점 강해지는 듯싶더니 어느 순간 쥐죽은 듯 고요해졌다.

우우웅.

그리고 그 순간 검이 조용히 떨리더니 검의 끝에서 영롱한 빛을 뿌리는 실이 한줄기 솟아 나와 검을 휘감아 돌며 내려오기 시작했다.

“오러 쓰레드(Aura Thread)!”

서로 다른 네 곳에서 동시에 같은 소리가 터져 나왔다. 소드 마스터인 릭본을 제외하고는 오러 쓰레드를 보는 것이 처음인 사람들이었기에 감탄과 경이, 놀람이 뒤섞인 소리가 터져 나온 것이다.

그렇게 뿜어져 나오던 오러 쓰레드는 여섯 줄기가 되자 검을 휘감아 돌 뿐 더 이상 나오지 않았다.

"흐음. 벌써 여섯 개나…… 소드 마스터에 든 지 이제 겨우 2년이거늘… 곧 나와 같은 수준이 되겠군."

페이트라의 오러 쓰레드를 지켜본 릭본은 감탄과 착잡함이 뒤섞인 묘한 감정으로 중얼거렸다. 현재 릭본이 낼 수 있는 오러 쓰레드는 13개. 그도 아직 중급의 소드 마스터였다. 현재 카이렌에서 검을 오러로 완전히 감싸는 오러 블레이드를 만들 수 있는 이는 네이팜 유크 콘티넌트 공작이 유일했다.

"와~! 정말 대단해요, 카나카인 경. 오러 쓰레드라니… 말로만 들었지 실제로 보기는 처음이군요. 이렇게 대단한 것을 보여주다니 정말 감사해요. 그럼 이제 제가 들어가도록 하죠."

눈앞에 영롱한 빛을 흩뿌리고 있는 오러 쓰레드에 심취한 듯 자일론의 눈은 최면에라도 걸린 듯 흔들렸다. 그리고는 한시라도 빨리 오러 쓰레드를 입힌 검과 부딪쳐 보고 싶은지 큰 소리로 기합성을 내지르며 검을 찔러갔다.

"하앗~!"

지금까지 자일론이 펼친 어떠한 검보다도 빠른 초신속(招神速)의 검이었다. 그런 자일론의 검이 거의 자신의 가슴 앞에 이르렀을 때 페이트라는 검을 아래에서 위로 쳐올렸다.

스윽.

'챙' 이라는 검이 부딪치는 소리가 울려 퍼져야 하건만 단지 조용히 울린 듯 울리지 않은 듯 울린 작은 소리.

털그럭.

그 뒤이어 자일론의 가검 앞부분 절반이 잘려져 바닥에 떨어지는 소리가 들렸다. 강도가 거의 같은 기사들의 훈련용 가검이었건만 페이트라는 너무도 간단히 상대의 가검을 잘라 버린 것이다.

그 모습에 순간 고요한 정적이 흘렀다. 모두들 놀란 것이다. 같은 소드 마스터인 릭본만을 제외하고 말이다.

“우와~! 정말 대단해요~!”

그 고요를 깨뜨린 것은 자일론의 감탄성이었다. 역시 검을 수련하는 사람이라 그런 것인가? 어이없는 패배는 생각지도 않고 그저 눈앞에 보인 새로운 경지에 순수하게 감탄하고 있었다. 그런 자일론의 모습에 페이트라는 빙그레 웃으며 검을 검집에 넣었다.

“정말 대단한 것은 왕자님의 실력입니다. 제가 오러 쓰레드를 사용하지 않았다면 저의 승리를 장담하지 못했을 테니까요.”

페이트라는 자일론에게 고개를 숙이며 담담한 어조로 말했다. 페이트라가 무서운 속도로 실력을 올리고는 있었지만, 아직 릭본에 비해서는 밑이었다. 릭본은 오러 쓰레드를 사용하지 않고 자일론을 제압할 수 있으니 말이다. 지금은 페이트라의 재능보다는 릭본의 연륜이 더 위였다.

“아니에요. 목숨을 건 결투였다면 서로가 가진 실력을 다해야 할 테고 그랬다면 긴 걸데고 기기끼인 검을 이긴 수 없을 거예요.”

아직은 자신이 이르지 못한 절대적인 경지를 경험해서일까? 자일론은 담담하게 자신의 패배를 인정했다. 그도 아직은 소드 마스터에 비한다면 자신의 실력이 떨어지는 것을 알았다. 그런 데다가 미스릴이나 오리하르콘 또는 메테이뉴으로 만든 검이 아니면 감히 맞댈 수 없다는 오러 쓰레드를 직접 경험했으니 완전히 승복한 것이다.

"오늘 정말 값진 경험을 했어요. 고마워요, 카나카인 경."

자일론은 활짝 웃으며 페이트라에게 인사했다.

짝짝짝짝.

그때 나무 아래서 박수 소리가 들렸다.

"정말 훌륭했어요, 카나카인 경. 그리고 자일론도. 내가 검술에 대해서는 잘 모르지만 그래도 무척 대단했어요. 오랜만에 대단한 것을 보았네요."

나무 아래서 걸어나오며 박수를 치고 있는 로이드의 말이었다. 그런 로이드의 칭찬에 자일론은 쑥쓰러운 듯 머리를 긁적였다. 페이트라는 허리를 굽혀 예를 표했다.

"자, 그럼 이제 이곳에서의 일은 다 끝난 것인가요? 그럼 저는 이만 자일론을 데려가도록 하죠."

로이드가 싱긋 웃으며 말하자 릭본과 페이트라는 허리를 굽혀 예를 표하고는 각자 자신의 일을 찾아갔다. 그 둘의 모습이 멀어지자 로이드는 자일론을 돌아보았다.

"자, 그럼 이제 우리도 가보도록 할까? 근데 자일론, 그 전에 우선 좀 씻어야 겠구나. 이렇게 땀을 많이 흘려서야… 일단 씻고 가볍게 요기라도 한 후에 산책을 나가도록 하자."

"예."

로이드의 말에 자일론은 웃으며 대답했고 둘은 자일론의 궁을 향해 발걸음을 옮겼다. 뷰트는 빙그레 웃으며 그 뒤를 조용히 뒤따랐다.

소드 마스터
(Sword Master)

소드 마스터(Sword Master)

"자일론 왕자님, 일라나 귀비 마마께서 잠시 뵙자 청하셨습니다."

자일론의 방문을 열고 들어온 시녀가 공손히 허리를 숙이며 자일론에게 말했다. 모처럼 따사로운 햇살을 받으며 소파에 기대 독서에 빠져 있던 자일론은 시녀의 말에 나른한 기지개를 켰다.

"아함~ 그래, 어머니께서 잠시 보자 하신다고? 그럼 가봐야지."

기지개와 함께 소파에서 일어난 자일론은 창밖으로 보이는 한가로운 오후의 풍경에 잠시 시선을 두었다. 그리고 곧 몸을 돌려 방문으로 향했다. 그러자 시녀가 앞장서서 자일론을 이끌었고 메케인이 자일론의 뒤를 조용히 따랐다.

"흠. 그런데 무슨 일로 보자고 하시는 걸까? 이렇게 갑자기 부르신 적은 별로 없었는데 말이야."

어느덧 소년의 티를 완전히 벗고 완연한 청년의 모습으로 화한 자일론이 중얼거렸다. 현재 자일론의 나이는 17세 11개월. 한 달 후면 열여덟 번째 생일을 맞이함과 동시에 성년식을 치르게 된다.

예전에는 그렇게 크기만 했던 왕궁이 자일론이 커감에 따라 점차 작아지더니 이제는 그다지 크다는 생각이 들지 않는 정도가 되어버렸다.

그렇게 얼마나 걸었을까? 금세 일리나의 방에 도착했다. 어릴 때는 그렇게나 먼길이었는데… 이렇게나 어머니의 방이 가까웠던가를 생각하며 자일론은 시녀가 노크하는 것을 지켜보았다.

똑똑똑.

"일리나 귀비 마마, 자일론 왕자님을 모시고 왔습니다."

노크와 함께 시녀의 목소리가 조용한 복도에 울려 퍼졌다.

끼익.

문이 열리며 시녀가 나와 자일론을 맞았다.

"왕자님, 이리로 오시지요."

고개를 끄덕인 자일론은 그 시녀를 따라 방 안으로 걸음을 내디뎠다. 지금까지 자일론을 안내해 온 시녀는 같이 방 안으로 들어온 후 자신이 일하는 곳으로 돌아갔다.

"아, 자일론, 어서 오너라."

"어머니, 그간 안녕하셨습니까?"

얼굴 가득 환한 미소를 머금은 일리나가 자일론을 반겼다. 자일론이 소년에서 청년으로 변한 만큼 일리나의 얼굴에도 주름이 늘어나 있었다.

"오늘 날씨가 워낙 좋아 정원에서 너와 차나 한잔 즐길까 하고 불렀단다."

자신의 맞은편 소파에 자일론을 앉히며 일리나가 자일론을 부른 용

건을 말했다. 일리나가 그런 생각을 할 만큼 오늘 날씨는 좋았다. 그래
서 자일론도 모처럼 햇살을 받으며 책을 읽지 않았던가.

"어머니도 그러셨군요. 저도 날씨가 너무 좋아 잠시 책을 읽던 중이
었습니다."

입가에 부드러운 미소를 그리며 자일론이 말했다.

"그래? 역시 그렇지. 이렇게 좋은 날씨라니. 정원에서 차를 즐기는
것도 무척이나 좋을 것 같구나. 준비가 되는대로 나가보도록 하자꾸
나."

이제는 청년으로 변한 아들이건만 보고만 있어도 즐거웠다. 자일론
이 어릴 때도 그랬지만 나이가 들어감에 따라 점점 더 볼 기회가 줄어
들었다. 그래서 더욱 자일론에게 애정이 가는지도 몰랐다. 어쨌든 현
재에 있어 그녀의 삶의 목적은 자일론이었다.

"귀비 마마, 준비가 다 되었습니다."

그때 시녀의 목소리가 들려왔다.

"그래? 그럼 나가보도록 할까?"

일리나의 말에 자일론이 소파에서 일어나 허리를 굽히며 일리나에
게 손을 내밀었다. 일리나는 그런 아들의 모습에 흐뭇한 웃음을 지으
며 그 손 위에 자신의 손을 살며시 포개 잡고는 소파에서 일어났다.

"그럼, 기분 좋은 날씨를 즐기러 나가실까요?"

자신의 흥을 돋우려는 듯한 자일론의 말에 일리나는 더욱 기분이 좋
아져 앞으로 내딛는 걸음걸음이 정겨웠다. 그런 두 사람의 뒤로 시녀
들이 찻잔과 그 밖의 차를 끓일 여러 가지 도구들과 티 테이블, 그리고
의자 두 개를 들고 조용히 따르고 있었다.

나뭇가지 사이로 내리쬐는 오후의 햇살은 사람을 나른하게 만들었

지만 힘없이 축 처지는 그런 나른함과는 달랐다. 너무나 따사로워 그저 햇살을 받고만 있어도 편안해지는 그런 나른함이라 할까?

왕궁 안의 수많은 정원 중에서도 봄에 그 경치가 가장 아름답다는 '봄의 정원'에 자리를 잡은 일리나와 자일론은 4월의 따사로운 봄기운을 만끽하고 있었다.

"자일론, 너도 이제 곧 성년식을 치르는구나."

정말 시간이 빨리 흐른다는 듯 먼 하늘을 바라보며 일리나가 말했다.

"예. 어느새 저도 성인이 되는군요."

자일론의 생일은 5월이었다. 지금이 한창의 4월이니 이제 자일론의 열여덟 번째 생일도 한 달 남짓 남은 것이다.

"그 고통을 참아가며 널 낳은 것이 정말 엊그제 같은데 벌써 성인이라니… 시간이 빠르다는 것은 알고 있었지만 이렇게 절실히 느껴보기는 처음이구나."

아들이 이제 성년이 된다는 사실이 기쁘기도 하면서 한편으로는 자신으로부터 완전히 벗어난다는 생각에 쓸쓸해하는 일리나의 목소리가 담담히 흘러나왔다. 그런 말을 하는 동안 일리나의 시선은 여전히 하늘을 향하고 있었다.

"네. 저도 제가 벌써 성년이라니 믿기지 않아요. 정말 시간이란 빠른 존재군요."

찻잔을 들어 한 모금 천천히 삼킨 자일론도 시선을 하늘에 두고는 대답했다.

"그렇지. 세상에서 가장 빠른 존재는 시간이지……."

자일론의 말에 대한 대답인지 혼잣말인지 일리나는 조용히 중얼거렸다.

"가만히 생각해 보니 그동안 이렇게 어머니와 밖에서 차를 같이 한 적은 없는 것 같네요."

일리나가 너무 깊게 감상에 젖은 것을 염려했음인지 자일론이 찻잔을 테이블에 내려놓으며 화제를 돌렸다.

"어머, 그러고 보니 그렇구나. 그동안 너와 이렇게 밖에 나와 본 적이 거의 없었구나. 수많은 정원이 궁 안에 있는데도 이제야 너와 봄의 정원에 겨우 나와 보다니… 그동안 뭘 하며 지낸 겐지……."

아들과의 작은 소풍에 대한 기쁨에서 오는 웃음인지 아니면 이제야 아들과 작으나마 이런 시간을 가지게 된 것에 대한 자조의 웃음인지 깊고도 모호한 미소가 일리나의 입에 길게 드리워졌다.

"지나온 시간보다는 앞으로 나갈 시간이 더 많으니까요, 어머니. 앞으로 종종 이렇게 나오면 되는 거죠. 이번 여름에는 여름의 정원에도 들러보는 게 어떨까요?"

오늘따라 어머니가 묘하게 감상에 젖는다는 생각에 자일론은 밝은 웃음과 함께 말했다.

"그래, 그러자꾸나. 앞으로 매 계절마다 여름의 정원, 가을의 정원, 겨울의 정원, 이렇게 다 돌아보자꾸나."

자일론의 말에 일리나도 맑은 웃음을 지으며 대답했다. 카이렌의 왕궁에는 수많은 정원이 있었지만 그중에서도 '사계의 정원'이라는 곳은 왕궁에서도 가장 유명한 곳 중 하나였다. 매 계절 가장 아름다운 모습을 가진다는 네 곳의 정원을 칭하는 말로 지금 자일론과 일리나가 있는 봄의 정원도 그중 하나였다.

봄의 풋풋한 내음을 가장 잘 느낄 수 있는 싱그러운 기운의 봄의 정원은 지금 그 절정을 이루고 있었다. 짙은 녹음과 함께 시원함을 간직한 여름의 정원, 선선한 바람과 형형색색 단풍의 가을의 정원, 그리고 온 세상을 하얗게 물들인 눈 속에서 그 빛을 발하는 설경을 가진 겨울의 정원.

매 계절마다 각각의 정원을 찾는 왕궁 안의 인물들은 수없이 많았다. 평소에도 아름다운 정원들이었지만, 그 이름과 계절이 같은 때는 그야말로 하늘 아래 다시 보기 어려운 경관을 자랑하는 곳들이었다.

그리고 보니 오늘은 일리나가 미리 언질을 넣어뒀는지 따사로운 봄날 봄의 정원에는 자일론과 일리나, 그리고 시녀들 외에는 그 누구도 보이지 않았다.

"아, 자일론, 이걸 받거라."

잠시 잊었다가 생각이 난 듯 일리나는 품에서 작은 상자를 꺼내 자일론에게 건네주었다.

"에? 이건 뭐예요?"

의외의 물건에 놀란 듯 자일론이 나이답지 않게 눈을 동그랗게 뜨고는 되물었다. 그 모습에 일리나는 작은 웃음을 흘렸다.

"훗. 역시 넌 나이를 먹어도 내 아들이구나. 어쩜 그렇게 귀여운 얼굴을 할 수 있니?"

장난과도 같이 느껴지는 일리나의 말에 자일론은 머쓱한 듯 머리를 긁적였다.

"그래요? 뭐, 제가 어머니의 아들이라는 것은 절대 변하지 않는 사실이니 그렇겠죠."

그렇게 대답한 자일론 역시 일리나를 바라보며 빙그레 웃었다.

"그 상자는 열어보지 않을 거니?"

자일론이 계속 머리만 긁적이며 웃고 있자 일라나가 말했다.

"아, 열어봐야죠."

그제야 자일론은 머리에서 손을 떼고는 상자를 집어 들었다. 조심스레 작은 상자를 손에 들고 뚜껑을 열자 그 안에 수수한 모양의 은빛 반지가 그 자태를 드러냈다. 수수한 모양에 은빛을 은은히 뿌리는 모습이 보통 은반지 같기도 했지만, 또한 범상치 않아 보였다.

"이건……?"

반지를 확인한 자일론이 일라나를 보며 입을 열었다.

"한 달 빠른 생일 선물이란다. 네가 성년이 되는 해에 주려고 몇 년 전부터 구하던 것이야."

"예?"

몇 년 전부터 자신의 성년을 준비했다는 말에 자일론은 크게 놀랐다. 그리고 곧 두 눈 가득 감동이 차오르기 시작했다.

"어머니……."

그런 아들의 모습에 일라나의 얼굴에 맺힌 웃음도 더욱 밝아지며 짙어졌다.

"그 반지는 그냥 보기에는 수수해 보인다만 재질이 순수한 미스릴이란다. 게다가 마법이 걸려 있는 마법 반지지. 여러 가지 마법들이 걸려 있다고 들었다만, 고대 유적에서 발견된 거라 모두 알 수는 없다고 하는구나. 나만 실드 마법이 걸려 있어 혹시라도 위급할 때 너를 지켜줄 수 있을 거다."

일라나의 설명이 이어지자 자일론의 눈에 찬 감동의 물결은 그 절정을 몰아치고 있었다.

"정말 감사드립니다. 이런 선물이라니……."

어느새 일리나의 두 손을 자신의 두 손으로 꽉 잡은 자일론의 입에서 감동과 감사에 겨운 인사가 새어 나왔다. 일리나는 그저 묵묵히 고개만 끄덕였다. 하지만 그녀의 두 눈은 기쁨으로 가득 차 있었다.

"자, 어서 손가락에 끼워봐야지. 오른손 중지에 끼면 될 게다."

일리나의 말에 자일론은 고개를 끄덕이고는 반지를 오른손 중지로 가져갔다. 처음에는 손가락보다 좀 작아 보이던 반지가 일단 손가락에 끼워 넣자 크기가 저절로 딱 맞게 변했다. 역시 마법 반지였다.

그런 반지의 모습에 자일론은 잠시 놀란 모습을 보였다. 자신이 마법을 배우기는 했지만 이렇게 마법이 걸린 물건을 보는 것은 처음이니 당연한 반응이었다.

"마음에 드니?"

"예."

"마음에 든다니 다행이구나."

"어머니께서 뭘 주셨든 모두 제 마음에 들었을 거예요."

아들의 대답에 기분이 좋아진 일리나는 입을 가리고 조용히 웃었다. 그렇게 서로 마주 보며 얼마를 웃었을까, 따사로운 햇살 아래에서 기분 좋은 시간이 흘렀다.

"요즘 검술 수련을 잘하고 있니?"

"예. 점점 더 좋아지고 있어요."

이미 자일론의 검술에 관한 소문은 온 궁 안을 떨어 울릴 정도로 소문이 자자했다. 3년 전 페이트라 카나카인 후작과의 대련 이후 그 소문은 급속도로 왕궁을 잠식해 들어간 것이다.

그랬기에 일리나도 관심을 보이는 것이라 생각한 자일론은 대수롭지 않게 대답했다. 전에도 종종 이런 물음을 던져 오곤 했기 때문이다.

하지만 일리나가 그것을 물은 진정한 이유는…….

"그래. 그거 잘됐구나. 앞으로도 더욱 열심히 하거라."

"예."

그렇게 대답하는 자일론의 등 뒤로 어느새 구름이 붉게 물들어가고 있었다.

"이런. 벌써 해가 지고 있구나. 너와 이렇게 나와 있어서 시간 가는 줄 모르고 있어버렸어. 이제 그만 일어나야겠다."

자일론 너머로 서서히 다가오는 노을을 발견한 일리나가 말했다.

"예. 그래야겠네요. 그럼 저는 먼저 가보겠습니다. 말이 나온 김에 잠시 검을 좀 흔들어 보고 들어가야겠어요."

싱긋 웃으며 말을 마친 자일론은 자리에서 일어나 인사를 하고는 연무장 쪽으로 걸음을 옮겼다. 그 모습을 일리나는 묵묵히 바라보고 있었다. 모호한 감정이 담긴 눈으로…….

"난 이곳에 조금 더 있고 싶으니 너희들은 먼저 들어가 있거라. 이곳은 나중에 치우도록 하고."

무슨 생각이 든 것일까 일리나는 시녀들을 향해 그렇게 말하고는 시선을 붉게 물들어오는 하늘을 향해 던졌다. 시녀들은 그런 일리나를 향해 허리를 굽히고는 조용히 그곳에서 물러났다.

"과연 내가 저 아이에게 이런 짓을 해도 되는 걸까? 큰 생각이나 감정을 가지진 않았지만 시간이 흐를수록 저 아이가 이리도 사랑스러워지니… 짧기만 한 시간을 원망해야 하는 것인지……."

홀로 조용한 독백을 읊어 내리는 일리나의 눈은 슬픔으로 깊어져 있었다.

사실 자일론에게 준 반지도 그녀가 만든 것이었다. 드래곤인 그녀에게 있어 그 정도의 반지를 만드는 것은 우스운 일이었다. 그리고 자일론에게는 무엇인지 말하지 않았지만 그녀가 걸어놓은 마법들도 있었다.

위치 추적 마법, 통신 마법, 소환 마법, 영상 전송 마법, 도난 방지 마법이 그것들이었다. 혹시라도 있을지 모를 일을 대비해 그녀가 걸어둔 마법들이었다. 자일론이 어디를 가더라도 이곳 류블라드에만 있다면 즉시 찾을 수 있도록 준비한 것이다.

자일론이 왕궁 안에만 있다면 마법을 사용해 무엇을 하는지 지켜볼 수 있지만 그가 라디칼만 벗어나더라도 그것은 상당히 힘들었다. 그래서 매개물이 될 수 있는 반지를 자일론에게 준 것이다.

그런 일리나의 또 다른 의도를 모른 채 연무장으로 향하는 자일론은 왼손으로 오른손의 반지를 무척이나 소중하게 꼭 쥐고 있었다.

조심스럽게 뽑아 든 검이 저녁 햇살을 받아 차가운 빛을 주위로 흩날리고 있었다. 작년 생일 때 선물로 받은 검의 섬뜩하게 선 날에서 무엇이라도 베어버릴 듯한 예리함이 흘러내리고 있었다. 17세의 생일에 처음으로 받은 진검이었기에 자일론에게는 가장 소중한 물건이었다.

아니, 이제는 오늘 어머니께 받은 반지와 함께 가장 소중한 물건이라고 해야 하나? 멍하니 검끝을 바라보는 자일론의 눈은 초점이 없었다. 날카롭게 집중해서 검끝을 바라봐야 할 텐데 초점이 풀려 흐리멍텅한 상태로 있었다.

이미 작년에 자일론은 최상급의 소드 익스퍼트에 접어들었다. 소드 마스터인 릭본조차 오러 쓰레드를 사용하지 않으면 상대하지 못할 정도의 실력을 키운 상태였다. 밤마다 대련을 하는 브라이튼은 현재 중급과 상급의 경계부에서 진전이 없는 상태로 맴돌고 있었다.

자일론을 볼 때마다 투덜거리는 그 모습이 싫지는 않았지만, 정체한 자신의 실력 때문에 많이 힘들어하는 모습이 보였다. 그때마다 자일론도 안타까웠지만 어찌할 방법이 없었으니…….

가볍게 몇 번 휘두르다가 들어갈 생각으로 뽑은 검이었지만 검을 뽑으며 정면으로 바라본 저녁 태양에 시선을 빼앗겨 버렸다. 그저 아무 생각 없이 바라보았는데 어느덧 시선을 빼앗겨 눈이 풀려 버렸다.

자신의 일을 마치고 서서히 아래로 내려가는 태양의 모습을 보며 자일론은 무엇을 느낀 걸까? 이제 노을의 붉은빛도 점점 어두워져 동쪽으로부터 어둠이 몰려오고 있었지만 자일론은 서녘 하늘을 본 채 꼼짝도 않고 있었다.

태양이 완전히 모습을 감추고 어둠이 세상을 뒤덮어 갈 때 여전히 눈에 초점이 없는 상태로 자일론의 손이 움직였다. 이어 검이 움직였고 곧 자일론은 서서히 혼원검법을 펼치기 시작했다. 빠르지도 느리지도 않은 움직임. 이제 대강이나마 혼원검법 속에 담긴 뜻을 이해하고 있는 자일론이었기에 3년 전의 그것과는 상당히 다른 모습이었다.

하지만 지금 펼치는 검에서는 자일론이 이해하고 있는 뜻을 뛰어넘은 그 무엇인가가 있는 듯 범접키 어려운 기운을 흩뿌리고 있었다. 때론 빠르게, 때론 느리게 그렇게 펼쳐 나가던 검이 8초까지 진행되고는 딱 멈췄다. 현재 자일론이 펼칠 수 있는 것은 8초까지였다.

검법을 한 번 펼친 후 다시 검을 가슴 앞으로 가져와 곧게 세웠다. 그런 자일론의 검끝에서 아지랑이 같은 기운이 조금씩 일렁이기 시작했다. 눈의 착각일 수도 있겠지만 그 일렁임은 점차 커져 갔다. 그러더니 곧 이어 검의 끝에서 희미한 빛이 새어 나오기 시작했다.

그 빛은 점차 밝아졌고 진해지며 제 모습을 갖춰갔고, 서서히 선명해지며 또한 길어졌다. 그렇게 그 빛은 뱀이 나무를 휘감아 내려오듯 검신을 타고 내려와 검과 검병이 만나는 부분에서 끝이 났다.

영롱한 형형색색의 빛을 흩뿌리며 검을 감고 있는 것은 오러 쓰레드! 자일론의 검에서 오러 쓰레드가 나타난 것이다! 자신이 소드 마스터에 한 발짝 들여놓은 증거가 눈앞에 있음에도 자일론의 눈은 여전히 멍한 상태였다. 그렇게 오러 쓰레드는 이제 완전한 어둠에 덮여 버린 연무장을 밝히고 있었다.

잠시 풀벌레 소리 하나 없는 고요한 시간이 흐르고 자일론의 눈에 점차 초점이 잡히기 시작했다. 그리고 완전히 눈의 초점이 잡혔을 때 자일론은 흠칫 놀랐다. 아니, 검을 놓칠 뻔할 정도로 놀랐다. 자신의 검을 바라보는 순간 검이 심하게 떨렸으니 말이다.

“이, 이건… 분명 오러 쓰레드! 이게 어떻게 된 거지?? 잠시 넋을 잃고 저녁 태양을 바라보다가… 묘한 느낌에 사로잡혀 검을 펼쳤던 것 같은데… 언제 이렇게…….”

자일론 자신도 거의 무의식 상태에서 느끼는 대로 검을 휘둘렀기에 이제야 자신의 오러 쓰레드를 보고 무척이나 놀랐다. 깨달음이라는 것이 자일론에게도 찾아온 것이다. 이제 겨우 검사의 초입에 든 것이지만 깨달음을 경험했다는 것이 중요했다. 앞으로도 계속 그런 경험을 하며 점차 실력이 깊어질 테니까.

“흠. 도저히 그때의 느낌이 떠오르지 않으니… 이게 어떻게 된 일인지…….”

여전히 자신의 눈앞에서 빛나는 오러 쓰레드를 보며 자신이 어떻게 오러 쓰레드를 펼쳤는지 곰곰이 기억을 뒤져 봤지만 도통 떠오르지 않았다. 지금 이 상태에서 마나를 끊어버리면 왠지 다시는 오러 쓰레드를 사용할 수 없을 것 같은 그런 기분이 들어 계속해서 오러 쓰레드를 유지하며 어떻게 자신이 오러 쓰레드를 뿜어낼 수 있었는지 생각하고 있는 것이었다.

"후… 모르겠어. 케이에게 이런 이야기는 듣지 못했으니… 계속 이러고 있을 수도 없고… 뭐, 안타깝지만 어쩔 수 없지. 어쩌다가 사용한 오러 쓰레드이니. 뭐, 잠시 소드 마스터의 기분을 맛봤다는 것 정도로 만족해야 하려나."

도저히 그때의 상태가 떠오르지 않자 자일론은 입맛을 다시며 마나의 공급을 중단했다. 그것과 동시에 오러 쓰레드의 빛은 서서히 사그라들었다. 어찌했는지 모르니 그냥 포기한 것이다. 계속 그러고 있으면서 마나를 소모할 수는 없었으니…….

그렇게 자신이 소드 마스터의 세계에 한 발 들여놓은 것을 제대로 깨닫지 못한 채 자일론은 자신의 방으로 발길을 돌렸다.

"휴. 기분 좋기도 하고 씁쓸하기도 하고 묘한 일도 있고… 아무튼 뭔가 복잡한 하루였어. 어서 잠이나 자자."

대충 땀을 씻어낸 자일론은 침실로 들어가 호화로운 침대에 몸을 누였다. 그런 자일론의 모습을 가만히 지켜보는 메케인의 얼굴에는 안도의 감정이 떠돌았다. 자일론이 혼자서 잠시 수련하며 들어간다고 자신을 먼저 돌려보내고는 상당한 시간이 지났음에도 돌아오지 않아 무척이나 불안했던 것이다.

호위기사로서 호위 대상에게서 떨어진 것은 분명 자신의 잘못이었다. 아무리 자일론이 그렇게 요청을 했다고 해도 끝까지 곁에 있어야 했지만 그 역시 검을 수련하는 기사로서 아무도 없는 곳에서 홀로 수련하고픈 자일론의 마음을 이해했기에 그런 행동을 했던 것이다. 그리곤 무척이나 후회했으니 앞으로는 그러지 않을 것이다.

아마 계속 자일론의 곁을 지켰다면 너무나 놀라운 광경에 입을 다물지 못했을 텐데… 아니, 메케인이 곁에 있었다면 중간에 놀라 자일론의 집중력을 깨뜨릴 수도 있었으니 오히려 없었던 것이 자일론에게는 득이 된 것일까?

상쾌한 아침 햇살이 창문을 두드리고는 자일론의 얼굴을 밝게 비췄다. 4월의 따사로운 봄볕에 자일론은 기분 좋게 눈을 떴다. 침대에서 일어나 기지개를 켜며 보는 밖의 풍경은 여전히 무척이나 좋았다.

"아함~ 오늘도 역시 날씨가 좋은걸. 봄이라서 그러나… 이런 날은 어디론가 훌쩍 떠나고 싶은 기분이 정말 간절하네. 그렇지 않아, 뷰트?"

어느새 메케인과 교대를 하고 자일론의 침대 옆을 지키고 있던 뷰트에게 자일론이 물었다. 자일론이 태어났을 때 스물의 나이로 그의 호위에 임명되었으니 이제 그의 나이 서른여덟이었다. 어릴 때부터 항상 곁에 있었던 뷰트와 메케인인지라 자일론은 그들에겐 편하게 말했다.

"예, 그렇군요. 하지만 그렇다고 훌쩍 떠나시면 안 됩니다. 왕자님의 위치가 차지하는 무게를 생각하셔야죠."

뷰트는 자일론의 모습에 웃으며 대답했다. 뷰트는 자신의 눈앞에 있는 왕자가 정말 좋았다. 사실 뷰트나 메케인이나 다른 자리로 옮길 기회는 있었다. 이미 나이도 충분히 들었기에 젊은 후배들에게 넘겨주고 자신들은 다른 일을 맡을 만했지만 자일론이 너무 좋았기에 계속 자일론의 호위기사로 있는 것이었다.

"그렇지? 흠. 이럴 때는 왕자라는 신분이 너무 부담스러워. 쯧."

뷰트의 말에 무언가 아쉬운 듯 자일론은 혀를 찼다. 창밖에서 눈을 돌린 자일론이 씻으러 세면실로 들어가자 곧 시녀 하나가 뒤를 따랐다. 씻고 옷을 치려입은 자일론이 거실에 들어서자 어느새 준비된 따뜻한 아침상이 자일론을 반기고 있었다.

"흠. 맛있는걸."

자리에 앉아 우선 빵을 한 입 베어 물고 우물우물 씹어 삼키고 나온 첫 한 마디였다.

"역시 이런 생활을 즐길 수 있는 왕자라는 신분이 좋은 건가? 마음 가는 대로 훌쩍 떠날 수는 없어도 말이야."

향기로운 차를 한 모금 삼킨 자일론은 뷰트를 바라보며 싱긋 웃었다.

"뷰트도 이리 와서 같이 먹는 게 어때? 아직 안 먹었잖아, 아침."

"왕자님께서 주무실 때 간단하게 먹었습니다."

"그래? 때로는 좀 긴장을 풀고 같이 식사 정도는 하자구. 왕궁에서 5왕자인 나에게 무슨 큰일이라도 생긴다구 그렇게 긴장하고 지내는 거야? 큰형이면 몰라도 나는 별로 큰일도 없을 것 같은데 말이야."

항상 자신이 식사하는 모습을 지켜보며 서 있는 호위기사들에게 미안했는지 자일론은 늘 하는 소리를 오늘도 어김없이 하고 있었다.

"호위기사의 본분은 지켜야지요."

늘 듣는 말에 늘 같은 대답을 뷰트는 웃으며 말했다.

"아아, 이제 이것도 슬슬 지겨워진다구. 항상 같은 말에 항상 같은 대답이라니."

뷰트의 대답에 자일론은 고개를 절레절레 흔들며 말했지만 그것 역시 늘 하는 말이었다.

그렇게 아침 식사를 마친 자일론은 검을 들고 연무장으로 향했다. 아침 수련을 하기 위해서였다. 그런 자일론의 뒤를 뷰트가 묵묵히 지키며 따라가고 있었다.

"아, 라이트 경. 먼저 와 계셨네요."

연무장의 한쪽에서 기본 자세를 연습하고 있는 릭본을 발견하고는 자일론이 인사를 했다.

"아, 왕자님, 어서 오십시오. 오늘은 그렇게 되었습니다. 그럼 일단 가볍게 준비 운동을 하시고 시작하도록 하죠."

"그렇게 하죠."

자일론도 연무장의 한쪽에서 릭본처럼 기본 자세를 연습하기 시작했다. 사실 자일론이 열일곱일 때부터 릭본은 더 이상 가르칠 것이 없었다. 어디서 배웠는지 자일론이 사용하는 검법은 자신이 가르친 것과는 다른 것이었다.

그로서도 처음 접하는 신기한 검법이었지만 위력 또한 뛰어났다. 그동안은 자신의 경험을 중심으로 가르쳤었는데 그것도 언제부터인가 더 가르칠 것이 없었고, 주로 자일론과 대련을 하게 되었다.

실전만은 못하겠지만 그래도 다른 사람과 검을 섞어본 경험은 무척이나 중요한 것이었기에 최근 2년간은 거의 대련으로 시간을 보냈다. 그리고 그 대련은 릭본 자신에게도 무척이나 도움이 되었다.

최근 자신 스스로도 부쩍 실력이 느는 것을 느꼈기에 이제는 오히려 자신이 자일론과의 대련이 기대가 되었다.

한참을 기본 자세만을 연습한 둘은 몸에 열이 좀 오르고 땀도 적당히 나자 연습을 멈췄다. 그리고는 일언반구의 말도 없이 자리를 옮겨 서로 마주 보고 섰다.

이미 2년간 해온 일상이었다. 더 이상 말은 필요치 않았기에 둘은 그렇게 서로를 바라보며 마주 서 검을 뽑았다. 늘 그렇듯 오늘도 자일론의 선공으로 대련은 시작되었다.

검광이 번쩍이고 검이 부딪치는 소리가 울려 퍼지는 가운데 격렬하고도 부드러운 대련이 계속 이어졌다. 얼마나 검을 섞었을까? 점점 그림자가 짧아지는 가운데 둘의 몸은 땀으로 흠뻑 젖어가고 있었다.

격렬한 움직임 사이에 찾아온 잠시의 소강 상태. 약간은 가빠진 숨을 몰아쉬며 서로를 마주 보고 있었다. 그리고 서로의 눈빛이 변했다.

이미 둘 모두 알고 있었다. 항상 이 시점에서 릭본이 오러 쓰레드를 사용한다는 것을. 오늘도 역시 릭본의 검에서 영롱한 빛의 오러 쓰레드가 흘러내렸다. 이제 오늘의 오전 대련을 끝낼 시간이 된 것이다. 물론 또 하나의 가검이 잘린 채로.

사실 그동안 꾸준히 하루에 두 개씩의 가검이 잘려 대장간으로 보내졌다. 항상 릭본의 오러 쓰레드와 함께 대련이 끝났기에. 자일론이 왕자였기에 망정이지 그렇지 않았다면 이런 대련을 2년이나 계속할 수 있었을까?

릭본의 검을 요염하게 감아 돌고 있는 오러 쓰레드를 바라보는 자일론의 눈이 깊게 가라앉았다. 검병을 쥔 손에 힘이 좀 더 들어갔다.

꿀썩.

자일론이 침을 삼키는 소리가 조용한 가운데 울려 퍼졌다. 자신도 지난밤 비록 한 가닥이지만 오러 쓰레드를 사용한 경험이 있었기에 릭본의 오러 쓰레드를 바라보는 눈이 지금까지와는 달랐다.

릭본도 그것을 느꼈음인가. 평소라면 공격을 들어왔을 타이밍에 여전히 그는 검을 곧추세우고 가만히 서 있었다. 그런 묘한 대치 상황이 이어지는 가운데 자일론의 검끝에서 서서히 아지랑이가 피어오르기 시작했다.

그것을 가장 먼저 발견한 이는 릭본이었다. 그 아지랑이를 보는 순간 그의 눈이 조금 커졌다. 그리고 설마 하는 심정으로 자일론을 바라보았다. 이미 그의 눈은 온통 자일론의 검끝에 집중되어 있었다.

대련 시 상대의 눈을 보는 것이 기본이지만 릭본은 자신의 눈을 믿지 못하게 하는 현상에 자일론의 검만을 바라보는 것이다. 그런 릭본의 기색을 눈치 챈 자일론은 고개를 갸웃거리며 자신의 검끝을 바라보았다. 그리고 그도 곧 표정이 변했다. 자신도 발견한 것이다. 자신의 검끝에 맺힌 아지랑이를.

그때 서서히 아지랑이의 움직임이 거세어지더니 곧 검끝에서 밝은 빛줄기 하나가 새어 나와 검을 휘감아 내려갔다.

그 순간 모두의 움직임은 정지했다. 자일론이 오러 쓰레드를 사용한 것이다.

"오… 오러 쓰레드……."

그 말을 내뱉은 것과 동시에 릭본의 검에서 오러 쓰레드가 사라졌다. 그리고 검을 축 늘어뜨렸다.

"왕… 왕자님… 축… 축하드립니다. 소드 마스터에 이르셨군요."

검을 늘어뜨리고 자일론에게 더듬거리며 축하의 말을 하는 릭본의 목소리는 심하게 떨렸다. 그럴 수밖에 없는 것이 이제 자일론의 나이는 열여덟 살이었다. 그야말로 류블라드 최연소 소드 마스터의 탄생인 것이다.

"아, 하하. 고마워요, 라이트 경."

멍하니 자신의 검에 맺힌 오러 쓰레드를 바라보는 자일론의 눈에도 당황이 맺혀 있었다. 전날 밤 한 번 사용해 보기는 했지만 이렇게 쉽게 다시 뿜어낼 수 있을 줄은 몰랐기 때문이다. 그 모습을 지켜보는 뷰트의 눈은 촉촉이 젖어들고 있었다. 눈앞에 펼쳐진 자일론의 오러 쓰레드에 감동한 것이다. 그리고 그는 오늘 자일론의 호위가 자신의 차례였음에 감사했다.

그렇게 오전의 대련은 자일론의 오러 쓰레드와 함께 흐지부지 끝났다. 아니, 정확히 말하면 더 이상 유지할 수가 없었다. 어서 이 사실을 알리려고 몸이 달은 릭본 덕이었다.

릭본은 그만 대련을 마치자고 말한 후 순식간에 모습을 감췄다. 아마 점심때가 되기 전에 온 왕궁에 자일론이 소드 마스터에 도달했음이 퍼질 것이다.

그 사실을 짐작한 자일론은 슬쩍 웃으며 다시 검을 뽑았다. 그리고 검에 마나를 밀어넣기 시작했다. 어느 정도 마나가 검을 채웠다 싶을 때 한 가닥의 오러 쓰레드가 솟아 나왔다.

지금은 너무나 쉽게 되는데 그동안은 왜 그렇게 어려웠을까? 과연 지난밤 자신이 넋을 잃고 검을 휘두르는 동안 무슨 일이 일어난 것일까? 소드 마스터가 되었지만 못내 아쉽고 찜찜한 기분이 들었다.

그렇다고 어디 물어볼 수 있는 사람도 없었다. 자신이 익힌 검법은, 아니, 정확히 말하면 마나를 몸에 쌓고 검법을 펼치는 방법은 케이 씨 외에는 아는 사람이 없었기 때문이다.

'뭐, 언젠가는 케이를 다시 만날 수 있겠지. 그때 물어보는 수밖에 없는 건가?'

그렇게 생각한 자일론은 피식 웃고는 검을 검집에 꽂아 넣고는 자신의 방으로 걸음을 옮겼다.

"아아, 오늘은 대련이 빨리 끝났어. 오늘도 화창하니 날씨도 좋은데 밖에서 책이나 읽어야겠어."

그렇게 말하며 자일론은 느긋이 걸음을 옮겼다. 그 뒤로 아직도 감동에 젖어 있는 뷰트가 천천히 따랐다.

방에 도착한 후 욕실에 들어가 간단하게 땀을 씻어낸 후 간소한 복장으로 갈아입은 자일론은 자신의 서재에서 책을 한 권 빼 들고는 방 밖으로 나갔다.

"흐음… 어디가 좋을까? 뷰트, 어디 조용히 책을 읽을 만한 곳 없을까?"

자신이 사는 집인 왕궁이지만 자일론이 돌아다니는 곳은 지극히 한정되어 있었다. 아니, 두루두루 다닐 수는 있었지만 자일론 자신이 항상 다니는 몇 곳을 제외하고는 별로 다니지를 않았다.

케이가 사라졌을 때 케이를 찾기 위해 왕궁 안 구석구석을 누비고 다녔지만 그것도 벌써 10여 년 전의 일이었다. 그러니 막상 방을 나와도 가볼 만한 곳이 딱히 떠오르지 않는 것이었다.

"음. 이참에 사계의 정원이나 다 둘러볼까? 그러고 보니 그동안 단 한 번도 가보지 않았네. 좋아, 어제 봄의 정원은 가봤으니 오늘은 여름의 정원으로 가지. 훗, 기대되는걸. 봄날 여름의 정원의 모습은 어떠할지."

뷰트에게 묻고는 혼자 웃으며 대답한 자일론은 걸음을 빨리했다. 그러기를 잠시 후 자일론이 뷰트를 돌아보며 물었다.

"뷰트, 그런데 여름의 정원은 어디에 있지?"

자일론은 여름의 정원의 위치를 몰랐다. 어제도 어머니의 이끌림을

따라 봄의 정원으로 갔고, 자리를 뜰 때도 갔던 길을 그대로 돌아 나왔
으니.

그런 자일론의 모습에 뷰트는 빙그레 웃었다.

"이리로 따라오십시오."

그렇게 말하며 뷰트가 앞장서서 걸었다.

그렇게 자일론이 여름의 정원으로 한가롭게 걸음을 옮기고 있을 무
렵.

우당탕.

분명 문을 여는 소리이건만 무척이나 요란했다. 과연 이 왕궁 안에
서 저런 소리를 내며 문을 열 일이란 무엇일까를 생각하게끔 만드는
그런 소리였다.

"자일론~!"

그 요란한 소리에 뒤이어진 큰 목소리. 그 목소리의 주인공은 로이
드였다. 릭본의 입에서 퍼진 소문을 접하자마자 자일론의 방으로 날
듯이 달려와 거의 부수듯이 자일론의 방문을 열어젖힌 것이었다.

그렇게 서두른 로이드를 반긴 것은 텅 빈 방이었다. 아니, 정확히는
시녀들과 시종들만이 있는 방 안이었다. 그 사실을 알아차린 로이드의
얼굴에는 허탈함이 떠올랐다. 조금 전까지는 잔뜩 흥분한 모습이었는
네 금세 표정이 바뀐 것이다.

"세자 저하를 뵙습니다."

그렇게 맥 빠진 로이드의 귀로 자일론의 궁 관리를 책임지고 있는
시녀장의 목소리가 들려왔다.

"아, 그래. 자일론은 지금 어디에 있지?"

"왕자님은 조금 전 밖에서 책을 읽으시겠다며 나가셨습니다."

"그래? 녀석, 자기 방에 조용히 좀 있었으면 좋았으련만."

자일론이 왕궁 어딘가에서 책을 읽고 있다는 사실을 들은 로이드는 발걸음을 돌려 나갔다. 왕궁의 어디에 있을지는 모르지만 어쨌든 찾아 봐야 했다.

그렇게 로이드가 떠나가고 잠시 후, 근엄한 모습의 카류일 국왕이 찾아왔다. 그 옆에는 리마 왕비와 일리나가 함께 있었다.

"자일론 왕자님, 국왕 폐하께서 오셨습니다."

앞장서 걸어오던 시종장이 문 앞에서 외쳤다. 그 소리가 들리자 문 이 곧 열렸고 시녀장이 모습을 나타냈다.

"국왕 폐하를 뵙습니다."

깊숙이 허리를 숙이며 시녀장은 카류일에게 예를 취했다.

"송구스러운 말씀입니다만, 왕자님께서는 조금 전 책을 읽으시겠다 면서 밖으로 나가셨습니다."

"그래? 허, 모처럼 좋은 소식을 듣고 찾아왔건만 자리에 없다니 안 타깝구나."

시녀의 말에 아쉬운 듯 카류일은 한숨을 내쉬었다.

"정확히 어디로 간다는 말은 없었느냐?"

"예. 그저 밖으로 나가신다 하시며 이리나스 경을 대동하고 나가셨 습니다."

시녀장은 여전히 허리를 숙인 채로 공손히 대답했다.

"알았다."

볼일이 사라진 카류일 역시 몸을 돌려 그 자리를 떠났다. 카류일이 완전히 사라진 후 시녀장은 조용히 가슴을 쓸어내렸다. 도대체 무슨 일이기에 그렇게 화급한 모습으로 왕세자가 나타나고 조금 후 뒤이어 국왕까지 행차하셨는지 못내 궁금하기만 했다.

그렇게 자신의 시녀가 가슴을 쓸어내리고 있을 때 자일론은 아름드리 나무의 굵은 가지에 몸을 기대고 누워 한가롭게 책장을 넘기고 있었다.

"음. 좋아, 좋아. 이렇게 좋은 곳이었는데 왜 진작에 와보지 않았나 몰라. 그렇지, 뷰트?"

기분이 좋은 듯 콧노래까지 흥얼거리며 자일론이 뷰트에게 물었지만 뷰트는 대답이 없었다. 그럴 수밖에 없는 것이 지금 자일론이 편안하게 누워 있는 가지는 지상에서 대략 3메르 정도 떨어져 있었기 때문이다. 자일론의 실력은 알지만 그래도 걱정되는 것은 어쩔 수 없었다.

"왜 대답이 없어, 뷰트? 아, 걱정하지 말라니까. 설마 소드 마스터가 나무에서 떨어지겠어? 그리고 떨어진다손 쳐도 어떻게 되지는 않으니까 뷰트도 이리로 올라오는 게 어때? 정말 좋다구."

현재 뷰트가 저렇게 행동하는 이유를 아는 자일론은 답답해하면서도 웃으며 말했다. 그러나 여전히 뷰트는 묵묵부답 상태로 자일론을 올려다볼 뿐이었다.

"그나저나, 봄에도 이렇게 좋은데 도대체 여름에는 얼마나 멋지다는 거기? 이 여름이 걸인은   정말이지 여름에 다시 와서 보고 싶어."

'아마 올해는 보지 못하겠지만……'

그렇게 뒷말은 속으로만 생각하고는 한가롭게 주위를 둘러보았다. 역시 높은 곳에서 내려다보는 경치는 그 느낌이 또 달랐다.

따사로운 봄볕을 맞으며 자일론이 모처럼 한가한 오전의 여유 시간을 즐기는 동안 왕궁 이곳저곳은 점차 소란스러워졌다.

자일론의 궁에서 자신이 머무는 주궁인 하늘의 궁으로 돌아온 카류일이 자일론을 찾아오라는 명령을 내린 덕분이었다. 결국 왕궁 안의 시종들과 시녀들, 심지어 기사들까지 동원되어 왕궁 이곳저곳을 찾아다니고 있었다. 거기에 더해 로이드 역시 왕궁 안을 열심히 헤집으며 다니고 있었다.

이런 상황을 아는지 모르는지 자일론은 평화롭기만 한 모습으로 책장을 넘기고 있었다.

“뷰트.”

“예.”

책장을 넘기던 자일론은 무언가 생각난 듯 뷰트를 불렀다.

“내가 방을 나온 이후 날 찾은 사람이 몇이나 될까?”

“예?”

자일론이 무엇을 묻는지 즉각 알아차리지 못한 뷰트가 되물었다.

“라이트 경이 그렇게 사라지고는 보나마나 내 이야기를 했을 테고 그러면 놀라서 찾아온 사람들이 있을 것 아냐. 뭐, 큰형이야 당연히 달려왔을 테고, 어머니도 오셨겠지? 아바마마와 왕비 마마도 오셨으려나?”

“그럼……?”

그제야 자일론이 말하는 바를 이해한 뷰트가 무언가 알겠다는 듯 말했다.

“그래. 그렇게 사람들이 찾아와서 시끄러워질까 봐 책 한 권 들고 내 궁을 나온 거야. 뭐, 이렇게 나와보니 좋기도 하고.”

자일론이 씨익 웃으며 말했다.

"흠. 시끄러워지는 게 싫으셔서 나오신 거라면 오히려 일을 더 시끄럽게 만드신 것 같습니다만."

뷰트 역시 싱긋 웃으며 말했다.

"그렇지? 이럴 줄 알았으면 그냥 방에 있을 걸 그랬어. 괜히 내 궁전 밖으로 나와서 애꿎은 사람들만 고생하게 만들었네."

책을 탁 소리가 나게 덮고는 나무에서 훌쩍 뛰어내리며 자일론이 씁쓸하게 말했다. 자일론을 찾는 사람들이 이 여름의 정원에도 들어섰기에 뷰트와 자일론은 멀리서 들려오는 그 소리를 들은 것이다.

"자자, 그만 가자구. 이렇게 사람들을 시켜서 나를 찾을 분은 아바마마뿐이시니 어서 하늘의 궁으로 가서 뵈어야지."

그렇게 말하곤 손을 흔들며 앞장서서 가버리는 자일론의 뒤를 뷰트는 황급히 쫓아갔다. 여름의 정원을 나오며 자일론은 자신을 찾고 있는 사람들을 만나서 하늘의 궁으로 간다는 말을 전했다. 그 말을 들은 사람들 중 한 명이 품에서 수정 구슬을 꺼내더니 곧 통신 마법으로 말을 전했다. 그 모습을 지켜본 자일론의 얼굴이 살짝 변했다.

'세상에, 왕궁 안에서 통신 마법을 사용하는 마법사까지 딸려 보내시다니… 내가 일을 너무 요란하게 만들었나. 쩝. 사람들에게 미안한 걸……'

아버지의 행동이 너무 과한 것은 아닌가 하고 생각한 자일론은 고개를 흔들며 가던 길을 빨리했다. 이미 소식이 들어갔을 테니 몸이 달아 있을 아버지를 진정시키려면 조금이라도 빨리 가야 했기 때문이다.

"자일론~!"

발걸음을 빨리해 하늘의 궁으로 향하고 있는데 근처에서 자신을 부르는 소리가 들려왔다. 귀에 익은 목소리에 소리가 들린 쪽으로 고개를 돌리니 역시 로이드 형이었다.

"아, 큰형."

"녀석. 한가하게 책 읽으러 나갔다더니 어딜 그리 급하게 가는 거
냐?"

"아. 아바마마께서 찾으신다고 해서요."

"그래? 그래서 사람들이 여기저기를 뒤지고 다녔나? 나는 왜 그러는
가 했지. 역시 최연소 소드 마스터의 탄생이라 그런지 아바마마께서도
급하셨구나. 하하하."

어느새 곁에 다가온 로이드가 호탕하게 웃으며 자일론의 등을 두드
렸다.

"자자, 그럼 서둘러야지. 나도 같이 가자."

그렇게 로이드도 함께 하늘의 궁으로 향했다.

"로이드 폰 카이렌 왕세자 저하와 자일론 폰 카이렌 왕자님께서 오
셨습니다."

문 앞을 지키고 있던 시종이 방 안을 향해 크게 외쳤다. 그 소리가
끝나자 문이 벌컥 열리며 카류일이 나타났다.

"오. 로이드, 자일론. 어서 오너라. 자자, 어서들 들어오너라."

카류일은 무엇이 그리 급한지 직접 자일론의 손을 잡아끌어 방 안으
로 들어갔다.

"그래, 내 라이트 백작에게 자일론 네가 소드 마스터를 이루었다고
들었는데 정말이냐?"

이미 릭본으로부터 너무나 자세히 들어 그 상황을 머리 속으로 그릴
수도 있었지만 확인하는 선에서 자일론에게 물었다. 그 옆에 자리하고

있던 리마와 일라나 역시 기대가 가득한 눈으로 자일론을 바라보고 있었다.

"부끄럽습니다만 그렇습니다."

자일론은 조용히 대답했다.

"대단하구나!"

카류일은 그 한마디로 모든 감탄과 놀라움, 대견함을 압축하여 표현하고는 연신 고개를 끄덕였다. 그런 모습은 리마나 일라나, 로이드도 다르지 않았다. 그렇게 한동안 다들 조용히 있었다. 감탄의 말은 짧았지만 그 감정의 여운은 길었기에 다들 그 끝자락을 음미하고 있었던 것이다.

카이렌은 전통적으로 기사를 숭상하는 국가였다. 기사들의 실력이 곧 국력과 직결되었기에 대부분의 국왕들은 기사들을 존중해 주었다. 그렇다고 기사들만 지나친 우대를 받은 것은 아니었다. 카이렌은 류블라드에서도 마법사와 기사, 문관 관료들의 대우가 가장 고른 편이었다. 하지만 타국과의 전쟁에 직결되는 힘이 기사들이었기에 그들을 좀 더 우대하는 것은 어쩔 수 없었다.

카류일 역시 어린 시절 검법을 익혔고 왕자들에게도 검을 익힐 것을 권했다. 검에는 취미가 없는 로이드만이 검을 익히지 않았을 뿐 나머지 왕자들은 모두 열심히 익혔고, 그중에서도 둘째 게일과 다섯째 자일론의 실력이 가장 뛰어났다. 로이드 역시 검을 익히지는 않았지만 기사들을 존중했다.

그런 분위기 속에서 자일론이 류블라드 역사상 최연소 소드 마스터가 되었다. 이것은 정말 커다란 경사라면 경사였다.

"허허. 대단하구나. 정말 대단해."

조용히 감탄의 여운을 즐기던 카류일이 다시 입을 열어 감탄의 말을 쏟아내었다.

"정말 그렇습니다, 아바마마. 자일론이 정말 대단한 일을 해냈지요."

"폐하, 실로 대견한 일입니다."

"그렇습니다, 폐하. 이 일은 우리 카이렌의 큰 경사입니다."

카류일이 입을 떼자 기다렸다는 듯 로이드와 리마, 일라나가 한마디씩 했다. 그런 그들의 눈은 자일론에 대한 자랑스러움으로 가득 차 있었다.

그렇게 자신에 대한 칭찬 일색으로 물들자 자일론은 조금은 부끄러운 듯 얼굴이 살짝 붉게 물들었다. 그런 자일론의 모습을 바라보는 일라나의 눈에는 한층 더 깊은 애정이 자리해 있었다.

그로부터 상당한 시간 동안 다섯은 정겹게 둘러앉아 담소를 나누었다. 주로 자일론을 제외한 네 사람이 자일론에게 묻고, 자일론이 답하고, 그러면 다시 넷 모두가 자일론을 칭찬하는 그런 식의 대화였다. 그 속에서 자일론은 몸 둘 바를 몰라 했지만 얼굴에서는 웃음이 떠나지 않았다.

쨍그랑. 쨍. 와장창.

무엇인가 깨지고 부서지는 소리가 요란하게 울려 퍼졌다. 호화로운 방 안에는 단 한 사람을 제외하고는 누구도 존재하지 않았다. 지금 그 사람은 얼굴이 붉게 물들어 숨을 거칠게 몰아쉬는 것이 상당히 흥분한 모습이었다.

"젠장. 소드 마스터라니. 자일론, 그 녀석은 도대체 어떤 녀석이란 말이냐. 나도 이제 겨우 중급의 소드 익스퍼트이건만. 어떻게 그놈이 소드 마스터라니……."

동생과 비교되는 자신의 모습 때문인가? 심하게 흥분한 게일은 연신 심하게 숨을 몰아쉬었다. 그리고 주위를 둘러보는 것이 무엇인가 부술 것을 더 찾는 듯했다.

"으아악! 젠장. 젠장. 젠장. 하늘은 나를 둘째로 태어나게 하더니 이제는 동생을 소드 마스터로 만들어! 로이드고 자일론이고 도무지 마음에 들지 않아!"

얼마 전 게일은 예의 그 마법서를 뒤적이다가 전에는 미처 발견하지 못한 내용을 찾아냈다. 그리고 그 내용을 읽으며 다시 한 번 희열에 떨었다. 자신에게 무척이나 도움이 될 내용이었기에 미친 듯이 웃었었다.

그렇게 요 며칠 좋았던 날씨만큼이나 자신의 기분도 좋았었는데, 자일론이라는 녀석이 그것을 다 망쳐 놓았다. 그에 흥분해 방 안의 온갖 집기들을 깨고 부수었다.

게일이 화가 날 때면 종종 있는 일이었기에 시녀들이나 시종들은 별로 당황하지 않고 자리를 피했다. 나중에 게일이 진정하고 난 후 방을 정리하는 것이 그들의 일이기에 지금은 그다지 신경 쓰지 않고 있었다.

그래서 넓은 방 안엔 게일 혼자서 부수고, 떠들고, 화내고 있었다.

"잠깐, 분명… 지금 내가 익히고 있는 것을 완성한다면… 그리고 현재 자일론이… 크, 그런 방법이 있었군. 아니, 오히려 자일론이 소드 마스터가 된 것이 잘된 일이야. 어쩌면 자일론과 로이드, 눈꼴신 녀석들 둘을 동시에 보내 버릴 수도 있겠군. 하하. 푸하하하. 크하하하하하."

어디까지 생각이 이른 것일까 미친 듯이 화를 내고 있던 게일은 다시 미친 듯이 웃고 있었다. 누군가가 보았다면 미친놈이 분명하다고 했을 그런 행동을 하며 스스로의 웃음에 깊이 빠져 들어갔다.

창을 통해 밝은 달빛이 방 안으로 쏟아져 들어왔다. 둥그렇게 온전한 모습을 하고 있는 보름달이 어두운 세상을 은은하게 밝히고 있었다. 달빛을 받으며 고른 숨을 몰아쉬고 잠들어 있던 자일론의 눈이 슬며시 떠졌다.

눈을 뜬 자일론은 주위의 기척을 잠시 살피더니 순식간에 침대에서 사라졌다. 어느새 움직였는지 뷰트와 교대를 하고 자일론의 침실을 지키고 있던 메케인의 뒤에 나타나 재빨리 그의 수혈을 점했다.

풀썩.

영문도 모른 채 메케인은 정신을 잃고 쓰러졌다. 이미 오래 전부터 해온 일인지라 자일론은 무척 익숙하게 메케인을 한쪽으로 옮겨 편한 자세로 만들어주었다.

그리곤 침대로 올라가 가부좌를 틀고 앉아 서서히 운공을 하기 시작했다. 호위기사가 있는 것은 좋았지만 잠잘 때도 지키고 있는 것은 사양이었다. 특히나 밤마다 몰래 운공을 하고, 혼원검법을 수련하는 자일론에게 있어 그것은 큰 방해였다.

케이가 사라진 이후 자신이 호위기사들의 수혈을 점하고 수련을 하는 것은 일상이 되었다. 이제는 너무나 익숙해져 마음먹은 순간에 해내지만 처음에는 상당히 힘들었다.

운공을 마친 자일론은 몸을 일으켜 조용히 옷을 갈아입었다. 그리고는 가검을 찾아 들고 창밖으로 훌쩍 뛰어내렸다. 오늘같이 보름달이 뜬 날은 밝아서 좋기도 했지만, 이렇게 몰래 자신의 궁을 나갈 때는 불편하기도 했다.

유유히 자신의 궁을 빠져나온 자일론은 서둘러 연무장을 향했다. 그곳에는 어느새 브라이튼이 나와서 기다리고 있었다.

"오~! 어서 오십시오, 최연소 소드 마스터 나리~!"

자일론이 나타난 것을 발견한 브라이튼이 짓궂게 웃으며 말했다.

"진심이야? 장난이야?"

"진심 반, 장난 반."

그렇게 서로 인사를 나눈 둘은 동시에 씨익 웃었다.

"아아. 아무리 그래도 그렇지, 이거 너무 대단한 것 아냐? 주위에서 천재라는 소리가 자자한 나조차도 아직 소드 익스퍼트 상급의 경지에도 못 들어 헉헉거리고 있는데, 벌써 소드 마스터라니. 오늘 그 소식을 들은 아버지가 날 어떤 눈으로 보셨는지 알아? 평소에는 그렇게 자랑스러워하시더니… 오늘 하루는 날 보는 눈빛이 무척이나 아쉬워 보이셨다구."

넋두리 같기도 한 투덜거림이 브라이튼으로부터 흘러나왔다. 사실 현재 귀족가의 기사 후보생들 중 가장 뛰어나다고 소문이 난 것은 브라이튼이었고, 그것은 사실이었다. 그랬기에 네이팜에게 있어서 브라이튼은 자신의 큰 자랑거리였다.

그런데 생각도 못한 자일론 왕자가 소드 마스터라니. 뛰어나다는 소문은 익히 들었지만 그러려니 했다. 릭본과 페이트라가 입을 모아 칭찬했지만, 그래도 자신의 아들이 더 나을 것이라 생각했었다. 한데 소드 마스터라니. 놀랍고도 씁쓸한 일이었다.

"아아, 그만 하라구. 이젠 나도 지겨우니까. 그리고 솔직히 나도 아직 얼떨떨하다구."

"왜? 소드 마스터라는 실감이 아직 안 나는 거야?"

"그게 아니라, 너한테만 털어놓는 건데… 나도 내가 어떻게 오러 쓰레드를 사용할 수 있게 되었는지 모르겠단 말야. 물론 이제는 마음만 먹으면 사용할 수 있지만 도대체 어떻게 해서 그렇게 되었는지 모르니 나도 답답하다구."

"뭐?"

자일론의 말에 브라이튼은 어이없어하며 그를 바라보았다. 그럴 수밖에 없는 것이 검을 익힌 모든 이들의 숙원이라는 오러 쓰레드를 사용하고도 어쩌다 그렇게 됐는지 모르겠다니……. 어이가 없을 수밖에.

브라이튼은 그때부터 자일론에게 하나하나 캐묻기 시작했다. 그리고 자일론이 하나하나 대답할 때마다 때로는 끄덕이기도, 때로는 갸웃거리기도 하면서 자일론의 말에 집중했다.

"그러니까 넋 놓고 검을 휘둘렀는데 정신을 차리고 보니 검에 오러 쓰레드가 맺혀 있었다는 말이지? 그 말을 믿으라는 거야? 아니, 믿어야겠지. 네가 거짓말을 할 리는 없으니. 휴우. 그럼 나도 앞으로 넋 빠진 상태로 검을 휘둘러 볼까?"

자일론의 말을 믿기는 했지만 너무나 믿을 수 없는 말이라 브라이튼은 고개를 절레절레 흔들었다.

"휴우. 나도 복잡하니까 알아서 생각하라구. 그나저나 아직도 진전이 없는 거야?"

현재 소드 익스퍼트 상급으로 올라가는 벽에 가로막혀 있는 브라이튼을 보며 자일론이 조심스럽게 물었다. 그 질문을 받은 브라이튼은 싱긋 웃었다.

“훗. 드디어 오늘 벽을 깼다. 솔직히 기뻤지. 그래서 오늘 너에게 자랑할 생각으로 들떠 있었는데 우리 집으로 소식이 오더라. 네가 소드 마스터가 됐다고. 그 말을 들을 때 아버지 표정의 변화는 정말… 하나의 예술이었어. 내가 소드 익스퍼트 상급이 되었다고 한껏 흐뭇해하시다가 딱딱하게 굳어가는 그 표정이란…….”

“와~! 드디어 소드 익스퍼트 상급이구나. 그럼 이제 시간이 가기만을 기다리면 되는 건가?”

“훗, 그렇지. 이미 알아둘 것은 대충 알아두었고, 실력도 어느 정도 쌓았고. 물론 들어서 아는 거랑 겪는 거랑은 다르겠지만, 현재 우리 상황에서는 이 정도가 최선이니… 나머지는 부딪쳐서 깨우쳐야지. 뭐, 실력도 마찬가지고. 실력을 쌓았다지만 실전 경험은 거의 없으니. 그러고 보니 실전 한 번 치르지 않고 소드 마스터가 된 사람은 네가 유일한 거 아냐?”

“그런가?”

“그래. 아무튼 아직도 뭔가 너한테 당한 것 같은 생각이 떠나지를 않는다만… 뭐, 이제 나도 그리고 너도 성년식을 치르고 일을 실행하면 되는 거지.”

생일은 브라이튼이 자일론보다 이 주 정도 빨랐다. 이제 얼마 후면 브라이튼의 성년식이 있었다. 그리고 곧 자일론의 성년식이다. 그날이 지나면 그동안 그토록 꿈꿔오던 여행이 기다리고 있었다. 비록 가출이라는 형태로 시작하는 것이지만.

“이제 얼마 후인가. 그럼 가출이란 말이지…….”

자일론은 이제 곧이라는 생각에 기대감과 부모님에 대한 미안함, 그리고 모르는 미지의 세상에 대한 두려움이 섞여 복잡 미묘해진 눈으로 하늘을 올려다보았다.

"그런데 언제 떠날 거야?"

"내 성년식 날 밤."

"그렇게 빨리?"

"오늘 아바마마와 이야기를 좀 나눴는데 아무래도 내 성년식 날 파티를 성대하게 열 생각이신 것 같아. 내가 성년이 된 것과 소드 마스터를 이룬 것을 축하하기 위한 자리지. 원래 소드 마스터가 된 것을 기념하는 파티를 열 계획이었는데 성년식도 곧 있어서 둘을 함께 하기로 한 거지."

"그래?"

"그러면 아마 수도의 귀족들 대부분이 몰려들걸. 물론 너도. 그럼 파티장 주변이나 왕궁으로 들어오는 곳은 경계가 철통같아지겠지만, 그렇게 되면 오히려 빠져나가기는 쉬워지지. 그러니 그날이 최적기야. 그날을 놓치면 여기저기 불려 다니느라고 오히려 힘들어질 것 같기도 하고 말이지."

"흠. 그렇군. 그럼 그렇게 알고 준비할게. 자, 이제 검이나 섞어볼까. 감히 소드 마스터에게 상대가 될지 모르겠지만 일단은 대련을 하러 온 것이니 말이야."

브라이튼이 빙긋 웃으며 검을 뽑자 자일론도 검을 뽑고 마주 섰다. 그리고 곧 이어 검광이 난무했다. 그렇게 둘의 대련과 함께 밤도 점차 깊어져 갔다.

그리고 다음날 날이 밝은 후, 자일론이 소드 마스터를 이루었다는 소문은 수도 라디칼을 벗어나 점차 넓게 퍼져 나가기 시작했다.

제 25 식

성년식
그리고 가출

  자일론이 소드 마스터의 경지를 이룬 지도 한 달이 지났다. 카이렌의 5왕자 자일론 폰 카이렌이 소드 마스터가 되었다는 소식은 어느새 온 대륙에 퍼져 있었다. 이로써 카이렌은 4명의 소드 마스터를 보유한 강국이 되었다. 설사 제국이라 하더라도 소드 마스터의 숫자는 다섯에서 여섯에 불과했다. 그런데 카이렌에만 4명의 소드 마스터가 존재하게 되었으니 가히 대단한 힘이라 할 수 있었다.

  이제 제법 햇살이 강하게 내리쬐는 것이 봄의 끝자락에서 여름으로 넘어가는 스믐인 5월의 날씨였다. 평소보다 너무 강한 햇살이 내리쬐는 듯한 날. 오늘이 자일론의 성년식이었다.

  자일론이 소드 마스터라는 소문은 이미 각국에 퍼졌기에 류블라드 최연소 소드 마스터를 보기 위한 축하 사절들이 이미 2주 전부터 몰려들고 있었다. 물론 명목이야 축하겠지만 실제 그들의 모습은 뻔한 것이었다. 왕세자의 성년식에도 이렇게 많은 축하 사절들은 오지 않았으니. 새로운 소드 마스터를 엿보기 위해 왔다는 것을 오는 쪽이나 맞이하는 쪽이나 다 알고 있는, 그런 눈 가리고 아웅 하는 상황이었다.

자일론의 방은 아침부터 분주했다. 평소 그리 치장하는 것을 좋아하지 않고 예복은 질색하기까지 하는 그라는 것을 보필하는 시녀들은 너무도 잘 알았기 때문이다.

자일론은 로이드를 따라 궁 밖으로 나갈 때만 예복을 입었다. 그것도 아주 간소한 것으로. 하지만 오늘 같은 날은 예복을 제대로 갖춰 입어야 했고 장신구들로 치장해야 했다.

성년식이 간소하게 진행된다면 이렇게 수선을 떨 필요도 없었다. 아니, 5왕자의 성년식이라면 그리 거창하게 하지 않았다. 하지만 이번의 경우는 달랐다. 이미 자일론이 자신의 성년식을 너무도 크게 만들어 버린 것이다. 자신이 소드 마스터임을 세상에 알림으로 인해서.

"왕자님! 가만히 좀 계세요. 기껏 정리한 곳이 다 흐트러지고 있어요!"

평소 조용하고 나긋나긋하기만 하던 시녀장의 목소리가 점점 거칠어졌다.

"아… 알았어. 하지만 이건 너무 답답하단 말이야. 좀 더 편한 건 없어?"

아무래도 격식에 맞춰 제대로 만들어진 예복이 자일론은 몹시 답답했다.

"어쩔 수 없어요, 왕자님. 이미 왕자님의 성년식은 왕자님 개인의 일이 아니라구요. 두 제국에서 공작을 보낼 정도로 관심을 가지고 지켜보고 있으니 우리 카이렌의 위신을 세우려면 이것도 부족하다구요."

'쳇, 내가 그때 어쩌다가 오러 쓰레드를 사용해서는…….'

시녀장의 대답에 자일론은 속으로 투덜거렸다. 얼굴 역시 좋지 않음은 말할 필요도 없었다. 그런 자일론을 지켜보는 시녀장은 은근한 웃음을 지었지만 자일론은 눈치 채지 못했다.

이미 자일론은 한 달 전 그날을 후회하느라 다른 곳에는 신경을 쓰지 못하고 있었기 때문이다. 하지만 어쩔 수 없었다. 그날 오러 쓰레드를 사용한 것은 정말 자일론의 의도가 아니라 무의식 중에 일어난 일이었으니…….

"왕자님~!"

그렇게 자일론이 일그러진 얼굴로 한 달 전의 일을 투덜거리고 있을 때 시녀장의 고함 소리가 다시 터져 나왔다.

"아… 알았어. 가만히 꼼짝 않고 있을게."

자일론은 찔끔하며 대답했다. 아마 자신이 딴생각을 하는 동안 어딘가를 움직여 치장하고 있던 것이 흐트러졌을 거라 생각한 모양이었다.

"휴~ 그게 아니에요. 오늘은 왕자님께서 성년이 되시는 기쁜 날인데 이깟 격식을 다 차리는 것이 불편하다고 인상을 찡그리고 있는 게 보기 안 좋아서 그러는 거예요. 오늘 같은 날은 좀 웃으세요. 그러면 왕자님이 얼마나 멋진데요."

자일론의 찡그린 인상을 보는 것이 안쓰러웠던 것인지 시녀장은 한숨을 내쉬며 말했다. 그러나 마지막에 살풋 웃으며 자일론의 기분을 좋게 해주는 배려의 말 또한 잊지 않았다.

"그래?"

시녀장의 말에 자일론은 슬며시 웃어 보였다.

"그래요. 지금처럼, 그렇게 웃으시라구요. 얼마나 보기 좋아요."

가벼운 자일론의 웃음에 시녀장은 생긋 웃으며 말했다. 그리곤 다시 주위의 시녀들을 독촉하며 자일론을 꾸미기 시작했다.

아침을 먹은 직후부터 준비를 시작한 것 같았는데 어느새 해는 기울어 점심을 먹을 때가 되었음을 알렸지만 오후에 있을 성년식을 준비하기 위해 점심은 건너뛰었다. 자일론은 배 속에서 알리는 시장기에 몹시도 식욕이 당겼지만 다른 이의 일도 아니고 자신의 일인지라 그냥 참고 넘어갔다.

드디어 시간은 성년식의 때를 알렸고 자일론은 국왕이 집무를 보는 '정의의 궁' 으로 걸음을 옮겼다.

그런 자일론의 양 옆, 앞뒤로 근위기사단이 도열해 따르고 있었다. 이미 성년식은 시작된 것이다. 지금껏 치러진 적이 없었던 엄청난 규모로 말이다. 왕세자의 책봉식이나 국왕의 즉위식에 비할 수는 없었지만 역대 왕자의 성년식 중에서는 가장 성대했다.

자일론이 자신의 궁을 나서 근위기사단의 호위를 받으며 정의의 궁으로 가는 것부터가 성년식의 시작이었기에 이미 많은 이들이 자일론의 궁 주변에 모여 있었다. 소드 마스터인 왕자를 보기 위해 전국 각지의 귀족들뿐만 아니라 다른 나라의 귀족들도 대거 모였기에 성년식이 이루어지는 중앙 대전에 들어갈 수 없는 작위가 낮은 귀족들은 이렇게라도 자일론을 보려 하는 것이다.

이미 언질은 받았지만 자신의 궁을 나서자마자 운집해 있는 사람들 덕에 자일론의 얼굴은 서서히 붉게 물들어갔다.

'쳇. 소드 마스터 왕자가 뭐가 대단하다고 이렇게 벌 떼처럼 몰려든 거야.'

모여든 사람들에게 부담을 느꼈지만 어쩌겠는가? 이미 식은 시작되었고 그는 식이 진행되는 동안 진중하고도 절도있는 모습을 보여야 하는 것을. 대륙 각국의 사절단들이 모인 이상 자신의 행동이 카이렌의 행동이라는 것을 자일론은 잘 알고 있었다.

'그래. 오늘 밤이면 난 이곳을 떠나니… 조금만 참자.'

그렇게 스스로를 위안하며 한 걸음 한 걸음 옮기는 자일론의 귀를 간질이는 소리가 있었다.

"세상에! 어쩌면 저리도 늠름할 수가!"

"꺄아! 너무 잘생기셨어. 어떻게 저리도 멋있을 수 있으신 거지."

"역시. 소드 마스터의 위엄이 보이는군요."

이미 자일론이 등장한 순간부터 웅성거림은 시작되었고 자신을 칭찬하는 소리가 하나둘 귀에 들어오기 시작했다. 그 소리가 많아지면 많아질수록 그에 비례하여 자일론의 얼굴은 더 더욱 붉어져 갔다.

그렇게 사람들의 찬탄과 감탄 속에 파묻혀 어떻게 걸었는지도 모르는 상태로 자일론은 정의의 궁전에 이르러 성년식이 본격적으로 진행되는 중앙 대전의 문 앞에 다다랐다.

"카이렌의 5왕자 자일론 폰 카이렌님께서 드십니다~!"

문 앞을 지키고 있던 시종이 자부심이 가득한 목소리로 우렁차게 외쳤다. 시종의 목소리가 들려오자 대전 안은 갑자기 쥐 죽은 듯 조용해졌다. 그동안은 귀족들의 담소 소리가 쌓여 제법 시끄러웠는데 오늘의 주인공이 등장한다는 소리에 모두 입을 다물고 대전의 문면을 주시했다.

이미 대전에서 주위 고위 귀족들과 담소를 나누고 있던 왕과 왕비, 그리고 두 귀비도 기대가 가득한 눈으로 대전의 문을 바라보았다. 로이드 역시 자부심이 가득한 얼굴로 문이 열리기를 기다렸다.

그런 사람들의 관심 속에서 문이 서서히 움직이기 시작했다. 왕궁 대전의 문답게 아무런 소음 없이 부드럽게 열렸다. 문이 서서히 열려 감에 따라 사람들은 더욱 조용해졌고 문을 향하는 그들의 시선은 더욱 강해졌다.

드디어 문이 다 열리고 자일론의 늠름한 모습이 드러나자 모두의 입에서는 조용한 찬탄이 터져 나왔다.

"아~!"

이구동성(異口同聲)이라는 말은 이럴 때 쓰라고 있는 말인지 그 수많은 사람들의 입에서 동시에 같은 찬탄의 소리가 터져 나왔다. 자일론의 모습을 보고 보일 수 있는 반응이 그것밖에 없는 양.

자일론은 이미 충분히 붉어진 얼굴로 대전에 이르렀건만 문이 열리자 모두의 시선이 자신만을 향하고 있는 것을 발견하고는 더욱 얼굴이 붉어졌다. 마음 같아서는 어딘가로 숨고 싶었지만 지금 자신은 카이렌을 대표한다는 생각에 붉어진 얼굴이나마 당당하게 들고 느리지만 위엄있는 발걸음으로 한 발 한 발 앞으로 나갔다.

그에 따라 주위에서 들려오는 찬탄 소리는 더욱 커졌고 서서히 찬탄이 아닌 감탄과 칭찬의 말소리가 하나둘 나오기 시작했다. 그 내용은 여기까지 오면서 들은 것과 내용이 별반 다르지 않았다. 같은 소리도 자꾸 들으면 적응이 되는 것인가? 이제 그런 칭찬에 익숙해진 듯 자일론의 얼굴은 서서히 제 빛깔을 찾고 있었다.

자일론은 한 걸음 한 걸음 내디디며 그를 기다리고 있는 헤이트론 신전의 대신관을 향해 나아갔다. 얼굴 가득 인자한 미소를 띠고 있는 대신관은 자일론이 다가오는 모습을 담담히 바라보고 있었다.

드디어 대신관 앞에 당도하자 자일론은 엄숙한 모습으로 대신관 앞에서 한쪽 무릎을 꿇었다.

대신관은 자일론의 머리에 한 손을 올리고 다른 한 손으로는 헤이트론의 경전을 들고 조용히 기도문을 읊조렸다. 대신관의 기도가 울려 퍼지자 대전에 모인 모든 사람들도 조용히 고개를 숙이고 마음속으로 그 기도를 따라 읊조렸다.

기도가 다 끝나자 사람들은 하나둘 고개를 들어 자일론과 대신관을 바라보았다. 기도하는 동안 감았던 눈을 뜬 대신관은 조용하지만 엄숙한 목소리로 한 자 한 자 힘주어 말했다.

"헤이트론의 이름을 빌어 카이렌의 5왕자 자일론 폰 카이렌이 오늘부터 성년이 되었음을 알립니다."

그 목소리가 울려 퍼지는 순간 자일론은 성년이 되었다. 이제 류블라드 어디를 가나 당당한 한 명의 성인으로서 인정을 받을 수 있게 된 것이다.

자일론이 성년임을 인정한 대신관은 그 증표로 성수를 가볍게 자일론의 몸에 뿌려주었다. 그리고 조용히 뒤로 물러났다. 다시 자리에서 일어난 자일론이 조용히 걸음을 옮겨 국왕 앞에 다시 한쪽 무릎을 꿇었다.

"카이렌의 국왕인 나 카류일 폰 카이렌의 이름으로 카이렌의 5왕자 자일론 폰 카이렌이 성년이 되었음을 인정한다."

대신관에 이어진 카류일 국왕의 말로 자일론은 신관과 국왕에게 성년임을 인정받는 식을 끝냈다. 정말 성인이 되었다.

짝짝짝짝짝.

카류일의 말이 끝나고 자일론이 조용히 몸을 일으키자 대전 안은 우렁찬 박수 소리로 가득 찼다.

대전을 가득 메운 박수 소리 가운데 선 카류일은 옆에 시립한 근위 기사가 공손히 들고 있는 함에서 검을 꺼내어 자일론에게 주었다. 허리를 숙인 채 부왕에게서 검을 하사받는 자일론의 손은 미세하게 떨렸다. 그도 검을 익혔고 기사들이 가진 수많은 검들을 보았다. 비록 자신의 검은 단 한 자루였지만 지금 부왕이 하사하는 검이 명검임은 한눈에 알아볼 수 있었다.

"자, 오늘은 우리 카이렌의 새로운 소드 마스터이자 5왕자인 자일론의 열여덟 번째 생일입니다. 그에 따라 성년식을 하게 되었고 이처럼 많은 축하객들이 와주셔서 너무나 감사합니다. 잠시 후에 이 대전에서 자일론의 생일 파티가 있을 테니 여러분들께서는 휴식을 취하신 후 파티를 즐겨주십시오."

자일론에게 검을 내린 후 카류일은 우렁찬 목소리로 주위를 둘러보며 말했다. 특히 외국에서 온 사신들을 하나하나 바라보는 그의 눈에는 흐뭇함이 가득했다. 사신들은 모두 자신의 나라에서도 내로라하는 권력자들이었다. 그런 그들이 왕세자도 아닌 5왕자의 생일을 축하해주기 위해서 자신의 나라를 찾아 왔다. 물론 자일론이 소드 마스터가 되었기 때문이지만 새삼 자국의 힘을 느낄 수 있는 자리였던 것이다.

성년식이 끝났다는 생각에 안도의 한숨을 쉬고 있던 자일론은 흠칫 굳었다. 물론 파티가 있다는 것을 알았고 그 파티의 주인공이 자신이라는 것도 알았지만 이제 끝이구나 하는 찰나에 들은 말이라 그런지 몸이 딱딱하게 경직되었다.

만약 성년식의 선물로 아버지께 받은 눈앞의 명검이 없었더라면 당장 한숨이 새어 나왔을지도 모르는 일이었다. 격식을 차리는 딱딱한 행사에 지친 자일론의 몸과 마음을 위로할 수 있을 정도로 자일론이 받은 검은 훌륭했다. 그도 당연한 것이 일국의 왕자인 소드 마스터라면 그에 어울리는 검이 있어야 했다. 때문에 카류일 국왕이 신경 써서 준비한 검이니 훌륭하지 않을 수가 없었다.

카류일 국왕의 말에 따라 대전을 가득 메웠던 사람들은 삼삼오오 짝을 지어 빠져나가기 시작했다. 잠시 후라고는 했지만 저녁 시간에 있을 파티를 준비하려면 시간이 촉박했기 때문이다.

명색이 카이렌을 대표하는 귀족들과 외국에서 사신으로 온 귀족들인데 파티에 있을 무도회 준비를 대충할 수는 없었다. 특히 귀족 영애들은 오늘의 주인공인 소드 마스터 왕자에게 잘 보이려면 준비할 것들이 많았고 그러려면 더 더욱 시간이 촉박했다.

그랬기에 대전을 빠져나가는 그들의 발걸음은 알게 모르게 빨라지고 있었다.

사람들에 앞서 미리 대전을 빠져나온 자일론은 근위기사들이 이끄는 대로 걸음을 옮겼다. 마음 같아서는 바로 자신의 궁으로 돌아가 쉬고 싶었지만 아버지께서 보자고 하시는데 가야지 어쩌겠는가.

근위기사들을 따라서 움직인 자일론은 어느 방 앞에 멈춰 섰다. 그러자 안에서 어떻게 알았는지 문이 스르르 열렸다. 방 안에는 어머니와 아버지, 그리고 왕비와 제2귀비, 왕세자가 있었다.

"어서 오너라, 자일론. 그래, 이제는 완전한 어른이구나. 하하하."

자일론이 들어오자 가장 먼저 반긴 것은 카뮤일이었다. 오늘의 이 흐뭇한 기분을 느끼게 해준 아들의 모습을 보자 그의 얼굴은 무척이나 밝아졌다.

"아바마마를 뵙습니다."

자일론 역시 얼굴에 미소를 지으며 인사했다. 아버지라고는 하지만 솔직히 이 넓은 왕궁에서 그리 자주 만나지는 못했다. 자식이 자신만 있는 것도 아니고 국왕이 하릴없이 한가한 사람도 아닌지라 함께 할 시간이 거의 없다시피 한 것이다. 종종 왕비와 귀비들, 그리고 다른 왕 자들과 함께 만찬을 즐길 때를 제외하고는 이렇게 아버지와 대화한 적 이 언제인지 기억이 가물가물했다.

그래도 아버지는 자식들에게는 관심이 많아 자신을 여러모로 돌봐 주었다. 그것은 비단 자일론 자신만이 아니었다. 자신의 머리가 뛰어 나다는 것을 알자 아낌없이 궁정 마법사인 레이블을 마법 스승으로 보 내주었고 체력 단련을 목적으로 시작한 검술 스승으로는 소드 마스터 릭본을 보내주었다.

그 사실만 보더라도 아버지가 자신에게 얼마나 관심을 가지고 있는 지, 자신을 얼마나 아끼는지 알 수 있었다. 한 달 전 자신이 소드 마스 터가 되었을 때 자신을 찾기 위해 온 왕궁 안을 뒤진 일도 그렇게 자일 론에게 와 닿았었다.

"그래, 성년이 된 기분은 어떠냐?"

자일론이 그동안 아버지가 보여준 관심에 대해 생각을 하고 있을 때 카류일이 웃으며 물었다.

"글쎄요. 아직은 실감이 나지 않습니다. 하루 사이에 이제는 어른이 라고 인정을 받게 된다는 것이 조금 얼떨떨하군요."

자일론 역시 미소 띤 얼굴로 아버지의 물음에 답했다.

"허허. 하긴 그렇지. 하지만 지내다 보면 차차 익숙해질 게다. 그리 고 이제 성년이 되었으니 스스로의 행동에 책임져야 한다는 것을 명심 하도록 하고."

"예."

늠름한 모습으로 자신의 앞에 서 있는 다섯째 아들을 바라보는 카류일의 얼굴은 흐뭇함으로 가득 차 있었다. 그런 기분이 별반 다르지 않은지 리마 왕비와 로이드 왕세자, 그리고 일라나 역시 같은 얼굴이었다. 다만 제1귀비인 티라나의 표정만은 조금 달랐다. 밝은 미소를 짓고 있지만 애써 만든 미소라는 것이 드러나 보인다고 할까? 아무튼 그리 편하지 않은 모습이었다.

"아, 그래, 검은 마음에 드느냐? 드워프가 미스릴로 만든 검을 구하느라 제법 신경을 쓰긴 했다만."

카류일은 생각났다는 듯 자일론이 왼손으로 꽉 움켜쥐고 있는 검을 보며 물었다.

"아주 훌륭합니다. 이게 비록 제가 두 번째로 가지는 검이라고는 하지만 어떻게 말로 표현할 수 없을 정도로 마음에 듭니다."

명검이라 생각은 했지만 설마 순수 미스릴제에 드워프가 만든 것이라고는 상상도 못했던 자일론은 카류일의 말에 얼굴이 새빨개져서 대답했다. 자신이 가진 검이 정말 뛰어난 명검이란 사실에 흥분한 것이다.

"마음에 든다니 나도 기쁘구나. 허허. 그래, 이제 너도 그만 가보도록 하거라. 오늘 저녁의 파티를 준비해야 하지 않느냐. 그 파티의 주인공은 너니 신경 써서 준비하거라."

"예. 그럼 파티장에서 뵙겠습니다."

카류일의 말에 자일론은 공손히 인사를 하고는 방을 나왔다. 방을 나온 이후 자일론을 따르는 근위기사는 뷰트와 메케인 둘이었다. 자일론이 둘을 대동하고 얼마 걷지 않았을 때 뒤에서 자신을 부르는 소리가 들려왔다.

“자일론~”

그 목소리를 들은 자일론의 입술에는 슬쩍 미소가 걸렸다. 예상은 했지만 이렇게 빨리 좇아올지는 몰랐던 것이다.

“같이 가자구. 나도 파티 준비를 해야 하니까 말야. 시종들한테는 네 궁으로 준비해서 찾아오라고 일러뒀으니 별문제는 없을 거다.”

어느새 자신의 옆에 나란히 서서 걸음을 옮기고 있는 로이드를 보는 자일론의 얼굴은 따사로운 기운으로 가득했다.

“그러도록 해요, 형.”

“그래. 그리고 생일 축하한다. 아울러 드디어 성년이 된 것도. 뭐, 큰형으로서 따로 준비한 것은 없다만 말이다.”

얼굴에 가득한 웃음과 함께 머리를 긁적이며 말하는 로이드의 모습에 자일론은 그저 웃을 뿐이었다.

“축하한다는 말 하나로도 충분해요, 형.”

“그래야지. 역시 넌 내 동생이다. 하하하.”

자일론의 어깨를 두드리며 크게 웃는 로이드의 모습은 정말로 기꺼워 보였다. 지금까지의 자리에서는 자일론과 이야기할 기회가 없어서 그랬는지 자일론의 궁에서도 자일론이 주로 머무는 방에 도착할 때까지 둘의 대화는 끊이지 않고 계속되었다.

“크윽. 자일론 녀석. 성가시군. 왕세자의 생일보다도 많은 축하 하객이라니… 역시 소드 마스터라는 건가? 그것도 역사상 최연소의?”

창밖은 따사로운 햇살에 밝고 활기 차건만 이 방 안만은 그곳과는 딴 세상인 양 짙은 어둠이 드리워 있었다. 검은빛의 두꺼운 커튼이 방의 모든 창문을 가리고 있기에 방 안에는 단 하나의 초를 제외한다면 한 점의 빛도 없었다.

짙은 어둠 속에서 은은히 빛나는 촛불을 바라보고 있는 눈동자 깊숙한 곳에선 분노와 야망이 소용돌이치고 있었다. 마지못해 자일론의 성년식에 참가하고 돌아온 게일은 그 자리에 모여 있던 참가자들의 면면을 떠올리자 더욱 화가 났다. 자신의 생일은커녕 로이드의 생일 때도 보지 못했던 얼굴들이 부지기수였다. 그런데 자일론의 생일에는 나타나다니…….

아무리 소드 마스터라 하지만 그래도 제까짓 것은 5왕자일 뿐이었다. 그런데 왕세자와 2왕자보다 화려하고 성대한 생일이라니. 그리고 그런 그를 연신 흐뭇한 눈으로 바라보고 있는 국왕과 왕비도 마음에 들지 않았다. 그 눈빛은 자신을 향해야 했다. 그래야 후일 도모할 거사에도 도움이 될 것을.

자신의 어머니인 티라나 역시 자신과 같은 심정인지 오늘 하루 내내 표정이 좋지 않았다. 계속해서 환하게 빛나고 있는 일리나 귀비와는 너무 대조되는 모습이었다. 그래서 또 화가 났다.

저녁에 있을 자일론의 파티에도 나가야 한다고 생각하니 다시금 화가 치밀었다. 그러나 어쩌겠는가, 아직은 조용히 웅크리고 있어야 할 때인 것을. 속에서는 화가 미친 듯이 불타오르지만 얼굴은 평온한 상태로 파티에 참석해야 했다.

그렇게 2왕자 게인 폰 키시렌은 홀로 어둠에 묻혀 피를 식히고 있었다.

사위가 어둠에 잠긴 때.

다른 이들과 다르다는 것을 뽐내기라도 하는 듯 정의의 궁은 환하게 밝혀져 있었다. 자일론의 생일 파티가 있는 정의의 궁의 대전은 그중에서도 가장 밝은 곳이었다.

천장 한가운데 매달린 거대하고도 웅장한 샹들리에부터 대전 이곳저곳을 밝히고 있는 초와 마법등, 중앙의 것만 못하지만 천장 여기저기에 달려 있는 샹들리에. 정말 호화롭게 대전을 밝히고 있었다.

이 대전 안에 있는 사람들은 그렇게 장식되고 밝혀진 대전을 비웃기라도 하는 듯 더욱 화려한 모습으로 꾸미고 있었다.

대전 주위로 갖가지 음식이 차려진 테이블이 놓여 있었고 대전 위쪽에 마련된 곳에 앉은 카류일 국왕과 왕비, 그리고 두 귀비는 흐뭇한 얼굴로 파티장을 바라보고 있었다. 평소의 무도회였다면 국왕도 함께 즐겼을 테지만 오늘의 주인공은 자일론이었기에 이렇게 지켜보는 것만으로 만족하고 있는 것이다.

로이드 왕세자는 젊은 나이답게 파티장 이곳저곳을 돌아다니며 귀족들과 인사를 나누고 있었다. 역시 다음 대 카이렌의 국왕답게 그 주위로는 많은 사람들이 모여 있었다.

한편, 이 파티의 주인공인 자일론은 축하객들이 준비한 선물을 받는 행사가 끝난 뒤로는 파티장의 구석에 조용히 서 있었다. 사람들이 뜸한 곳에서 기척까지 지우고 거의 숨어 있다시피 했기 때문에 사람들은 좀처럼 자일론을 볼 수가 없었다. 수많은 귀족 영애들이 자일론을 찾아서 파티장 안을 헤맸지만 그에 성공한 이는 하나도 없었다.

"훗, 이런 곳에 잘도 숨어 있었네."

벽에 기대어 조용히 손에 쥐여진 와인을 마시던 자일론의 귀로 아주 작은 소리가 들려왔다. 소리가 들린 쪽으로 눈을 돌리니 브라이튼이 빙긋 웃으며 서 있었다.

"처음 뵙겠습니다, 자일론 폰 카이렌 왕자님. 소인은 콘티넌트 공작가의 차남 브라이튼 유크 콘티넌트라 합니다."

자일론의 시선이 자신에게로 오자 브라이튼은 오른손을 가슴에 올리고는 허리를 깊숙이 숙이며 인사했다. 연무장에서는 허물없는 친구였지만 이와 같은 자리에서는 첫 대면이었다. 주위의 눈이라는 것이 있으니 브라이튼이 이렇게 인사를 하는 것이었다.

"으음. 콘티넌트 공작가의 차남이라. 반갑네."

브라이튼의 의도를 알고 있는 자일론 역시 고개를 끄덕이며 담담하게 인사를 받았다.

브라이튼의 목소리가 제법 컸던지 주위로 사람들이 하나둘 모여들고 있었다. 아무리 찾아도 찾을 수 없었는데 어디선가 자일론에게 인사하는 소리가 들렸기에 그곳으로 사람들이 하나둘 모여드는 것이다.

한쪽 벽에 조용히 기대어 선 자일론을 발견한 이들이 하나하나 인사를 했지만 여기저기서 터져 나오는 소리에 오히려 정신만 없었다. 그러나 왕자라는 신분에 오늘은 자신의 생일이라는 상황까지 겹쳐 자일론은 그런 인사에 하나하나 답해주고 있었다. 물론 얼굴에는 미소를 띠고서 말이다.

'쩝. 내가 실수한 거 같군, 이거.'

자신의 인사 소리를 듣고 사람들이 모여들자 브라이튼은 머쓱한 듯 머리를 긁적였다. 그런데 마침 그때 자일론과 눈이 마주쳤다. 자일론의 눈은 아주 진지하게 말하고 있었다.

'브라이튼. 너 죽었어.'

그런 의지가 물씬 풍기는 자일론의 눈빛에 브라이튼은 뒷걸음질치며 그곳을 조용히 벗어났다.

얼마나 사람들에게 시달렸을까? 누구인지도 모르는, 누구인지도 알고 싶지 않은 사람들 속에 파묻혀 의미없이 흘려 버린 시간들은 피곤해하는 자일론을 비웃기라도 하듯 유유히 지나갔다.

이대로는 안 되겠다고 생각한 자일론이 잠시 양해를 구하고 파티장을 벗어날 때까지 사람들은 그를 둘러싸고 놔주지를 않았다.

'훗. 지금 이곳을 벗어나면 언제나 돌아올 수 있을까?

자일론은 파티장을 나가기 직전 아쉬운 눈으로 잠시 주위를 둘러보았다. 한곳 한곳 눈길을 주면서. 특히 어머니와 큰형에게 눈이 갔을 때는 잠시 눈빛이 흔들리기도 하였으나 미련없이 몸을 돌려 파티장을 벗어났다.

파티장의 입구를 나서 정의의 궁 밖으로 벗어나자 이곳저곳에서 근위기사들이 눈을 번뜩이며 궁을 지키고 있었다. 설마 어떤 일이 생길리는 없겠지만 왕국에서 최고위 귀족들이 다 모이는 오늘 같은 날은 경비를 더 더욱 강화해야 했기 때문이다.

정의의 궁 앞에 마련되어 있는 정원에는 짝을 지은 귀족 남녀가 여기저기를 거닐고 있었다. 과연 거닐기만 할 것인지 거닐다가 어디론가 사라질 것인지는 모르겠지만 그런 그들 덕에 근위기사들의 배치 범위는 제법 넓게 짜여 있었다.

"흠… 저 사람들, 저러는 게 좋을까? 하긴 내가 하는 일에 방해만 안 됐다면 이런 생각도 하지 않겠지만 말이야."

정원을 거닐고 있는 커플들을 보며 자일론은 작은 소리로 중얼거렸다.

"그나저나 먼저 나가 있기로 한 브라이튼 녀석은 어디 있는 거지?"

분명 사전에 브라이튼과 약속을 한 장소이건만 먼저 파티장을 빠져

나간 브라이튼의 모습이 보이지 않았다. 그렇게 얼마나 두리번거렸을까? 정원 쪽에서 어스름한 그림자 하나가 자일론을 향해 다가왔다.

"응? 누구지? 브라이튼이군. 그런데 왜 저쪽에서 오는 거지?"

"아, 왕자님, 여기 계셨군요."

주위 요소 요소에 배치되어 있는 근위기사들의 귀가 있기에 작은 소리로 말하면서도 만일을 대비해 브라이튼은 경어를 사용했다.

"아, 그래. 그럼 가도록 하지."

짧은 대화를 마치고 자일론은 브라이튼과 함께 걸음을 옮겼다. 혹 누구라도 그 모습을 보았다면 이상하게 생각했을 테지만 그 둘에게 지금 그런 것은 상관없었다.

파티가 한창인 정의의 궁에서 제법 멀어지고 있는 둘이었지만 그동안 어느 누구도 마주치지 않았다. 정의의 궁을 지키고 있는 근위기사라도 마주칠 법도 하건만 자일론과 브라이튼은 정말 잘도 피해서 걸음을 옮기고 있었다.

"휴우, 정말 잘도 빠져나가는 걸, 자일론. 오늘 같은 날이면 경비도 장난이 아닐 텐데 말이야."

"훗, 원래 이곳의 경비 자체가 밖에서 안으로 들어오는 걸 막기 위해 짜여진 것이니 안에서 밖으로 나가는 것에 대해서는 조금 취약하지. 지키고 있는 이들도 혹 밖에서 누가 들어오지 않는가는 눈에 불을 켜고 지기고 있지만 안에서 밖으로 나가는 것은 대수롭지 않게 생각하거든."

이미 정의의 궁에서 멀어졌고 또 주위에 아무도 없다는 것을 확인한 자일론과 브라이튼이었기에 평소처럼 편하게 말을 주고받았다.

"음. 확실히 일리가 있는 말이기는 하군. 하지만 말이지, 너 이미 라이트 백작께 오늘의 근위기사들 배치 상황을 알아둔 것 아니야? 내가 아는 너라면 그 정도 준비를 할 텐데 말이야.”

자일론의 설명에 수긍을 하는 한편 브라이튼은 자일론이 이미 철두철미하게 준비를 하였을 거라 생각했다.

“맞아. 내 검술 스승이 마침 근위기사단장이라서 말이야. 조금 물어봤지.”

“하지만 그 고지식한 라이트 백작이 쉽게 가르쳐 주지 않았을 텐데.”

순순히 대답하는 자일론의 말에 브라이튼은 고개를 갸웃거렸다.

“물론, 쉽게 대답해 주지 않았지. 하지만 내가 라이트 백작의 애제자인 데다가 오늘이 내 생일이잖아. 생일의 주인공으로서 나의 생일 파티가 열리는 곳의 경비 상황을 알아둘 필요가 있다고 말하면서 계속 몰아붙였지. 결국 말해 주더라구.”

“억지군.”

자일론이 근위기사들의 배치 상황을 알아낸 경위를 듣고 브라이튼이 해줄 말은 그것밖에 없었다.

“억지라니? 뭐, 어쨌든 알아냈으니 된 거 아냐? 빨리 가자구. 파티장에서 누군가가 내 주위로 사람들을 불러 모아준 덕에 시간이 제법 지체됐으니 말야.”

정의의 궁을 지키는 경비 범위에서 완전히 벗어나자 자일론이 걸음을 빨리해 달리면서 슬쩍 브라이튼에게 말을 던졌다.

“아, 그건 나도 그럴 줄 몰랐다구. 그럼 설마 왕궁에서 그것도 5왕자님의 생일 파티장에서 ‘어이, 자일론. 반가워’ 이렇게 인사하길 바란 것은 아니겠지?”

"뭐, 어차피 그곳에는 나와 너밖에 없었다고. 내가 기척을 지우고 숨어 있느라고 얼마나 고생을 했는데. 평범한 귀족이라면 절대로 못 찾으니 그냥 그대로 있으면 됐는데 뭐 하러 인사를 했냐 이거지."

사람들에게 붙잡혀 어지간히도 시달렸는지 달리는 와중에도 자일론은 결코 그냥 넘어가지 않았다. 빠른 속도로 달리고 있었기에 두 사람의 얼굴에 갈려진 바람이 휙휙 소리를 내며 뒤로 지나가고 있었다.

"귀족이 왕궁에서 왕족을 만났는데 인사를 하지 않고 가만히 있으라니. 어릴 때부터 열심히 몸에 익힌 예법에 어긋난다구, 그건. 나도 거의 반사적으로 인사를 한 거란 말야."

브라이튼은 미안하지만 한편으로는 억울한 듯 지지 않고 끝까지 변명했다.

"아. 됐다구, 됐어."

그런 브라이튼의 모습에 자일론도 지쳤는지 결국은 그렇게 그냥 달렸다. 그리고는 곧 그들의 목적지에 도착할 수 있었다.

"흠. 역시 이곳은 조용하군."

"오늘 같은 날이면 왕궁 안은 어디라도 조용하지 않을까?"

"그렇긴 하지. 도둑들은 뭐 하나 몰라. 오늘 같은 좋은 기회에 왕궁 안 털고 말야."

"너, 왕자 맞냐?"

자일론이 웃으며 내뱉은 말에 브라이튼은 어이없는 표정으로 그를 바라보았다.

"뭐, 그런 사소한 걸 가지고 그래. 자자, 준비한 걸 꺼내보라구."

빙그레 웃으며 자일론이 말하자 브라이튼은 어깨를 으쓱거리며 연무장의 한쪽 귀퉁이에 있는 나무를 향해 다가갔다. 그리고는 그 아래

어느 곳을 검을 이용해 파더니 곧 천으로 잘 싸여진 꾸러미를 하나 꺼
내 들었다.

"여기. 미리 구해놓은 평민들이 입는 옷이야. 그리고 돈이랑 보석도
조금 준비했고."

"좋아. 그럼 이제 내 방으로 갈까?"

그렇게 둘은 연무장 근처에 있는 자일론의 궁으로 조용히 스며들었
다. 아직은 그렇게까지 깊은 밤이 아니라 그런지 궁 안 이곳저곳은 불
이 밝혀져 있었다. 아마도 시녀들과 시종들이 모처럼의 휴가와 다름없
는 시간을 즐기고 있는 것 같았다.

"흠. 아직 시녀들이나 시종들이 제법 깨어 있는 것 같은데."

그런 분위기를 눈치 챈 브라이튼이 조용히 말했다.

"그래. 그러니까 빨리, 조용히 내 방으로 들어가자구."

자일론 역시 브라이튼의 말에 동의하며 발걸음을 빨리했다. 브라이
튼은 자일론의 궁에 처음 들어온 것인지라 그저 자일론의 뒤를 조용히
따를 뿐이었다. 이윽고 자신의 방 앞에 이르자 자일론은 조용히 문을
열고는 잽싸게 안으로 들어갔다. 브라이튼이 따라 들어온 것을 확인하
고는 조용히 문을 닫았다.

"휴우. 내 집에서 내가 뭐 하는 짓인지."

앞에 놓여 있는 소파에 털썩 주저앉으며 자일론이 한숨을 내쉬었다.

"크크. 나쁜 짓을 하려고 하니까 그렇지. 일국의 왕자님께서 가출을
실행하려고 하니까 말이야."

그런 자일론의 모습에 브라이튼이 킥킥거리며 웃었다.

"시끄러. 그럼 옷부터 갈아입고 챙겨갈 건 챙겨서 가자구."

브라이튼의 모습이 언짢았는지 가볍게 응수한 자일론은 브라이튼이

챙겨온 짐에서 옷가지를 꺼내어 갈아입었다.

"흠. 이거 편하고 좋은걸. 이런 걸 놔두고 왜 그리들 답답한 옷들을 입는 것인지."

처음 입어보는 평복이었지만 자일론은 제법 마음에 드는지 자신의 몸을 이리저리 둘러보았다.

"원래 귀족들이나 왕족들이 예의니 격식이니 하면서 화려한 걸 좋아하잖아."

브라이튼 역시 자일론과 같은 생각인지 그의 말에 답해주었다. 그 역시 평복을 입은 자신의 모습을 이리저리 둘러보고 있었다.

"그럼 이제 돈이 될 만한 보석들 몇 개 챙기고……. 흠. 이 검은 어떻게 하지? 두고 가려니 아까운데."

자일론은 두고 가기가 아쉬운 듯 오늘 생일 선물로 받은 검을 들어보았다.

"아쉽겠지만 두고 가라구. 화려하고도 뛰어난 그런 검은 조용히 움직여야 하는 우리에게는 오히려 짐이니까."

브라이튼이 검을 들고 고민하는 자일론에게 말했다.

"역시 그렇지. 그럼 이제 편지 하나만 써두고 가자구."

그렇게 말한 자일론은 자신의 서재에 들어가 간결하게 편지 하나를 써서 책상에 올려두고는 나왔다.

"준비 끝인가?"

"그래."

"그럼 가자구."

잠시 서로를 마주 보고 고개를 끄덕인 둘은 곧 자일론의 궁을 빠져나와 빠른 속도로 달리기 시작했다. 이미 왕궁 안의 경비 상태를 모두 파악해 둔 터라 그들의 행로는 거침없었다. 그렇게 얼마나 달렸을까. 둘의 눈앞에 세상과 왕궁을 갈라놓는 거대한 성벽이 보였다.

"흠. 이제 저것만 넘으면 일차로 가출 성공인가?"

"뭐, 라디칼을 벗어나 제법 멀리 떨어질 때까지는 모르겠지만 말이지."

자신의 말에 대한 브라이튼의 대답에 자일론은 고개를 끄덕였다. 하지만 지금 당장은 성벽부터 넘어야 했다.

"일단 넘자."

그렇게 말하곤 자일론은 성벽을 기어오르기 시작했다.

"쩝. 검은 야행복이라도 준비할 걸 그랬군. 전혀 생각 못했어."

이미 어두컴컴한 밤이었지만 그래도 혹시나 하는 생각에 브라이튼은 아쉬운 듯 중얼거렸다. 그러나 운이 좋았는지 그들이 성벽을 모두 기어오르는 동안 경비병은 어디에도 없었다.

"좋았어. 운이 좋은데!"

성벽에 다 오르자 브라이튼이 빙긋 웃으며 말했다.

"아니, 이건 운이 좋은 게 아니라 당연한 거야. 경비병들의 순찰 시간이랑 그 경로까지 이미 모두 알아뒀으니까."

브라이튼의 말에 자일론이 고개를 저으며 말했다.

"철두철미하군."

"왕자의 가출인데 이 정도는 돼야지."

브라이튼의 질렸다는 듯한 말에 자일론은 조용히 웃었다.

"자, 그럼 이제 내려가자구."

"그런데 어떻게 가지? 또 기어서 내려가야 하나?"

성벽 아래를 내려다보며 브라이튼이 물었다.

"아니, 그러면 경비병들에게 들킬 수도 있어. 곧 이리로 순찰을 돌 시간이거든."

"그러면 어떻게?"

"뛰어내려야지."

"뭐?"

태연하게 뛰어내려야 한다는 자일론의 말에 브라이튼의 눈은 퉁방울만해졌다.

"지금 제정신이야? 이곳을 뛰어내린다고? 아무리 네가 소드 마스터라지만, 아니, 소드 마스터인 넌 가능할지 몰라도 나는 죽는다구."

속삭이듯 작은 목소리로 말했지만 브라이튼의 목소리에는 충분한 분노와 황당함이 담겨 있었다.

"일단 뛰어내리자. 그리고 그 다음에 이야기하자구. 죽지는 않을 테니까. 곧 경비병들이 온단 말이야."

브라이튼이 흥분하며 말하자 자일론은 일단 브라이튼을 안고는 성벽 밖으로 뛰어내리며 말했다. 말하는 것과 동시에 뛰어내렸으니 자일론은 애초에 브라이튼의 대답 따위는 고려하지 않은 듯했다.

"으읍… 으으읍… 으읍……."

브라이튼의 입에서 무언가 소리가 새어 나왔다. 아마도 갑작스러운 자일론의 행동에 놀라 비명을 질렀는데 이미 자일론이 브라이튼의 입을 꽉 막고 있어 그런 소리가 새어 나온 것이다.

성벽에서 뛰어내린 둘은 빠른 속도로 떨어지고 있었다. 그러다가 땅에 거의 도달해 가는 지점에 이르렀을 때 자일론의 입에서 나지막한 시동어가 새어 나왔다.

"플라이(Fly)."

그와 동시에 둘의 낙하 속도는 조금 느려졌지만 마법이 제대로 시행되지 않은 듯 여전히 빠르게 떨어지고 있었다.

"자, 이제 재주껏 착지하는 거야."

브라이튼의 귀에 조용히 속삭인 자일론은 브라이튼과 떨어져 재빨리 몸을 웅크렸고 그 순간 지면에 몸이 닿았다. 몸이 지면에 닿는 순간 자일론은 재빨리 몸을 굴렀다. 몸을 마나로 보호하고 있지만 그래도 충격은 최소화해야 했기 때문이다. 땅에 떨어진 충격을 완전히 없애지는 못했기에 어느 정도 통증은 느꼈지만 그래도 움직일 만했다.

몸을 일으킨 자일론은 서둘러 브라이튼을 찾았다. 저쪽에서 무언가 꿈틀거리면서 몸을 일으키는 것이 브라이튼도 무사한 것 같았다.

"으윽. 젠장. 아버지께 던져지면서 낙법을 배우지 않았다면 정말 어디 한 군데는 부러졌을 거야."

자일론을 발견하고 다가온 브라이튼이 인상을 쓰며 투덜거렸다.

"뭐, 내가 마법을 좀 더 배웠더라면 플라이를 써서 내려오면 됐겠지만 보다시피 난 3서클 마스터에서 마법을 그만뒀어. 플라이는 4서클부터 제대로 사용할 수 있는 마법이라서 우리 둘의 낙하 속도를 조금 늦추는 것이 고작이었다구. 뭐, 그래도 이렇게 무사히 왕궁 밖으로 나왔잖아."

사전에 이야기해 두지 않고 갑작스레 자신의 독단으로 일을 진행한 것이 미안했던지 자일론은 제법 길게 변명을 했다.

"그래. 알았다, 알았어. 알았으니까 일단 이곳을 벗어나자구. 자일론, 너와 나의 기출은 일차적으로 성공했을 뿐이야. 어서 라디칼을 벗어나서 최대한 빨리 멀어져야 한다구."

브라이튼의 말에 자일론은 고개를 끄덕였다.

“가자.”

둘은 떨어진 충격으로 어느 정도의 통증이 느껴지는 몸을 이끌고 최대한 빠른 속도로 라디칼의 외곽으로 달렸다. 그렇게 한참을 달리자 서서히 라디칼의 성벽이 보였다.

“젠장. 또 성벽을 뛰어내려야 하는 거야?”

“몰라. 젠장, 라디칼의 성벽은 계산 못했다구.”

성벽이 보이자 왕궁의 성벽을 뛰어내렸던 때의 통증에 브라이튼이 투덜거리며 말하자 자일론은 씹어뱉듯 말을 내뱉었다.

“뭐야?”

자일론의 말에 브라이튼은 순간 멈춰 섰다.

“왕궁을 빠져나오는 일을 생각하느라고 라디칼의 성벽은 깜빡했다구.”

“그럼 어쩌지?”

“글쎄. 난들 아나?”

자일론은 어깨를 으쓱이며 양손을 들고는 말했다. 그런 자일론의 모습에 브라이튼은 고개를 절레절레 저었다.

“쳇. 그럼 가출은 여기서 끝인가?”

“너무 빨리 끝나는 거 아냐?”

둘은 라디칼을 지키고 있는 성벽 앞에서 그 성벽을 넘지 못한 채로 멍하니 서 있었다.

“잠깐.”

한참을 그렇게 서 있던 중 무언가 생각이 난 듯 브라이튼이 자일론을 돌아보았다.

“따라와.”

“뭐야?”

“전에 말했었지? 우리 집에 자유기사로 떠돌던 가신이 하나 있다고. 그 사람 말고도 용병 생활을 하던 사람도 있어. 그 둘에게 정말 많은 이야기를 들었지. 그중에 도둑 길드라는 것도 있었어.”

“뭐야? 그럼 설마 지금 도둑들을 찾아간다는 거야?”

도둑 길드라는 말에 놀란 자일론이 물었다.

“몰라. 나도 찾아가는 법을 듣기만 해서 정말로 찾을 수 있을지는. 하지만 적어도 그들이라면 라디칼의 성벽을 빠져나가는 법을 알고 있겠지.”

그렇게 말한 브라이튼은 일단 밤에도 영업하는 도구점을 찾았다. 여행자들을 대상으로 하루 종일 영업하는 도구점이 있다는 것을 들었기에 불이 밝혀진 도구점을 찾아 들어갔다. 그곳에서 짙은 색의 로브 두 벌을 사서 나온 브라이튼은 하나를 자일론에게 내밀었다.

“이건?”

“입어. 좋은 일로 좋은 곳에 가는 것도 아닌데 얼굴은 가려야지. 그들이 상대의 얼굴을 따지는 사람들도 아니고 말야.”

브라이튼의 말에 자일론은 고개를 끄덕이며 로브를 입고는 후드를 깊게 눌러썼다. 그 모습을 지켜본 브라이튼이 다시 걸음을 옮겼고 자일론은 조용히 그 뒤를 따랐다.

‘역시 브라이튼을 끌어들이길 잘했어.’

생각지 못했던 상황에서 의연히 대처해 나가는 브라이튼의 모습을 보며 자일론은 슬쩍 미소를 지었다. 과연 혼자서 가출을 하려고 했으면 라디칼을 벗어날 수나 있었을까 하는 생각을 하며.

제 26 식

용병,
글루틴과 카틸

다그닥 다그닥.

어두운 하늘이 아직은 세상을 뒤덮고 있을 때 요란한 말발굽 소리를 내며 두 필의 말이 어둠 속을 세차게 달리고 있었다.

"쳇, 도둑놈들."

"뭐, 원래 그 녀석들 도둑 맞잖아."

말 위에서 브라이튼이 무언가 불만인 듯 내뱉자 자일론이 담담히 말했다.

"아무리 그래도 그렇지. 겨우 라디칼을 빠져나오는 것과 말 두 필을 준비해 주는 대가로, 우리 돈의 절반 이상을 요구했다구."

"뭐, 어쩌면 싼 것일 수도 있다구. 그나마 우리 둘이니 그 정도의 돈도 가지고 있었던 거야. 그리고 돈이야 벌면 되는 것 아냐?"

이제 처음 왕궁 밖으로 빠져나온 자일론은 아직 돈의 가치를 몰랐기에 대수롭지 않게 말했지만 과연 앞으로도 그렇게 말할 수 있을지…….

"그것보다는 빨리 달리자구. 날이 밝기 전에 최대한 멀리 벗어나야 해."

"그래. 알았다구, 알았어. 쳇, 그런데 어디로 가지?"

자일론의 말에 투덜거리면서 브라이튼이 목적지를 물었다.

"글쎄. 일단 아무래도 국경을 넘는 것이 좋겠지? 가장 가까운 국경이 어디지?"

역시 혹시라도 모를 추격대를 따돌리려면 카이렌을 벗어나는 것이 가장 좋은 방법이라고 생각한 자일론이 물었다.

"뭐, 이대로 쭈욱 달리면 돼. 계속 남쪽으로 가면 마케인 제국과의 국경이 나오니까."

"으음… 제국이라. 제국이면 설혹 추격대가 쫓아온다 해도 마음대로 휘젓고 다니기도 힘들겠군. 좋아, 마케인으로 가자."

그렇게 결정한 둘은 최대한의 속도를 내서 남쪽으로 달렸다. 날이 밝기 전에 최대한 멀리 떨어져 있어야 했으니.

그렇게 밤새 말을 달려 날이 밝아올 때쯤 한 마을에 다다른 둘은 여관에 들어가 방을 잡았다. 그리고 대충 몸을 씻고 나서 침대에 누웠다. 왕궁의 파티와 무도회를 생각해 보건대 둘이 사라졌다는 사실은 빨라야 점심때가 지나서야 알아차릴 수 있을 거라 생각했기 때문이다. 아마 파티는 지금쯤 끝이 나 시녀들이 파티장을 정리하고 있을 것이다.

브라이튼과 자일론은 밤새워 달린 피곤함과 왕궁과 라디칼을 빠져나올 때의 스트레스 등이 무척 쌓인 상태라 일단은 조금 쉬기로 했다. 그래서 날이 밝아져 처음 눈에 뜨인 마을로 들어와 침대에 몸을 누인 것이다. 그렇게 둘은 세상 모르고 깊은 잠에 빠져들었다.

"음. 이제 어떻게 하지?"

"글쎄. 일단 마케인으로 가긴 해야겠지만… 뭘 어떻게 해야 할
지…….."

해가 서쪽으로 뉘엿뉘엿 저물 때쯤 눈을 뜬 자일론과 브라이튼은 여
관에서 겸하고 있는 식당에 앉아 서로를 보며 앞으로의 일을 고민하고
있었다.

"뭐든지 처음은 힘든 법인데. 혹시라도 노련한 경험자와 함께 한다
면 몰라도."

브라이튼이 팔짱을 낀 채 조용히 중얼거렸다.

"그 용병이라는 걸 한 번 해보는 게 어떨까? 일단 우리는 지금 신분
증도 없는 상태라구. 아니, 신분증이 있다가는 당장에 잡혀 들어가겠
지. 신분증 없이 국경을 넘는 것도 힘들고… 차라리 모든 국가에서 통
용되는 용병패를 만드는 게 좋지 않을까?"

자일론이 고민에 빠진 브라이튼을 보며 말했다.

"흐음. 용병이라… 그것도 괜찮을 것 같긴 한데… 나중에라도 아버
님이 그 사실을 아시면 난……."

자일론이 꺼낸 용병 이야기를 진지하게 고려하던 브라이튼의 생각
이 아버지에게까지 미쳤는지 몸을 움츠렸다.

"크크크크크. 젖비린내나는군……. 크크크크, 아직 엄마 젖이나 더
빨고 있을 때 아냐?"

브라이튼이 아버지 생각에 몸을 움츠릴 때 옆 테이블에서 그런 그의
모습을 비웃는 소리가 들려왔다. 아마도 둘의 어설픈 행색에 호기심을

가지고 계속해서 지켜보고 있었던 듯했다.

"뭐야!"

자신을 가리킨 말이라는 걸 알아차렸는지 브라이튼은 얼굴이 험악하게 변한 채 자리에서 박차고 일어났다.

"클클. 뭐, 그런 것 가지고 그렇게 흥분하는 거지? 애송이씨?"

"글루틴. 왜 그래요, 갑자기."

브라이튼에게 시비를 걸고 있는 자는 제법 커다란 덩치를 가진 사내였다. 갈색의 머리에 평범한 얼굴이었지만 오른쪽 이마 끝에서 왼쪽 턱 아래까지 길게 사선으로 드리운 검상이 강한 인상을 주고 있었다. 팔에 솟아 있는 근육이며 노련하게 빛나고 있는 눈빛만 보더라도 호락호락한 인물은 아니었다.

그리고 그런 그를 말리려고 하는 일행으로 보이는 이는 왜소한 체구에 로브를 입은 걸로 보아 마법사인 듯했다. 밝은 금발에 선이 고운 얼굴은 과연 이 사람이 남자일까? 라는 생각이 들게 했지만 목에 불룩 솟은 울대뼈는 그가 남자임을 증명하고 있었다.

"가만히 있어봐, 카틸. 이런 멋모르는 애송이들은 세상의 쓴맛을 보고 빨리 집으로 돌아가 주는 게 모두를 위한 일이라고."

"뭐야!"

글루틴이라는 사내의 말에 이번에는 자일론까지 안색이 돌변해 소리치며 자리에서 일어났다. 그런 소란이 자일론의 테이블과 그 옆에서 일어나자 사람들은 웅성거리면서 서서히 관심을 가지기 시작했다. 세상에서 가장 재미있는 구경거리가 불구경과 싸움 구경이라고 하지 않았던가? 그중 하나인 싸움이 막 벌어지려는 참이니 사람들이 관심을 가질 수밖에 없었다.

“이런, 이런. 눈이 너무 많은걸. 애송이씨들, 억울하면 따라 나오라구. 킥킥킥.”

사람들의 눈이 자신들에게로 집중되자 글루틴이라는 사내는 자리에서 일어나 값을 치르고 여관을 벗어났다. 그가 여관을 나가자 이미 화가 날 대로 난 브라이튼이 황급히 쫓아 나갔다. 자일론도 쏜살같이 뛰쳐나가는 브라이튼의 뒤를 따랐다.

그 둘이 따라오든 말든 글루틴이라는 사내는 일행과 함께 유유히 발을 놀리고 있었다. 그렇게 얼마를 걸어가다 보니 어느새 숲 속으로 들어가고 있었다.

“좋아. 이쯤이면 되겠군. 조용하고 아주 좋아.”

글루틴이 그렇게 중얼거리며 몸을 멈춰 돌아섰다.

“글루틴, 왜 그러는 거예요. 그만두라구요. 잘못하면 저 사람들 죽을지도 모른단 말이에요.”

카틸이라는 마법사로 보이는 듯한 일행이 거의 울 듯한 얼굴로 글루틴을 말렸지만 정작 당사자인 글루틴은 아무런 반응을 보이지 않았다. 오히려 그의 말을 들은 자일론과 브라이튼이 어이없는 표정을 지었다.

“자자. 그만 하고, 도대체 네가 우리에게 시비를 건 이유가 뭐지?”

이곳까지 따라오는 동안 진정이 되었음인지 자일론이 담담한 얼굴로 물었다. 이미 화가 극에 달해 당장이라도 상대방을 향해 달려들려는 브라이튼의 한쪽 팔을 잡아 진정시키면서.

“흠. 너희들 귀족이지? 그것도 세상 구경이라든지 여행의 낭만이라든지 하는 것에 동경을 가진. 그래서 집을 몰래 빠져나왔지? 이른바 가출이라고 할까?”

빙그레 웃으며 글루틴이 한마디 한마디 할 때마다 자일론의 안색이 바뀌었다. 비록 모두 맞춘 것은 아니었지만 거의 대부분의 사실을 맞추었기에 거기에 대한 놀람이 얼굴에 드러난 것이다.

"큭큭. 그것 보라구. 당장에 얼굴에 다 드러나잖아. 어설퍼, 어설퍼. 뭐, 지금까지 보아왔던 어리버리한 녀석들에 비해서는 준비가 제법 잘 돼 있지만 말이야. 평복을 구해서 입은 거라든지 화려한 검이라든지 장신구 같은 것도 없군. 로브도 입고 있고. 하지만 그래 봤자 귀족은 귀족이라구. 행동과 눈빛에서 '나 귀족이요' 하는 게 줄줄 흘러내리는데 모를 수가 없지."

"그래서 네 녀석이 말하고 싶은 것이 뭐냐?"

자신들에 대해 하나하나 평가를 내리며 비웃듯 말하는 글루틴의 모습에 자일론의 표정도 서서히 굳어갔다.

"모든 사람들에게 자기 자식은 소중한 법이지만 귀족들에게는 그 정도가 더하더군. 너희같이 가출한 녀석들을 찾기 위해 쫓아온 추격대들은 귀족 자제를 찾는 데 혈안이 되어 다른 사람은 안중에도 없겠지. 그때문에 죽고 다친 평민들의 억울함은 누가 들어주지? 그러니 너희 같은 애송이 철부지들은 빨리 집으로 돌아가 주는 것이 평민들의 편안한 삶을 도와주는 거라구."

그렇게 말하는 글루틴의 표정 역시 딱딱하게 굳어갔다. 그리고 얼굴을 꿈틀거리기 시작했다. 주로 얼굴의 반을 가르며 지나간 검상 주위로. 글루틴은 가만히 한 손을 들어 검상 주위를 지그시 눌렀다.

"그러니 여기서 나한테 흠씬 당해서 세상의 쓴맛을 본 다음에 조용히 집으로 돌아가라는 거야. 나의 이 상처가 더 이상 요동치지 않도록 말이지."

말을 마친 글루틴의 얼굴은 스산하게 빛났다. 그리고 온몸에서 폭풍 같은 살기가 치솟아오르더니 자일론과 브라이튼을 향해 쏟아져 왔다.

"쳇."

살기를 느낀 둘은 마나를 모아 몸을 방어했다.

"글루틴!"

역시 글루틴의 살기를 느낀 카틸은 큰 소리로 외쳤으나 별반 소용이 없었다.

"호오. 지금까지의 애송이들과는 확실히 다른걸. 다른 녀석들은 나의 이 살기만 받고도 오줌을 질질 흘리며 도망가기 바빴는데 말이야."

자신의 살기를 견디는 모습이 의외였는지 글루틴의 얼굴에는 이채가 떠올랐다.

"보아하니 검도 없는 것 같은데 나도 맨손으로 상대해 주지."

그 말을 마침과 동시에 글루틴은 브라이튼을 향해 쏟아져서는 어느새 그의 복부에 주먹을 꽂아 넣고 있었다.

"크윽."

완벽하게 꽂힌 글루틴의 펀치를 맞은 브라이튼은 신음 소리를 내며 뒤로 날아갔다.

풀썩.

공중에 붕 뜬 후 바닥에 떨어진 브라이튼은 정신이 없는지 한동안 움직이지 못했다.

"으윽. 으웩. 으웩."

그 한 방의 펀치에 속이 흔들렸음인가? 정신을 차린 브라이튼은 조금 전 식당에서 먹은 것들을 구역질과 함께 게워내고 있었다.

"쯧쯧. 역시 아직 어려. 그러면서 겉멋만 잔뜩 들어서 여행이라니."

그런 브라이튼의 모습에 글루틴은 가소로운 듯 비웃음을 지었다.

“자, 다음은 네 녀석이냐?”

그때까지 한쪽에서 가만히 서 있는 자일론을 향해 글루틴이 돌아섰다. 그리고는 자일론을 향해 쇄도하며 주먹을 내질렀다. 하지만 분명 조금 전과 같은 묵직한 감촉이 느껴져야 할 주먹에 아무런 느낌이 없었다.

“응? 큭.”

기대한 반응이 없자 이상한 듯 고개를 갸웃거리던 글루틴은 갑자기 눈앞에 별이 번쩍이는 듯한 충격을 받고는 자리에 주저앉았다. 머리를 흔들며 정신을 차리자 턱에 찌르르한 통증이 느껴졌다.

“이…익. 이 애송이 녀석이.”

자신이 불의의 일격을 당했다는 사실을 알아챈 글루틴은 그 일이 어떻게 일어났는지는 관심이 없었고 자신이 맞았다는 그 사실에 분노하고 있었다.

“네 녀석은 죽여주마.”

단 한 대 맞았을 뿐인데 글루틴의 눈은 시뻘겋게 물들어가고 있었다. 분노의 광기가 그의 머리 속을 지배하는 듯 온몸을 부들부들 떨었다. 그리곤 자리에서 일어나려 손으로 바닥을 짚고는 몸을 일으켰지만 곧 휘청이며 중심을 잡지 못했다.

“나에게 턱을 걷어차이면서 뇌가 흔들렸어. 얼마간은 제대로 일어서지 못할 거야.”

그런 글루틴의 모습을 보며 자일론이 담담하게 말했다. 그리곤 몸을 돌려 브라이튼을 향해 걸음을 옮겼다.

“괜찮아?”

“으응. 이제 좀… 젠장, 방심만 하지 않았어도.”

배 속에 든 것을 모두 토해낸 브라이튼이 입을 닦으며 억울한 듯 중얼거렸다.

“아니, 저 녀석은 강하다. 아마 너보다도 강할 거야.”

브라이튼의 말에 자일론은 고개를 저으며 조용히 말했다.

“뭐? 나보다?”

“그래. 조금 전의 그 움직임이나 지금 저 모습이나 어딜 봐도 말이지.”

그렇게 말하며 어느새 눈앞에서 뜨거운 콧김을 뿜어내며 공격 준비를 하고 있는 글루틴을 바라보는 자일론의 눈에는 작은 미소가 걸려 있었다.

“우아악!”

자일론의 미소를 보고 분노가 더욱 치솟았음인가, 글루틴은 괴성을 지르며 달려들었다. 그런 그의 모습을 보는 자일론의 눈에는 실망한 기색이 떠올랐다.

“무슨 일이 있었는지 모르겠지만 겨우 이 정도 일에 흥분해서는 흐트러진 모습을 보이다니 실망인걸.”

좌우에서 무섭게 휘몰아쳐 오는 글루틴의 주먹을 여유있게 막아내며 자일론이 중얼거렸다.

“차라리 조금 전 나를 처음 공격할 때의 주먹이 더 위력적이었어.”

그렇게 말하며 자일론은 글루틴이 만들어낸 주먹의 빗속을 유유히 헤쳐가서는 그의 아가리에 단 한 발의 펀치를 먹였다. 그 한 발에 글루틴은 붕 소리를 내며 멀찌감치 날아갔지만.

“크윽. 이놈……”

“글루틴, 제발 이제 그만 해요!”

글루틴은 자리에서 머리를 흔들며 다시 일어났고 그런 그를 말리는 카틸의 눈은 심하게 떨렸다.

"제법 실력이 있군. 이제 더 이상 봐주지 않겠어!"

자일론의 일격에 정신을 차린 것인지 그의 눈을 뒤덮고 있던 분노의 불길은 어느새 가라앉아 있었다. 은은히 분노의 기운이 빛나고는 있었지만 그의 이성을 지배할 정도는 아니었다. 오히려 적당한 정도의 분노로 인해 그의 힘을 한층 더 강하게 만들어주고 있었다.

조용히 가라앉은 분노로 불타는 눈을 한 글루틴은 오른손을 서서히 허리춤의 검으로 가져갔다.

스르릉.

스산한 소리를 내며 검이 검집을 빠져나왔다.

"네 녀석, 어디 한 군데는 잘라주마."

그렇게 말하는 그의 검에서는 세찬 바람이 일더니 어느새 잠잠해졌다. 바람이 사라지는 것과 동시에 그의 검에서 은은한 빛이 새어 나왔다.

"상급의 소드 익스퍼트. 으음……."

그런 그의 모습을 보며 브라이튼이 침음을 흘렸다. 자일론의 말을 믿지 않았지만 지금 눈앞에 증거가 나타난 것이다.

"글루틴… 저 사람들 죽일 작정인가요! 그만둬요~!"

찢어지는 듯한 목소리가 카틸의 입에서 터져 나왔다. 그러나 그런 그의 말에 글루틴은 눈 하나 깜짝하지 않았다. 오히려 호흡을 고르며 공격할 틈을 찾고 있었다.

그때 자일론이 먼저 쏘아져 나갔다. 그 모습에 글루틴은 회심의 미소를 지으며 자일론이 오는 방향으로 검을 내리그었다. 그러나 이번에도 역시 검에 아무런 감촉이 없었다. 조금 전 주먹을 휘두를 때와 같은 경험을 하자 글루틴은 다시 당황했다. 하지만 조금 전과 달라진 것이 있다면 재빠르게 방어 자세를 취했다는 것이다. 조금 전에 멍하니 있다가 반격을 당한 경험이 있었기에.

빠각.

"크윽……."

둔탁한 타격음과 함께 허리에서 느껴지는 강렬한 통증. 글루틴은 다시 무릎을 꿇었다.

'휴우~ 역시 저게 소드 마스터와 소드 익스퍼트의 차이라는 것인가? 글루틴이라고 했던가? 하필이면 상대가 카이렌의 네 번째 소드 마스터였다는 게 불행이군.'

자일론과 글루틴의 전투 양상을 지켜보며 브라이튼은 조용히 웃음 지었다. 하지만 한편으로는 화가 치밀기도 했다. 자일론에 비해 너무나 무력하게 당한 자신의 모습 때문에.

"이봐, 이번 일격에서 느꼈겠지만 넌 내 상대가 안 돼. 마음만 먹었다면 네 녀석의 목을 부러뜨릴 수도 있었으니까."

"후후. 과연 그렇겠군."

현격한 실력 차를 느꼈음인가 바닥에 주저앉으며 글루틴은 헛웃음을 흘렸다.

"하지만 네 녀석, 아직 사람을 죽여본 적은 없겠지? 아니, 몬스터라도 죽여봤나? 아니, 아니, 몬스터라는 건 구경도 못해봤겠지. 그저 책에서 한번 봤을 뿐이겠지. 큭. 그래서는 네놈이 아무리 실력이 좋아도 결국은 애송이야. 내 목을 부러뜨릴 수도 있다고 말했지만 아마 그러지 못할걸. 왜냐면 넌 사람을 죽여본 적이 없으니. 살인이라는 것은 그만큼 힘든 일이니까."

다 안다는 듯한 눈빛으로 자신을 바라보는 글루틴을 보며 자일론은 묘한 감정을 느꼈다. 눈앞의 이 사내가 조금은 마음에 든 것이다.

털썩.

"훗. 그래, 네 녀석 말이 맞아."

글루틴의 맞은편에 주저앉으며 자일론은 순순히 그의 말을 인정했다.

"그 이야기는 됐고 네놈 이야기나 들어볼까? 왜 그렇게 가출한 귀족 자제들을 싫어하는지. 그 검상이랑 관련이 있을 것 같은데 말야."

자일론의 능글맞은 물음에 글루틴의 얼굴이 잠시 꿈틀했다. 그러나 곧 포기한 듯 별거 아니라는 투로 이야기했다.

"뭐, 내가 어릴 때 가출한 귀족 애송이를 찾는 기사단이 우리 마을을 들렀고 그 과정에서 우리 가족이 다 죽었지. 이 상처도 그때 생긴 것이고……. 그런 거야."

별거 아닌 것처럼 이야기하지만 그 내용은 별거 아닌 것이 아니었다. 담담하게 말하는 글루틴의 모습에 자일론이 오히려 놀랐다.

"대단한 사람이군, 당신은."

그런 글루틴의 모습에서 무엇을 느낀 것일까. 글루틴을 지칭하는 자일론의 말투는 어느새 약간은 부드러워져 있었다.

"그럼 통성명이나 할까? 나는 쟈이. 그리고 저기 저 친구는 유크."

자일론이 빙긋 웃으며 손을 내밀었다.

"훗. 어차피 본명이 아니겠지. 거기에다가 성까지 잘라먹었군. 나는 글루틴이다. 직업은 용병이지. 저기 저놈은 카틸. 나랑 같이 팀을 짜서 용병 일을 하는 마법사지."

글루틴은 자일론의 손을 마주 잡았다. 그렇게 순식간에 서로 간의 소개가 끝나자 이 이야기에서 소외된 두 사람, 브라이튼과 카틸은 멍하니 얼떨떨한 얼굴로 서 있었다.

'쳇. 자일론 녀석, 멋대로 내 이름을 바꿔 버리다니. 그것도 왜 하필 중간 성을 이름으로……'

자일론의 제멋대로 소개에 브라이튼은 속으로 구시렁거렸지만 어쩌겠는가, 분명 자신들은 본명을 밝힐 입장이 아닌 것을. 특히 이미 자일론의 소문은 카이렌 전역을 완벽히 뒤덮고 있었다. 열여덟 살에 소드마스터가 된 왕자 자일론 폰 카이렌이라고. 만일 자일론의 이름을 그대로 말했다가는 당장 눈치 챘을지도 모르는 일이었다.

"자, 그럼 소개도 끝나고 했으니 이만 돌아가자구. 우리 짐은 아직 여관에 남아 있으니."

자일론이 자리에서 일어나며 천연덕스럽게 글루틴을 일으켰다.

"응? 그게 무슨 말이지? 우린 이제 우리 갈 길로 가면 그만인데. 그 식당에 들른 것도 잠시 요기를 하러 들른 것뿐이라구."

갑작스런 자일론의 말에 글루틴이 무슨 소리 하냐는 듯 그를 쳐다보았다.

"응? 무슨 말이긴. 이제 너희도 우리 일행이라는 거지. 서로 싸우고 소개까지 했는데 설마 그냥 가려는 건 아니겠지?"

여전히 천연덕스런 얼굴로 멍청하는 듯 말하는 자일론의 모습에 글루틴은 어이가 없었다.

"우리가 왜 그래야 하지?"

어이없는 얼굴로 글루틴은 자일론을 바라보며 물었다.

"그럼, 설마 경험없는 풋내기에 애송이인 귀족 나부랭이 둘을 그냥 떨귀놓고 가겠다고? 우리가 다니는 동안 무슨 일이 일어날지도 모르는데? 차라리 경험있는 용병 나리께서 잘 데리고 다녀주는 게 좋지 않을까?"

빙그레 웃으며 대답하는 자일론의 모습에 브라이튼은 그 사악함을 절실히 느꼈다. 여관에서 괜한 시비를 걸었던 글루틴이 자일론의 사악함에 걸려든 것을 진심으로 위로하면서.

"험험. 그건 아무리 생각해도 억지라구. 그리고 너희는 마케인으로 간다고 하지 않았어? 우리는 지금 라디칼로 일거리를 찾아가는 거라구."

글루틴은 집요한 자일론의 말에 당황해서 대답했다. 자신들과 목적지가 다르다는 이유까지 들어가면서.

"그렇담 결정됐네. 지금 라디칼로 들어가는 건 미친 짓이야. 아마 내일 날이 밝으면 난리가 날 테니까. 일거리라면 제국으로 들어가서 찾아도 되는 것 아니겠어? 같이 가면서 근처 큰 성에 들러서 우리 둘을 용병으로 등록도 시켜주고 말이지."

"그게 무슨 말이야?"

능글맞은 자일론의 대답에 글루틴은 참지 못하고 소리를 질렀다.

"아아. 그건 용병 길드에 가서 알아보면 될 거 아냐. 용병 길드도 제법 정보가 빠르다면서? 그렇게 말하지 않았어, 유크?"

"아아, 그렇지."

갑작스런 자일론의 물음에 브라이튼이 대답했다. 지금 그 이야기는 자신이 라디칼을 떠나오면서 자일론에게 해주었기 때문이다. 도둑 길드의 도움을 받아 성을 빠져나오면서 자일론이 길드라는 집단에 대해 궁금해하며 물어보았기에 자신이 아는 대로 대답해 주었던 것이다.

"우리는 오늘 아침에 라디칼을 빠져나왔다구. 지금 현재 라디칼의 상황을 아주 잘 알고 있단 말이야. 그러니까 그냥 마케인으로 가자구."

갑자기 진지해진 눈빛으로 자신을 설득하는 자일론의 모습에 글루틴은 무심코 고개를 끄덕이고 말았다.

"좋았어. 그럼 같이 가는 거다."

'헉! 젠장. 당했다.'

결정했다는 듯한 자일론의 외침에 글루틴은 후회했지만 이미 대답은 해버린 후였다. 그것도 의도한 것이 아니라 자일론의 눈빛에 자신도 모르게 반사적으로. 결국 그도 자일론의 가출에 일조하게 되었다.

＊　　　　＊　　　　＊

따사로운 햇살이 내리쬐이는 나른한 오후. 카이렌의 국왕 카류일은 지난밤의 파티로 인해 모처럼 만에 늦잠을 즐기고 일어났다. 일어나기는 오전에 일어났지만 오랜만의 여유를 즐기며 이렇게 테라스에 앉아 주변 경치를 즐기며 따뜻한 차 한 잔을 음미하고 있었다.

"폐하~! 국왕 폐하~! 큰일났습니다."

기쁜 마음으로 즐기고 있는 오후의 여유를 깨는 소리가 귓가로 들려왔다. 막 찻잔에서 입을 뗀 카류일의 얼굴이 살짝 찌푸려졌다.

"무슨 일인데 이리 소란이냐?"

불쾌한 심사가 그대로 담긴 목소리였다. 그런 카류일의 반응에 시종장의 몸이 흠칫 굳었지만 사안이 사안인지라 황급히 허리를 숙이며 입을 열었다.

"저, 5왕자님께서 궁을 나가셨습니다."

"응? 궁을 나가다니, 그게 무슨 소리냐?"

일견 황당하게 들리는 시종장의 말에 카류일은 고개를 갸웃거리며 다시 물었다. 궁을 나가다니, 그게 무슨 소리란 말인가?

"저, 여기 자일론 왕자님의 서재에 남아 있던 왕자님의 편지입니다."

시종장은 손에 들고 있던 종이를 공손히 카류일에게 전했다. 편지를 받아 들고 담담히 읽어 내려가던 카류일의 몸이 시간이 지남에 따라 격렬하게 떨리기 시작했다.

"이… 이런… 멍청한 짓이라니… 세상 구경이라니. 왕자 녀석이 뭐가 부족해서. 그리고 나갈 것이면 나에게 말하고 기사단을 이끌고 가던지. 혼자서 성 밖으로 나가… 아니… 아니, 도대체 어떻게 왕궁을 벗어난 게야. 아무리 녀석이 소드 마스터라고는 하지만……."

카류일은 갑작스런 사태에 진정이 안 되는지 떨리는 목소리로 떠듬 떠듬 말했다. 그런 카류일을 바라보는 시종장의 몸 역시 가늘게 떨리고 있었다.

같은 시각, 콘티넌트 공작가의 저택.

쾅~!

무언가를 두드리는 소리가 커다랗게 울렸다.

"이게 대체 어찌 된 말이냐! 브라이튼 녀석이 가출이라니! 집사, 어서 말을 해보게! 그 녀석이 뭐가 아쉬워 갑자기 가출이야!"

네이팜 유크 콘티넌트 공작은 오후의 티타임에 갑자기 들려온 소식에 분노해 떨리는 목소리로 외쳤다. 그런 그의 분노를 고스란히 받고 있는 집사는 사시나무 떨듯 온몸을 떨고 있었다.

"저, 그게… 저도… 잘… 분명 어젯밤 파티에 가실 때만 해도 평소
와 다름이 없으셨습니다. 혹시 공작 각하께서 자신을 찾으면 이 편지
를 전해 드리라는 말씀밖에는요."

"끄응. 그 얌전하던 녀석이 갑자기 왜 그런 게야. 세상이 그렇게 호
락호락한 게 아닌 것을… 나에게 말했으면 어련히 알아서 준비해 여행
을 보내주었을까……."

네이팜은 머리가 아픈지 한 손으로 이마를 짚고는 고개를 절레절레
흔들었다.

"아버님!"

그때 문이 격렬히 열리며 네이팜의 큰아들 브라이언이 들어왔다.

"아, 브라이언이냐. 글쎄, 브라이튼 녀석이……."

"아버님, 큰일났습니다. 자일론 왕자님께서 가출을 하셨답니다!"

자일론의 가출 소식은 빠르게 왕궁으로 퍼졌고 마침 왕궁에서 업무
를 보고 있던 브라이튼의 형 브라이언의 귀에도 들어갔다. 그 소식을
접하자마자 황급히 집으로 돌아온 것이다.

"뭐얏! 자일론 왕자님께서 가출을!"

너무나 놀라운 소식에 네이팜은 앉아 있던 자리에서 벌떡 일어났다.

"가만… 그렇다면 설마… 아아… 어떻게 이런 일이……."

어디까지 생각이 미친 것인지 네이팜은 다리가 풀려 풀썩 의자에 주
서앉았다.

"아… 아버님, 왜 그러시는지……."

"여기, 이걸 보거라."

큰아들의 물음에 네이팜은 손에 들린 브라이튼의 편지를 건네주었
다. 아버지가 건네준 종이를 받아 들고 찬찬히 살피던 브라이언의 몸

도 서서히 떨리기 시작했다.

"브… 브라이튼 녀석, 설마 왕자님과……."

동생의 편지를 읽으며 무엇을 느꼈음인지 브라이언은 신음처럼 한 마디를 내뱉었다.

"아마도 그런 것 같구나."

아들의 신음과 같은 소리에 네이팜은 힘없이 고개를 끄덕였다.

"그런데 녀석이 어떻게 왕자님과 같이 여행을 떠날 생각을 했죠? 어제 보아하니 왕자님과도 처음 만나는 것 같았는데."

자신의 동생과 자일론이 만날 일이 없었다는 데 생각이 미친 브라이언이 의문을 표했다.

"글쎄다. 어제의 그 행동은 아마 위장이었겠지. 생각해 보거라. 요 몇 년 사이 녀석이 카이져 기사단에서 연습을 하겠다며 왕궁을 묘하게 자주 들락거리지 않더냐. 아마 그때부터 왕자님과 친분이 있었던 모양이다."

"으음. 그런 걸까요?"

아버지의 말에 브라이언은 동의하기 어려운 듯 침음을 삼켰다.

"뭐, 그거야 브라이튼 녀석이 알겠지. 어찌 되었든 난 폐하를 뵙고 와야겠구나. 이보게, 집사. 준비를 좀 해주게."

"예, 공작 각하."

"하아… 이제 어쩐다……."

의자에서 일어나 왕궁으로 들어갈 준비를 하려는 네이팜의 입에서는 한숨이 절로 새어 나왔다.

어젯밤만 하더라도 화려한 파티가 열렸던 대전. 현란한 장식들과 아름다운 레이디들, 멋진 기사들이 자리를 빛냈던 대전은 지금 깊은 적막과 어두운 기운만이 자리하고 있었다.

대전의 왕좌에 앉아 있는 카류일의 얼굴에는 깊은 수심이 드리워 있었다. 그의 앞에는 네이팜이 허리를 숙인 채 조용한 어조로 이야기를 했다.

"흐음… 콘티넌트 공작, 과연 일이 그렇게 된 것이라 생각하오?"

"예, 폐하. 신의 생각으로는 거의 분명하다 생각합니다."

"쯧쯧. 어리석은 녀석들. 세상이 얼마나 거친 곳인지를 모르다니… 그래, 그럼 이제 어떻게 해야 할 것 같소?"

"일단은 추격대를 보내어 신속히 왕궁으로 돌아오시도록 조치를 해야겠지요. 하지만 왕자님은 소드 마스터이시니 쓸데없이 규모만 큰 추격대보다는 소수의 정예를 파견하는 것이 나을 듯합니다."

카류일의 물음에 네이팜은 침착하게 대답했다.

"소수의 정예라… 하긴 자일론도 소드 마스터이니 당장 무슨 일이 일어나지는 않겠지."

"그건 그렇게 생각하실 것이 아닙니다, 폐하."

자일론의 경지를 믿으며 스스로를 위로하려는 카류일의 귀에 대전 입구로부터 톤이 높은 목소리가 들렸다.

"응? 아, 카나카인 후작인가? 그게 무슨 말인가?"

내전을 질러 들어오고 있는 인물은 실버 기사단의 단장 페이트라 카나카인이었다.

"세상은 검술 실력 하나로 버틸 만큼 만만한 곳이 아니니까요. 실버 기사단의 단장 페이트라 카나카인이 국왕 폐하를 뵙습니다."

"그래, 어젯밤 자일론의 행적은 알아보았는가?"

카류일은 페이트라를 부른 이유부터 물었다.

"송구스럽습니다. 마침 어제가 5왕자님의 생일 파티인지라 미처 행적을 파악하지 못했습니다. 파티장을 나오셔서 정의의 궁 정원으로 향하신 것까지는 알아보았습니다만 그 이상은……."

페이트라는 얼굴이 붉어진 채 고개를 숙였다.

"하아. 그렇다면 소수의 추적대를 보내야 한단 말인가. 이런 일에는 아무래도 실버 기사단이 적격이겠지. 카나카인 후작, 뛰어난 인물들을 추려서 속히 내보내게."

"예. 알겠습니다, 폐하."

"그래. 그럼 나가들 보게."

그렇게 말을 마친 카류일은 왕좌에 깊숙이 몸을 묻었다. 그런 카류일의 모습을 보며 네이팜과 페이트라는 조용히 대전에서 물러났다.

"하하. 자일론 녀석. 가출이라니, 정말 멋진 일을 저질러 버렸군. 나에게 인사도 없이 떠난 것이 조금 섭섭하긴 하다만 뭐, 녀석답군. 그래, 이 왕궁은 녀석에게는 너무 갑갑한 곳이었겠지."

저녁 햇살이 들어오는 창가에 서서 로이드는 크게 웃었다. 자신에게 인사도 없이 떠난 동생에 대한 섭섭함인가 아니면 집을 떠난 동생의 안전을 빌기 위함인가. 그의 손에는 붉은빛이 찰랑거리는 와인잔이 들려 있었다.

"훗. 자일론의 안전한 여행을 기원하며… 건배."

홀로 조용히 건배를 외친 로이드는 단숨에 와인을 들이켰다.

"하아… 무심한 아들 같으니… 어떻게 이 어미에게 말 한마디 없이······."

자일론의 가출 소식을 들은 일리나는 자리에 앉아 조용히 한숨을 내 쉬었다.

"뭐, 혹시 이런 일이 있을지 몰라 아티펙트를 주긴 했지만 그래도 막 상 닥치니 섭섭한 마음은 어쩔 수가 없구나. 이런 게 어미의 마음이란 건가."

공허한 눈으로 천장을 올려다본 일리나는 조용히 중얼거렸다. 그러 다가 자리에서 일어나 자신의 방으로 들어갔다. 그리곤 나직이 주문을 외우자 거울에 자일론의 모습이 나타났다.

"영상 전송 마법도 걸어두길 잘했어. 그러지 않았다면 무척이나 갑 갑했을 텐데."

침대에 누워 곤하게 자고 있는 모습의 자일론이 거울에 나타나자 일 리나는 거울을 만지며 나직이 읊조렸다.

그날 밤, 왕궁 네 곳의 성문이 열리며 일단의 기사들이 네 방향으로 빠르게 사라져 갔다.

*   *   *

"자자, 그럼 이제 떠나자."

여관을 나서는 자일론이 빙긋 웃으며 말했다. 한껏 험악한 분위기를 풍기며 여관을 빠져나갔던 사람들이 태연히 웃으며 돌아오자 잠시 여 관의 분위기가 묘하게 변하기도 했다. 하지만 자일론들은 그런 분위기 에 아랑곳하지 않고 간단한 요기를 한 후 방값을 치르고는 다시 여관을 나서는 것이었다. 마굿간에서 말을 끌고 나오는 브라이튼을 보며 자일론이 글루틴에게 물었다.

"너희는 말 없어?"

"아, 지난번에 타던 말들이 몬스터랑 싸우는 중에 죽어버려서 말이야. 아직 사지를 못했군"

"흐음. 그럼 사야 할 텐데. 이 시간에 말을 파는 곳도 없을 테고. 어쩔 수 없군. 다음 마을에 들를 때까지는 우리 말에 나눠 타고 가는 수밖에."

잠시 생각을 하던 자일론이 어쩔 수 없다는 듯이 말했다. 그의 말에 카틸이 움찔하긴 했지만 별다른 말 없이 따랐다. 그렇게 자일론은 글루틴과 브라이튼은 카틸과 함께 말을 타고 길을 나섰다.

다그닥 다그닥.

그렇게 빠르지는 않았지만 제법 속도를 내며 말이 달리고 있었다. 두 명을 태운 것을 감안하면 상당히 빠른 속도였다.

"이봐, 그런데 굳이 이런 밤에 이동을 해야 하나?"

자일론의 뒤에 타고 있던 글루틴이 물었다.

"뭐, 너희도 어차피 이런 밤에 라디칼로 가려고 했잖아. 그리고 우리는 지금 추적대가 쫓아오고 있을지도 모른다고. 누구 말대로 세상 무서운지 모르고 가출한 철부지 귀족 도련님을 집으로 돌려보내려고. 그러니 최대한 빨리 국경을 넘어야지."

글루틴의 물음에 자일론은 빙긋 웃으며 대답했다.

"그렇긴 하다만. 그래도… 그리고 너희들, 신분증도 없잖아."

"아아, 아까 여관에서 뭘 들은 거야? 그러니까 우리는 용병이 되려고 한다니까. 용병패는 만국 공통 신분증이라며?”

약간의 짜증이 묻어나는 목소리로 자일론이 대답했다.

“그렇긴 하지. 그런데 너희들 용병이 되는 법은 알고 있나?”

“정말, 뭐가 그리도 궁금한 게 많은 거야? 생긴 거랑 다르게. 용병이 되는 법은 네가 알려주면 되잖아.”

계속 이어지는 질문에 자일론의 목소리는 조금씩 높아져 갔다.

“허, 알았어, 알았다구. 어서 가자구.”

자일론의 짜증에 질린 글루틴은 그저 조용히 자일론 뒤에 앉아 있었다.

그렇게 관도를 따라 날을 새서 달리자 지평선 너머로 서서히 해가 떠오르기 시작했다. 그리고 또 다른 마을이 눈에 들어왔다. 이번 마을은 하루 전에 지나쳤던 곳에 비해서 무척이나 커 보였다.

“흠. 저기 마을이 보이는군. 저곳에 들러 우리 말도 사고 너희들 장비도 좀 사야겠다.”

마을을 발견한 글루틴이 자일론에게 말했다.

“그러도록 하지. 그러고 보니 아직 검도 장만하지 않았군.”

순순히 글루틴의 의견에 동의한 자일론은 눈앞에 보이는 마을을 향해 말을 몰았고 브라이튼도 그 뒤를 따랐다.

끼이익.

여관의 문이 요란한 비명을 지르며 자일론 일행에게 길을 터주었다.

“휴, 밤새 달려왔더니 목이 칼칼한걸. 일단 시원한 맥주부터 마셔야겠어.”

눈앞에 보이는 테이블에 앉으며 글루틴이 말했다. 확실히 지난밤 내

내 물 한 모금 안 마시고 달려왔으니 목이 마를 만도 했다.

"맥주라? 흠. 어떤 술이지?"

글루틴의 맞은편에 앉으며 자일론이 궁금한 듯 물었다. 왕궁에서만 자란 그가 접한 술은 와인이나 위스키 등의 고급 술뿐이라 맥주에 관해서는 전혀 모르고 있었다.

"킥킥. 역시 도련님다운 말이야. 말로 듣기보다는 일단 한번 마셔보라구. 어이! 여기 맥주 세 잔하고 쥬스 한 잔 부탁해."

자일론의 물음에 글루틴은 재미있다는 듯 웃으며 점원이 오기도 전에 먼저 주문해 버렸다.

"응? 그런데 쥬스라니?"

글루틴의 주문 내용 중 쥬스가 들어 있는 걸 의아하게 여긴 브라이튼이 물었다.

"아, 그건 저기 카틸 거야. 저 녀석, 술은 전~혀 못하거든. 전에 한 번 재미삼아 딱 한 잔 먹여봤는데 사방으로 파이어 볼을 날려대는 통에 죽는 줄 알았지. 킥킥."

카틸이 술에 취해 사방으로 마법을 난사하던 때를 떠올리며 글루틴은 작게 웃었다. 무척이나 힘들었을 법한 상황인데도 글루틴은 뭐가 그리 재미있는지 연신 웃었고 그 웃음이 계속되는 것에 비례해 카틸의 얼굴은 시뻘게졌다.

"글루틴······."

시뻘게진 얼굴로 고개를 푹 숙인 카틸의 입에서 작은 소리가 새어나왔다. 하지만 목소리에 담긴 살기와 목소리의 크기는 전혀 관계가 없다는 것을 여실히 보여주는 카틸의 한 마디였다. 그런 카틸의 손에서는 빠직거리는 소리를 내며 마나가 모여들고 있었다.

‘응? 제법인데? 저 정도면 4서클 정도의 마나는 될 텐데… 나이도 그렇게 많아 보이지 않는데 대단한걸.’

카틸의 손에 모여든 마나의 양을 대충 가늠해 본 자일론은 살짝 놀랐다. 자신이 비록 3서클에서 마법 수련을 멈췄지만 다른 마법사의 실력을 보는 것 정도는 가능했던 것이다. 이것도 다 케이가 가르쳐 준 혼원심법 덕이었다.

“헉! 알았어, 카틸. 그만 할게.”

카틸의 손에 모여든 마나를 눈치 챘음인지 글루틴은 황급히 자신의 손으로 입을 막았다.

“크크큭큭큭.”

그 모습이 그리 웃겼던 것인지 브라이튼은 입으로 새어 나오는 웃음을 참으려 하면서도 연신 큭큭거리며 웃었다.

“여기 맥주와 쥬스입니다. 그리고 묵어가실 건가요?”

어느새 맥주와 쥬스를 가지고 온 점원이 일행을 돌아보며 물었다.

“어떻게 할 거야?”

글루틴이 자일론을 보며 물었다. 이미 은연중 자일론을 일행의 리더로 인정하고 있는 듯했다.

“글쎄. 우리에게 시간이 그다지 많은 것도 아니니. 점심때까지만 방에서 쉬어가는 걸로 할 수 있을까?”

“그렇디는데 기능히↑?”

자일론의 대답을 들은 글루틴이 다시 점원을 돌아보며 말했다.

“예, 가능합니다. 그럼 방은 어떻게 준비해 드릴까요?”

“3인실 하나와 1인실 하나.”

“예, 알겠습니다. 그럼 방값은 30실버. 그리고 맥주와 쥬스가 각기

1실버씩 해서 모두 34실버예요. 요금은 선불입니다."

"여기."

글루틴은 점원의 말에 주머니에서 돈을 꺼내 값을 치렀다.

"그럼 편히 쉬세요. 방 열쇠는 곧 가져다 드릴게요."

점원은 생긋 웃으며 인사를 하고는 총총걸음으로 계산대를 향해 갔다.

"그런데 왜 1인실 하나와 3인실이지? 4인실 하나를 빌리든지 2인실 둘을 빌리는 것이 낫지 않나?"

글루틴이 방을 얻는 것을 지켜보던 브라이튼이 고개를 갸웃거리면서 물었다.

"몰라. 왜 그래야 하는지는 카틸에게 물어보라구. 나도 모르니까. 저 녀석, 방은 죽어도 혼자 쓰겠다는군. 벌써 한 3년 같이 다녔는데 여전해."

글루틴이 알 수 없다는 듯 어깨를 으쓱거리며 말하자 자일론과 브라이튼의 시선이 카틸을 향했지만 카틸은 그저 담담한 얼굴로 침묵을 지킬 뿐이었다.

"여기 방 열쇠예요. 2층으로 올라가서서 열쇠 옆에 있는 나무패에 적힌 호실로 들어가시면 됩니다. 그리고 식사는 어떻게 하실 건가요?"

"일단 한숨 자고 나서 하도록 하지. 그게 좋겠지? 다들 피곤해 보이는데?"

글루틴이 그냥 대뜸 대답해 버리고는 일행을 둘러보았다. 그런 그의 결정에 아무 말도 없는 것으로 보아 다들 상당히 피곤한 모양이었다.

"자자. 그럼 어서 한 잔 시원하게 마시고 들어가서 쉬자구."

그렇게 말한 글루틴은 자신의 앞에 놓인 맥주잔을 들어 단숨에 들이

켰다.

"캬아~! 시원하다. 역시 이 맛에 맥주를 마신다니까."

그런 글루틴의 모습을 지켜본 자일론과 브라이튼도 조심스럽게 맥주를 마셨다.

"음… 쓰군."

"음… 제법 시원한걸."

각각 자일론과 브라이튼의 평이었다.

"크크. 그럼 술이 쓰지 달겠나? 이제 그만 올라가서 쉬자구. 자, 카틸, 여기 네 방 열쇠다."

자일론과 브라이튼의 모습을 지켜본 글루틴은 재미있다는 듯 웃으며 자리에서 일어났다.

"그래. 올라가서 쉬도록 하지."

그런 글루틴의 행동에 자일론도 몸을 일으켰고 브라이튼도 따라 일어섰다. 카틸은 눈앞의 쥬스를 마시며 조금 더 앉아 있으려는 듯했다.

"그럼, 조금 있다가 점심때쯤 보자구."

글루틴은 그런 카틸에게 손을 흔들며 2층으로 터벅터벅 올라갔다.

"그럼 잘들 쉬라구."

방에 들어서자마자 글루틴이 침대에 펄썩 누우며 말했다. 그러더니 어느새 눈을 감고는 잠에 빠져들고 있었다.

"으음. 정말 빨리도 잠에 빠지는걸."

그 모습을 지켜보던 자일론이 감탄스럽다는 듯 중얼거렸다.

"용병들은 쉴 시간이 그다지 많지 않아서 잘 수 있을 때 푹 자는 것이 습관처럼 굳는다더라. 아마 글루틴도 그래서 금세 잠에 빠져든 걸 거야. 용병 생활을 했던 버크 아저씨가 말해 주더군."

브라이튼이 자신이 들은 대로 자일론에게 말해 주자 자일론도 고개를 끄덕였다.

"그래? 그럼 우리도 그냥 잘까? 안 씻고 잔다는 게 조금 찜찜하기는 하지만 앞으로는 이런 생활에 익숙해져야 할 것 같은데 말야."

"그래도 난 씻을래. 넌 알아서 하라구."

자일론의 말에 브라이튼은 손을 흔들며 방을 나서서 세면실로 향했다.

"쩝. 씻을 수 있을 때 씻어두는 게 나을려나……."

그런 브라이튼의 모습에 자일론은 잠시 씻을지 말지를 놓고 고민에 잠겼다.

그때.

"드르렁~ 드르렁~ 드르렁~ 푸우~"

갑자기 글루틴이 코 고는 소리가 들려왔다. 그 소리에 놀란 자일론은 글루틴을 돌아보았다.

"크르렁~"

자일론이 돌아보는 순간 여지없이 코 고는 소리가 들려왔다.

"크윽. 요란하게도 고는군. 과연 이 녀석이랑 한 방에서 잘 수 있으려나?"

글루틴의 코 고는 소리에 질린 자일론이 고개를 절레절레 흔들었다.

"아아. 나도 일단 씻고 봐야겠어."

아마도 글루틴의 코 고는 소리 때문인 듯 자일론도 방문을 열고는 세면실을 향해 갔다.

얼마나 시간이 흘렀을까?

"끄응. 잘 잤다."

글루틴이 기지개를 켜며 자리에서 일어났다. 그런 그의 눈에 고른 숨을 색색 몰아쉬며 잠들어 있는 자일론과 브라이튼이 보였다.

"훗. 역시 귀한 집 도련님들이군."

그런 둘의 모습을 지켜보며 글루틴은 피식 웃었다. 비록 자일론과의 전투에서 패하긴 했지만 지금 그의 이런 모습을 보니 아직은 어린아이라는 생각이 든 것이다.

"어디, 시간이 얼마나 됐나?"

글루틴은 시간을 가늠하기 위해 창가로 가 하늘을 보았다. 태양의 위치와 건물들의 그림자를 보니 태양이 서서히 서쪽으로 넘어갈 채비를 하려는 듯 보였다.

"음. 딱 점심때군. 역시 항상 정확하다니까!"

이제 제법 용병으로의 뼈가 굵은 글루틴이었기에 수면 시간을 거의 정확하게 조절할 수 있었다.

"자자, 도련님들. 일어들 나라구. 점심때니까!"

글루틴은 자일론과 브라이튼이 덮고 있는 이불을 확 걷어내면서 둘을 깨웠다.

"우웅. 뭐야, 벌써 그렇게 된 거야?"

"으음."

자일론과 브라이튼은 자못 일어나기가 힘든지 심하게 몸을 비틀었다.

"자자. 일어나라구, 곱게만 자란 도련님들."

연이은 글루틴의 독촉에 자일론과 브라이튼은 몸을 일으켰다.

"아함. 쳇, 시간이 빨리도 가는군. 이봐, 글루틴. 난 왜 카틸이 혼자서 방을 쓰는지 그 이유를 알 것 같아."

졸린 눈을 비비던 자일론이 글루틴을 째려보며 말했다.

"응? 뭘?"

"네 녀석 코 고는 소리가 장난이 아니더군. 거의 폭풍우 치는 날 밤의 천둥 소리 수준이었어. 내가 이렇게 잠이 들었다는 게 다 신기할 정도야. 확실히 내가 어지간히도 피곤하긴 한 모양이었지."

"으응. 맞어."

브라이튼도 옆에서 고개를 끄덕이며 동의를 표했다.

"쳇, 몰라. 어차피 나는 모르는 일이니까 말야. 네놈들이 괴롭지, 나야 편안하게 잘만 잤으니. 어서 내려가자구. 카틸이 기다리고 있을 테니까. 그 녀석은 항상 칼같이 시간을 지키거든. 너희도 빨리빨리 도망치려면 바쁠 것 아냐. 어서 요기 좀 하고 필요한 것들 사서 또 달려야지."

이젠 둘의 가출을 돕기로 마음먹었는지 글루틴이 재촉했다.

"그래. 그리고 보니 배가 상당히 고픈걸. 빨리 먹고 빨리 떠나자."

브라이튼이 침대에서 내려오며 자일론에게 말했다. 자일론 역시 침대에서 내려와 옷을 걸쳐 입었다.

준비를 마치고 계단을 내려오자 먼저 와 있었던 듯 카틸이 이미 스튜를 먹고 있었다. 셋은 카틸이 앉은 테이블에 앉아 각자의 식사를 주문했다.

"그럼 너희들이 필요한 게 뭐지?"

식사가 나오는 동안 글루틴이 자일론과 브라이튼을 돌아보며 물었다.

"일단 검! 그리고… 음… 모르겠는걸."

자일론과 브라이튼은 검을 이야기한 다음에 잠시 생각하더니 도저히 모르겠다는 듯 머리를 좌우로 흔들었다.

"뭐야? 허참, 대책없는 녀석들이군."

"그래, 그래. 누구 말대로 우린 철부지니까. 그러니까 부탁 좀 하자구, 어른씨."

어이없어하는 글루틴을 보며 브라이튼이 피식 웃으며 말했다. 그때 마침 그들이 시킨 스튜 세 그릇이 나왔기에 그들의 대화는 거기에서 끊겼다. 셋 모두 시장했는지 눈앞에 놓인 스튜를 먹는 일에 열중했다. 지금까지의 대화는 모두 잊은 듯이.

간단한 식사가 끝나자 일행은 여관을 나섰다. 또 길을 떠나야 했기 때문이다. 그러나 잠시 시장에 들러 사야 할 물품들이 있었기 때문에 말은 얼마간 요금을 지불하고 여관의 마굿간에 맡겨두었다.

"헤에~ 대단한걸. 사람들이 정말 많다."

상점가에 들어선 후 자일론은 연신 감탄을 내뱉으면서 여기저기 둘러보느라 정신이 없었다. 그 모습에 글루틴이 고개를 갸웃거렸다.

"너희들 라디칼에서 나온 것 아냐? 이 마을이 제법 큰 축에 속하기는 하지만 라디칼 같은 왕도에 비하면 그저 작은 마을일 뿐인데. 쟈이 녀석, 너무 신기해하는걸."

"음. 저 녀석, 집 밖으로 나와 본 적이 거의 없거든."

글루틴이 궁금해하자 브라이튼이 조용히 대답했다.

'왕자씩이나 되는 분께서 언제 이런 번화한 거리를 걸어 보았을라구. 그저 마차 타고 한 번 휙 지나간 정도겠지.'

세상에 처음 나온 어린아이마냥 정신없는 자일론의 모습을 보면서 브라이튼은 쓴웃음을 지었다.

가뜩이나 복잡한 번화가에서 자일론의 행동 때문에 글루틴과 브라이튼, 카틸은 정신이 없었다. 지금 자일론의 행동은 마치 어린아이 같아서 혹시라도 놓치면 길을 잃고 헤맬 것 같았기 때문이다.

"이봐, 쟈이. 좀 천천히 가자구. 정신없어. 그러다가 길이라도 잃으면 어떻게 할려구 그러는 거야?"

보다 못한 글루틴이 자일론의 팔을 붙잡고 말했다.

"쳇. 나를 어린아이로 보는 거야, 길을 잃어버리게? 그런 걱정일랑 접어두라구."

'아니, 넌 충분히 잃어버리고도 남아.'

그런 자일론의 모습에 브라이튼이 엄지와 검지로 이마를 문지르며 생각했다.

"후훗. 그래도 보기 좋은걸요. 왠지 활기 차 보이지 않나요?"

카틸만이 자일론의 그런 모습에 웃음 지을 뿐이었다.

땡그랑.

문 위에 달린 방울이 맑은 소리를 내며 손님이 가게 안으로 들어온 것을 알렸다. 글루틴을 비롯한 브라이튼과 카틸은 정신없는 자일론을 이끌고 우여곡절 끝에 어렵사리 무기점에 들어올 수 있었다.

"자, 너희 둘. 가장 급한 게 일단 무기겠지. 이곳에서 마음에 드는 것을 골라보라구."

글루틴이 자일론과 브라이튼을 돌아보며 말했지만 둘은 이미 눈을 빛내며 무기 진열대를 구경하고 있는 중이었다. 초롱초롱 빛나는 눈으로 진열대에 가지런히 놓여 있는 검을 하나하나 지켜보는 그 모습은 감히 말을 걸기가 어려울 정도였다.

"흠. 기사라는 건가……."

검을 대하며 확연히 달라진 그 둘의 분위기를 지켜보며 글루틴은 조용히 중얼거렸다. 용병과 기사에게 있어 검이 가지는 의미와 무게는 달랐다. 그랬기에 검을 대하는 태도도 달랐고, 지금 자일론과 브라이튼—글루틴과 카틸은 쟈이와 유크라고 알고 있는—의 행동은 기사의 그것이었다.

그렇게 한참 무기점 안을 둘러보던 자일론과 브라이튼이 몸을 일으켰다.

"어때, 마음에 드는 물건은 있어?"

"뭐, 그럭저럭 괜찮은 것들이 보이는데."

글루틴의 물음에 브라이튼이 빙긋 웃으며 대답했다. 그러나 자일론의 얼굴은 그다지 밝지 않았다.

"으음. 저 녀석은 그렇지 않은가 본데."

글루틴이 그런 자일론의 얼굴을 가리키며 말했다. 그제야 옆으로 돌아보며 자일론의 어두운 얼굴을 알아차린 브라이튼이 그를 한쪽 구석으로 끌고 갔다.

"왜 그래?"

브라이튼은 다른 사람에게는 들리지 않는 작은 소리로 자일론에게 속삭였다.

"검이 형편 없다구."

자일론 역시 작은 소리로 대답했지만 그 속에는 불만이 가득 차 있었다.

"뭘, 내가 보기에는 괜찮은 수준이던데."

"하지만 생일 선물로 받은 그 검에 비하면 이런 건 쓰레기야."

왕궁을 빠져나오면서 두고 온 드워프제 미스릴 검이 자일론의 가슴 가득 자리하고 있는지라 이 무기점 안의 검은 도무지 마음에 들지 않

있던 것이다. 그런 자일론의 모습에 브라이튼은 한숨을 내쉬었다.

"후아. 자일론, 잘 알아둬. 우린 지금 가출 중이야. 게다가 눈에 띄지 않게 평범하게 행동해야 한다구. 그러니 이 정도로 만족해라. 응?"

"몰라."

브라이튼이 조용히 말했지만 자일론은 무에 마음에 안 드는지 여전히 얼굴에 불만이 가득 차 있었다. 그런 자일론의 모습을 지켜보는 브라이튼의 오른손이 부들부들 떨리고 있었다.

"크윽. 이 녀석, 왕자의 칭얼거림 따위는 그만둬. 그럴려면 당장 왕궁으로 돌아가라구."

작은 소리였지만 브라이튼이 화가 나 있음은 충분히 느낄 수 있었다. 아니, 작은 소리였기에 브라이튼의 분노가 더 확실히 느껴졌다. 그렇게 한마디 남긴 브라이튼은 몸을 돌려 진열대로 갔다.

그곳에서 적당한 검 두 자루와 다른 쪽의 레더 아머 두 개를 들고는 계산대로 향했다. 일행이 처음 가게 안으로 들어올 때부터 흥미로운 눈으로 지켜보고 있던 주인은 묵묵히 가격을 셈했다.

"어이. 이것도 필요할 거야."

글루틴은 장비를 계산하고 있는 브라이튼을 향해 단검 두 자루를 던졌다.

"노숙을 하거나 할 때 단검만큼 유용한 도구도 없지."

단검을 받아 드는 브라이튼을 보며 글루틴은 싱긋 웃었다.

그렇게 무기를 사고 상점을 빠져나온 일행은 도구점으로 걸음을 옮겼다. 브라이튼이 산 검과 레더 아머, 단검을 받아 든 자일론의 볼은 부풀어 있었지만 말이다.

"흐음. 쟈이, 저 녀석 첫인상이랑 너무 다른걸. 완전 애잖아. 그나마 유크, 너는 뭘 좀 아는 것 같지만 말야."

자일론의 모습을 지켜보며 글루틴은 어이없어하며 브라이튼에게 말했다.

"훗. 저 녀석이 워낙 귀한 집 자식이라서 말야. 귀족이라고 다 똑같은 건 아니거든."

그런 글루틴의 말에 브라이튼은 쓴웃음을 지었다. 아무리 천재라느니, 소드 마스터라느니 해도 자일론은 아직 온실 속에서 제멋대로 자라버린 화초에 불과했다.

도구점에 들러 필요한 물건들 몇 가지와 망토를 사고 식료품점에 들러 식량을 좀 산 후 다시 여관으로 돌아와 말에 싣고는 마을을 떠났다. 일단 자일론 일행에게 있어 가장 급한 일은 국경을 넘는 것이었다.

특급용병 쟈이

“우와! 정말 대단한걸!”

자일론은 성 안으로 들어오자마자 크게 외쳤다.

“또 저 소리군.”

자일론의 그런 모습에 글루틴이 한마디 했다.

“그래도 항상 있는 일이라 그다지 새롭지는 않은걸요. 그리고 쟈이가 저럴 거라는 건 다들 예상하지 않았나요?”

글루틴의 투덜거림에 카틸이 웃으며 말했다. 어느덧 자일론 일행은 마케인과 카이렌의 국경에 거의 근접해 있었다. 그동안 길을 서두르느라 자일론과 브라이튼이 용병 등록을 하지 못했기 때문에 국경을 넘기 전 용병 등록을 하기 위해 성에 들른 것이다.

이들이 들어온 성은 카이렌의 국경에서 가장 큰 성이었다. 마케인과의 국경을 지키기 위한 군사 거점이었기 때문이다. 이곳은 로툰둠 백작의 영주성이 있는 로툰둠 성이었다.

"너무 그러지들 마. 이런 군사 거점은 나도 처음이라구. 잘 훈련된 병사들과 기사들이 여기저기 눈에 띄는데 어떻게 감탄을 안 해."

글루틴의 투덜거림과 카틸의 말을 들었는지 자일론이 입을 삐죽이면서 말했다.

"그래. 그런데 넌 뭐든지 처음인 것이 문제잖아. 여기까지 오면서 처음이 아닌 게 도대체 뭐가 있었냐?"

브라이튼으로부터의 공격이었다. 브라이튼도 그동안 마을이나 성에 처음 들어갈 때의 자일론의 행동이 마음에 들지 않았던 것 같다.

"아아, 유크 너까지 이럴 거야?"

"그러니까 그렇게 촌.티.를 팍팍 풍기지 말란 말이다."

이어지는 브라이튼의 공격에 자일론은 고개를 푹 숙였다.

"크크크크!"

"후훗!"

그 모습에 글루틴과 카틸은 기분 좋게 웃음 지었다.

"쳇. 알았으니까 빨리 가자구. 우리가 이러는 동안에도 추적대는 달리고 있을지도 모른단 말야. 이제 국경이 코앞이니 빨리 넘어야지. 여기까지 와서 잡히면 얼마나 억울하겠어."

기분이 상한 듯 자일론은 가히 좋지 않은 목소리로 말했다.

"그건 그래. 아직 국경을 넘은 것이 아니니 빨리 서둘러야지. 혹시라도 잡힌다면 너희 둘도 그냥 넘어가지는 않을 테니."

브라이튼이 자일론의 말에 고개를 끄덕였다.

"우리가 왜?"

브라이튼의 말에 글루틴이 눈을 동그랗게 뜨고는 되물었다.

"뭐, 글루틴 네 말대로 가출한 철부지 귀족이라면 금세 지쳐서 잡혔겠지. 하지만 우리는 잘 버티고 있고, 그건 아마 도움을 준 사람이 있다는 건데. 이토록 안 잡히는 상태니 그 조력자가 얼마나 괘씸하겠어. 그러니 너희도 무사하지 못하다는 거야. 쟈이가 지금은 저래도 제법 위세있는 집안의 자식이거든. 후훗."

글루틴의 물음에 브라이튼은 미소까지 지으며 친절하게 대답해 주었다.

"쳇. 그렇다면 빨리 서둘러야겠군. 하지만 확실한 건 너희들이라서 이렇게 버티면서 도망치고 있는 거라구. 아니, 너희는 이 생활을 즐기는 것 같던데? 보통의 귀족들이 이런 여정으로 이동한다면 그들이 뜬 구름 잡듯 상상만 한 여행의 실체에 실망만 잔뜩 한 채 지쳐서 제 발로 돌아갔을 거다."

"뭐, 글루틴도 처음엔 쟈이와 유크도 마찬가지일 거라고 생각하고 동행을 허락한 거 아니었어요? 금세 지쳐 나가떨어질 줄 알고."

조용히 둘의 대화를 듣고 있던 카틸이 옆에서 한마디 했다. 그 한마디에 브라이튼과 자일론의 눈이 글루틴을 향했다.

"험험. 뭐, 이 녀석들이 잘 버티는 덕에 나도 코가 꿰인 거니 그만 넘어가자구."

둘의 시선이 부담스러웠는지 글루틴은 은근슬쩍 얼버무리려 했다.

"글~루~딘~"

그러나 자일론과 브라이튼의 입에서 동시에 흘러나온 음성은 결코 곱지 않았다.

"흐음. 그런데 쟈이와 유크는 용병 등록 빨리하고 이곳을 떠나야 하지 않나요?"

카틸이 검지를 입술에 갖다대며 은근하게 말했다. 그 말에 자일론과 브라이튼은 자신들의 상황을 인식했다.

"쳇. 그렇군. 자자, 빨리 용병 길드로 안내나 하라구."

카틸의 말에 글루틴을 추궁하는 것을 그만둔 자일론이 글루틴을 재촉했다.

"크윽, 카틸."

자신에게 병 주고 약 준 카틸의 모습에 글루틴은 침음을 삼키며 길 안내를 했다.

"그나저나 친해지면서 알게 됐지만 카틸, 너무 사악한 거 같아."

카틸의 장난과도 같은 말에 놀아난 꼴이 되버린 브라이튼이 중얼거렸다.

"후훗. 그런가요?"

브라이튼의 중얼거림을 들었는지 카틸이 빙그레 웃으며 되물었다.

"자자. 빨리빨리 가자구."

그런 카틸의 반응에 당황한 브라이튼은 얼굴이 벌겋게 변해서는 괜히 글루틴을 재촉했다.

그렇게 사람들 사이를 헤치며 걸음을 빨리해 용병 길드 앞에 도착할 수 있었다. 마케인과의 국경 부근에서 가장 큰 성인 로툰둠 성답게 용병 길드 건물도 무적이나 크고 으리으리했다.

"이곳이 용병 길드 로툰둠 지부다. 자, 말은 저쪽에 맡겨두고 어서 들어가자구."

글루틴이 말에서 내리며 말했다. 용병 길드라는 곳에 대해서 거의 모르는 자일론과 브라이튼은 그저 그의 말에 따라 말에서 내려 그 뒤를 따랐다.

“음. 둘답지 않게 긴장하는 것 같은데요. 자자, 몸 풀어요. 특히 쟈이 정도라면 좋은 대우를 받을 실력이니까요.”

약간은 뻣뻣해 보이는 둘의 행동에 카틸이 미소 지으며 말했다. 그러나 그의 말에 브라이튼의 얼굴은 일그러졌다. 아마 자신의 이름이 빠졌기에 그러는 것 같았다.

“아, 유크, 제 말이 섭섭했나요? 그렇다면 기분 풀어요. 제가 말한 좋은 대우란 정말 상상을 초월하는 대우를 말하는 거니까요. 유크의 실력도 용병들 사이에서는 상위 클래스에 들고도 남을 실력이라구요. 다만 저 글루틴을 가지고 놀 듯 대하며 이겨 버린 쟈이의 실력이 너무 뛰어난 거라구요.”

브라이튼의 표정이 변한 것을 알아차린 카틸이 서둘러 설명을 덧붙였다. 그러나 그의 설명에도 브라이튼의 얼굴은 크게 나아지지 않았다. 자신과 자일론의 실력 차를 다시 한 번 절감했기 때문이다. 자신의 둘도 없는 친구에게 느끼는 이토록 처절한 열등감에 브라이튼은 참담함을 느끼고 있는 것이었다.

‘후, 그래. 잊자. 그리고 나는 나대로 노력하면 되는 거야. 도대체 저 나이에 소드 마스터라는 게 말이 안 되는 거라구.’

크게 숨을 들이마시고는 고개를 절레절레 흔든 브라이튼은 곧 쓸데없는 생각을 날려 버리고 자일론의 옆에 다가가 그의 어깨에 팔을 걸쳤다. 그리고 작은 소리로 속삭였다.

“이봐, 자일론, 아니, 쟈이. 설마 실력 발휘를 다 하려는 것은 아니겠지? 적당히 숨기라구.”

“그래야지. 소드 마스터인 게 들통나 버리면 서로 곤란하니까 말야.”

브라이튼의 말에 자일론도 작은 목소리로 속삭였다.

"하지만 말야, 글루틴을 이겨 버렸으니 그 정도의 실력은 보여야 한다구."

그러면서 얼마 전 글루틴과의 대결을 상기하고는 작은 목소리로 중얼거렸다.

"뭐, 그건 어쩔 수 없겠지. 그렇담 난 최선을 다해야 하나? 그래도 그 실력에는 못 미치니."

자일론의 대답에 브라이튼은 쓴웃음을 지으며 고개를 끄덕였다.

그런 둘의 모습에 카틸은 고개를 갸웃거렸다. 둘만 작은 소리로 속삭였기에 무슨 말인지 들리지가 않아 그 내용이 궁금해서였다. 글루틴은 앞장서서 걸었기에 뒤의 일에는 신경 쓰지 않았다.

"자, 이곳이다."

글루틴은 어느 문 앞에 멈춰 섰다. 문 위에 걸린 패에는 '로툰둠 용병 길드 등록 사무실'이라고 적혀 있었다.

"신입 길드원 등록은 이곳에서 하는 거야. 그럼 들어가자구."

그렇게 말하곤 글루틴은 노크도 없이 문을 열고 들어섰다.

"어서 오십시오. 용병이 되길 희망하십니까?"

문이 열리자마자 안에서 들려온 소리였다. 예쁘게 차려입은 여자가 접수대에 앉아서 생긋 웃으며 말을 건넨 것이었다.

"어머. 글루틴 씨군요. 방을 잘못 찾아오신 것 아닌가요? 이곳은 신입 길드원 접수만을 받고 있습니다만."

글루틴의 얼굴을 알아본 접수원이 의아한 표정으로 물었다.

"아아, 길드 가입을 희망하는 녀석들이 있어서 데려왔어. 일단은 일행이라서 말야."

글루틴은 자신의 뒤에서 있는 브라이튼과 자일론을 엄지손가락으로 가리키며 말했다.

"아, 그러시군요."

글루틴의 말을 들은 접수원은 생긋 웃으며 종이 두 장과 펜을 꺼냈다.

"자, 그러면 두 분, 이리로 오셔서 이 가입 신청서를 양식에 맞게 작성해 주세요. 아, 혹시 대필이 필요하신가요?"

용병이 되려는 사람들은 보통 거친 전쟁터와 같은 곳을 전전하는 생활을 하다 보니 문맹자가 많았다. 아니, 대부분이라 할 정도였다. 그래서 보통은 길드 사무소에서 대필을 해주었기에 그렇게 물은 것이다. 그러나 그녀의 물음에 자일론과 브라이튼은 고개를 가로저으며 펜을 집어 들었다.

그런 둘의 모습에 접수원은 신기한 듯 바라보았다. 그러면서 한곳 한곳 서류의 빈칸을 메꿔가는 내용들을 유심히 살폈다. 그리고 흥미로운 눈으로 둘의 펜끝을 따라가던 그녀의 눈동자는 어느 부분에서 크게 확장되었다.

바로 '현재 자신의 실력을 간단히 적으시오' 라는 항목이었다. 이름을 '쟈이' 라 적은 사내는 '소드 익스퍼트 최상급' 이라고, '유크' 라고 이름을 적은 사내는 '소드 익스퍼트 중급' 이라고 적었기 때문이다.

일급용병의 실력이 소드 익스퍼트 중급이었고, 상급이면 특급용병으로 분류되었다. 그리고 그런 사람들은 대부분 용병 생활을 하며 실력을 키워 등급을 올려 나갔다. 처음 들어올 때부터 이런 사람들은 전무하다시피 했기 때문에 그녀가 그렇게 놀란 것이다.

"하~! 역시 글루틴 씨가 데려온 분들이라 대단하시네요. 그러면 실력이 서류에 기입하신 것과 일치하시는지 간단한 테스트가 있을 테니

저쪽의 문으로 나가주세요."

자일론과 브라이튼이 작성을 마치고 건네준 서류를 보는 접수원이 말했다. 그리고 그녀는 옆에 앉아 있던 소년에게 서류를 건네자 소년은 쪼르르 뛰어서 어디론가 사라졌다.

자일론들은 접수원의 말대로 접수실 옆에 있는 문으로 걸음을 옮겼다. 문을 나서자 제법 거리가 있어 보이는 복도가 나타났다. 넷은 복도를 따라 걸음을 옮겼다.

"그런데 글루틴, 접수원과 아는 사이야?"

자일론은 접수원이 글루틴을 알아본 일에 대해 물었다. 그런 그의 대답은 글루틴이 아닌 카틸 쪽에서 들려왔다.

"그건 글루틴이 특급용병이기 때문이죠. 특급용병은 상급의 소드 익스퍼트는 되어야 가능한 등급이니 이 정도로 큰 규모의 길드라면 그 얼굴이 알려져 있게 마련이에요. 영상 마법으로 특급용병들의 얼굴은 각 주요 지부로 전송이 되거든요."

"휘유~ 대단한걸, 글루틴."

카틸의 대답에 자일론이 휘파람을 불며 대답했다.

"훗. 대단할 것도 없다. 세상 돌아가는 사정도 모르는 철부지 귀족 도련님에게 패할 정도의 실력밖에 되지 않으니."

자일론에게 허무하게 졌던 게 못내 억울했던지 글루틴은 자일론을 살짝 비꼬며 대답했다.

'특급용병은 얼굴이 주요 지부로 전송된다고? 그럼 곤란한 것 아냐?'

특급용병의 얼굴이 주요 지부로 전송된다는 말에 브라이튼의 얼굴이 살짝 변했다. 특급이라는 등급의 용병이라면 그들을 고용하는 데

돈도 그만큼 많이 들 테고, 그렇다면 그들을 고용할 만한 사람들은 고위 귀족이나 대상들로 제한된다. 그렇게 되면 자일론이 용병이 되었다는 것이 수도로 전해지는 것은 순식간이었다. 거기까지 생각이 미치자 브라이튼이 조용히 물었다.

"그 얼굴을 알리는 것 말인데 반드시 그래야 하는 거야?"

"아! 쟈이는 얼굴이 알려지면 곤란하죠, 참."

브라이튼의 질문 의도를 파악한 카틸이 손벽을 치며 말했다.

"그건 걱정 마라. 희망자에 한해서 그러는 거니까. 그래도 일단 얼굴이 각 지부로 알려지면 용병들 사이에서 그만한 대우를 해주니 이 짓 해먹기 편해서 그런 거지. 너희들은, 아니, 쟈이는 구태여 얼굴을 알릴 필요는 없겠지."

글루틴의 대답에 브라이튼은 안도감을 느끼며 한숨을 내쉬었다.

"후우. 그거 다행이군."

그렇게 대화를 나누며 걷는 동안 어느 사이에 복도가 끝나고 확 트인 광장이 나타났다. 아니, 광장이 아니라 연무장이었다. 그리고 연무장 여기저기에서는 용병들이 삼삼오오 짝을 지어 대련을 하고 있었다.

"우와~ 대단한걸. 용병 길드에 이렇게 연무장까지 있다니!"

"뭐, 로툰둠 길드는 가장 규모가 큰 길드 중 하나거든. 특히나 이곳은 국경의 성이라서 용병들의 수요도 많고 실력도 높아. 그래서 이렇게 길드 내에 연무장이 있는 거지. 보통 이런 것은 상상할 수도 없는 일이긴 하지."

브라이튼의 놀람에 글루틴이 웃으며 설명해 주었다.

"거기 둘. 너희가 이번에 길드 가입 신청을 한 녀석들이냐?"

연무장에 나와서 주위를 두리번거리자 어디선가 자일론과 브라이튼을 부르는 목소리가 들렸다. 일행은 목소리가 들린 쪽으로 고개를 돌렸다.

"뭐야? 이거 피서 아냐?"

자신들을 향해 느릿느릿 걸어오고 있는 사내를 발견한 글루틴이 반색을 했다.

"아, 글루틴이군. 같이 왔다는 이야기는 들었다."

피서라는 사내도 빙긋 웃으며 글루틴을 바라보았다. 둘이 지척의 거리에 섰을 때 잠시 서로를 바라보더니 곧 껴안았다.

"반갑다, 전우."

"정말 반갑군."

둘은 잠시 그렇게 재회의 기쁨을 나눴다.

"음. 서로 아는 사이야, 글루틴?"

둘의 모습에 자일론이 고개를 갸웃거리며 물었다. 카틸 역시 궁금하다는 표정인 것으로 보아 그를 만나기 전에 알던 사이인 것 같았다.

"아아. 아직은 풋내기 용병일 때 어느 영지의 몬스터 토벌 일을 맡았었지. 이 녀석도 마찬가지고. 그때 서로 한 번씩 목숨을 구해준 사이라고 할까?"

싱긋 웃으며 말하는 글루틴의 눈에는 상대에 대한 강한 신뢰가 자리하고 있었다. 그것은 피서 역시 마찬가지였다.

"그래. 그때 이 녀석을 몰랐다면 아마 햇병아리 용병인 채로 생을 마감해야 했을 거야."

피서가 빙그레 웃으며 글루틴의 말에 설명을 더했다.

"자, 그럼 재회의 회포는 나중에 다시 풀기로 하고 일단은 시험을 치러야겠지. 이 두 녀석이 써낸 실력 때문에 모처럼 쉬고 있던 내가 불려

나왔으니 말야. 어설픈 실력가지고 허풍친 거라면 각오해 두라구."

피셔는 자일론과 브라이튼을 향해 돌아서며 말했다.

"자, 그럼 누가 먼저 할 테냐?"

"내가 먼저 하지."

브라이튼이 한 발 앞으로 나섰다.

"이름은?"

"유크."

"음. 소드 익스퍼트 중급이라고 했지. 그럼 어디 실력 한번 보도록 할까?"

피셔가 싱긋 웃으며 검을 뽑았다. 브라이튼 역시 그런 피셔를 보며 검을 뽑았다.

스르릉.

두 자루의 검이 뽑히는 소리가 낮게 울렸다. 둘은 서로를 향해 검을 겨누고는 서서히 빙글빙글 돌았다. 둘 사이의 중간점을 중심으로 해서 하나의 원을 그리는 것처럼. 그렇게 잠시 서로를 살피던 둘은 누가 먼저라고 할 것도 없이 상대를 향해 튕겨져 나갔다.

챙!

두 자루의 검이 맞부딪치며 요란한 소리를 떨쳤다. 그리고는 곧 격렬한 공방이 시작되었다. 찌르고, 베고, 막고, 다시 찌르고. 검광이 난무하며 알아보기 힘들 정도의 빠른 속도로 붉은 섬을 섞였다. 그런 모습을 자일론과 글루틴은 진지한 눈으로 지켜보았다. 재빠른 몸놀림과 현란한 검의 움직임. 마치 둘 사이에 광풍이라도 몰아치는 듯한 그런 접전이 얼마간 계속되더니 약속이라도 한 듯 동시에 뒤로 물러났다.

"휘유. 제법인걸. 이 정도면 소드 익스퍼트 중급은 문제없겠어. 아니, 상급이라 해도 될 만한 실력인걸."

피셔는 검을 상대에게로 향한 채 여유롭게 말했다. 그러나 브라이튼의 실력에 대한 감탄이 섞여 있는 그런 말이었다.

"과찬이군요."

여유로운 피셔와는 달리 브라이튼의 이마에는 땀방울이 맺혀 있었다. 용병 특유의 실전적이고, 변칙적인 공격에 상당히 혼쭐이 난 덕이었다. 지금까지 브라이튼의 대련 경험은 자일론과의 대련, 아버지와의 대련, 그리고 가문의 기사나 카이저 기사단 기사와의 대련뿐이었다. 즉 규칙적이고도 질서있는 그럼 검법을 구사하는 대련만을 경험한 것이다.

그렇기에 이토록 실전적이고 변칙적인 검법을 구사하는 사람과의 대련은 처음이기에 신선했지만 그만큼 힘들기도 했다.

"자, 그럼, 이제 마나를 다루는 솜씨를 보도록 할까?"

그렇게 말을 한 피셔의 검에서 잔잔한 공기의 떨림이 보이기 시작하더니 어느새 광풍이 몰아치고 있었다. 그 모습을 지켜본 브라이튼의 검도 서서히 변화를 일으키기 시작하더니 곧 피셔의 검 못지않은 광풍을 만들어내고 있었다.

"역시, 대단해. 그럼 간다!"

그 외침과 함께 피셔는 빠른 속도로 브라이튼을 향해 쏘아져 갔다.

츠앙~!

이번에도 검이 부딪치는 소리가 울려 퍼졌지만 조금 전의 그것과는 사뭇 달랐다. 검에서 불어 나오는 바람의 영향이었다. 검에서 휘몰아쳐 나오는 심한 광풍으로 인한 풍압으로 인해 주위가 조금씩 파괴되기 시작했다.

하지만 둘은 그런 것에는 아랑곳하지 않고 검을 뒤섞기에 여념이 없었다. 그러는 사이 두 사람의 옷이 여기저기 찢어져 흩날리기 시작했다. 검에 직접 닿은 것은 아니지만 검에서 불어 나오는 바람 때문이었다.

이렇게 검에 마나를 불어넣어 대련을 해본 적이 없었던 브라이튼은 손발이 어지러워지기 시작했다. 검에서 뿜어져 나오는 기운까지 염두에 두며 싸우기에는 아직 경험이 부족했던 것이다.

챙강.

결국 피셔의 일격에 브라이튼은 검을 떨구고 말았다. 브라이튼의 패배였다.

"크윽……."

비록 용병이 되기 위한 시험을 받은 것이었지만 그래도 자신의 검을 놓쳐 버리는, 기사로서는 치욕스러운 패배를 당한 브라이튼의 입에서 가는 신음 소리가 흘러나왔다. 카이렌 최고 기사 가문의 자제로서 못내 견디기 힘든 현실이었다.

"흐음. 실력은 훌륭한데 경험 부족이군. 그럼 다음."

간단하게 브라이튼의 실력을 평가한 피셔는 자일론 쪽으로 시선을 돌렸다. 피셔의 시선을 받은 자일론은 싱긋 웃으며 한 걸음 앞으로 나왔다.

"쟈이라고 합니다."

"아아, 알아. 서 너석이 유그었으니 말이야. 네가 소느 익스써브 최상급이라고 적어냈다지?"

자일론을 바라보는 피셔의 눈에는 묘한 기대와 흥분이 떠돌았다. 그런 피셔를 보며 자일론은 천천히 검을 뽑았다. 그리고는 피셔를 향해 곧추세웠다.

자일론의 검에서 서서히 바람이 불어 나오기 시작하더니 점점 그 세기가 거세졌다. 그 모습을 글루틴은 무척이나 흥미로운 얼굴로 바라보고 있었다. 비록 자일론에게 지기는 했지만 아직 그는 자일론이 검을 사용하는 모습을 지켜본 적이 없었기 때문이다.

바람이 점점 강해지더니 그 세기가 절정에 이르렀다 싶은 순간, 갑자기 고요가 찾아왔다. 마치 조금 전에 무슨 일이 있었냐는 듯 묻는 의뭉스러운 장난꾸러기처럼 자일론의 검은 조용히 침묵을 고수하고 있었다. 다만 은은한 빛을 주위로 흩뿌려 아주 작은 증거를 남겨두었지만.

"역시."

자일론의 검을 유심히 바라보던 피셔는 빙긋 웃으며 고개를 끄덕였다. 그런 그의 검 역시 언제 그렇게 세찬 광풍을 만들어냈냐는 듯 조용히 침묵을 고수하고 있었다.

"대충 짐작은 했습니다만 당신도 특급용병이군요."

그 모습을 바라보던 자일론이 고개를 끄덕이며 입을 열었다.

"그래. 그럼 한판 어울려 볼까?"

기분이 무척 좋은 듯 쾌활한 목소리로 외친 피셔는 강맹한 기운을 뿌리며 앞으로 튀어 나갔다. 그리고는 검을 재빠르게 휘둘렀다.

휭.

검이 맞부딪치며 주위로 울려 퍼져야 할 '챙' 이라는 소리 대신 그저 검이 공기를 가르는 소리만 허무하게 울렸다. 그 사실에 놀라 앞을 바라보며 고개를 갸웃거리던 피셔는 자신의 목에서 느껴지는 서늘한 기운에 동공이 급격하게 확장되었다.

어느새 자일론이 자신의 옆에 서서 검을 자신의 어깨에 턱하니 올려 놓고 있었던 것이다. 그것도 싱글벙글 웃는 얼굴로 자신을 바라보면서 말이다.

"졌군."

피서의 입에서 허탈한 한마디가 흘러나왔다.

"역시. 피서도 손도 못 쓰고 당했군. 도대체 저 녀석은 어떻게 저런 속도로 움직일 수 있는 거지? 지금도 저놈의 움직임을 놓쳤으니."

둘의 대련을 온 힘을 다해 집중해 보고 있던 글루틴의 입에서도 허탈한 듯 한마디가 새어 나왔다. 자신이 자일론과 싸웠을 때의 그 움직임, 그것을 다시 한 번 목격한 것이다.

"확실히 소드 익스퍼트 최상급인 건 분명하군. 나를 이토록 쉽게 제압하는 걸 보니 말이야."

자신의 패배를 수긍하며 피서는 조용히 중얼거렸다. 그런 그의 말을 들은 자일론은 빙긋 웃으며 검을 검집에 꽂았다.

"쳇. 재수없어 보이는 녀석이구만. 네놈은 도대체 어떤 수를 써서 그렇게 빠르게 움직이는 거냐?"

피서 역시 검을 검집에 꽂으며 자일론을 향해 물었다.

"훗. 그런 걸 묻는 건 검사로서 실례인 행동이라구요."

자일론은 그렇게 대답을 남기고 몸을 돌려 브라이튼과 글루틴, 카틸이 있는 쪽으로 걸음을 옮겼다.

"역시 재수없는 놈이구만. 아까 접수한 곳으로 돌아가 보라구. 그러면 용병패를 줄 테니까.

그렇게 한마디를 남긴 피서는 몸을 돌려 한쪽으로 걸음을 옮겼다.

"참, 그리고 글루틴. 오늘 저녁에 한잔하자구."

그러다가 생각난 듯 다시 고개를 돌려 글루틴을 보며 외쳤다. 그러나 그의 말을 들은 글루틴은 난색을 표했다.

"쩝. 이거 뭐라고 해야 하나. 피서, 미안하지만 우리는 지금 갈 길이 급해서 곧 떠나야 할 것 같은데."

"뭐야? 오늘 이곳에 왔을 것 아냐? 그런데 하루도 안 머무르고 그냥 떠난다구?"

"미안하게 됐다. 지금 사정이 좀 그래. 다음에 들르면 그땐 정말 거하게 한잔하자구."

약간은 사정조로 이야기하는 글루틴의 모습에 피서는 어쩔 수 없다는 듯 입맛을 다셨다.

"쩝. 사정이 그렇다니 어쩔 수 없군. 그럼 다음에 꼭 들르라구. 어딜 가든 몸 조심하구. 잘 가라, 친구."

그렇게 말을 마친 피서는 걸음을 옮겨 나타났던 곳으로 사라져 갔다. 서서히 멀어져 가는 피서의 모습을 글루틴은 안타까운 눈으로 바라보고 있었다.

"자자. 우리도 이만 가자구. 글루틴, 너무 그런 표정 짓고 있으면 우리가 미안하잖아."

그런 글루틴의 모습에 자일론이 웃으며 일행을 재촉했다.

"쳇. 미안한 줄은 알고 있는 거냐, 네 녀석?"

그런 자일론의 행동이 은근히 얄미운 듯 글루틴은 곱지 않은 소리를 던졌다. 그러나 자일론은 그저 웃으며 걸음을 옮겼다.

"정 안 가는 녀석."

무덤덤한 자일론의 대응에 글루틴은 그렇게 한마디 씹어뱉고는 따라서 걸음을 재촉했다.

그동안 브라이튼의 얼굴은 상당히 어두웠다. 자신이 자일론보다 실력이 떨어진다는 것은 이제 어쩔 수 없는 일이려니 하고 생각했지만,

그래도 라디칼을 떠난 이후 이어진 연패에 의기소침해진 것이다. 어린 나이에 이룬 소드 익스퍼트 상급의 경지를 이룬 자신의 실력에 자부심을 가지고 있었지만, 평소 눈 아래로 보던 용병들에게 연이어 패배를 당하자 자신의 믿음이 흔들리고 있는 것이었다.

"자자, 유크. 힘내라구. 넌 아직 어리다구. 저 늙다리들이랑은 다르다구. 그러니까 힘내. 내가 아는 한 너는 검에 대해 가장 재능있는 검사니까."

그런 브라이튼의 기색을 눈치 챈 자일론이 그의 어깨를 두드리며 격려해 주었다. 그런 자일론의 격려에 브라이튼은 그를 돌아보며 싱긋 웃어 보였다. 자일론의 말에서 한 가지 사실을 깨달은 것이다. 자신은 이제 열여덟 살이라는 것을. 앞으로 얼마든지 강해질 수 있다는 것을. 계속되는 패배에 잠시 잊고 있었던 것이다.

'그래. 앞으로 나는 더 강해질 거니까. 반드시 그렇게 될 거니까.'

브라이튼은 가슴속에 작지만 뜨거운 꿈에 불을 지피기 시작했다. 먼 훗날의 일이지만 이날 브라이튼이 자신의 가슴에 불붙인 이 꿈이 실현되었을 때 그는 카이렌 최고의 소드 마스터가 되어 있을 것이다.

그러는 사이 자일론을 비롯한 세 명은 처음에 들어왔던 신입 길드원 등록 사무실에 돌아와 있었다. 그곳에는 예의 처음 그들을 반겼던 접수원이 미소를 띤 채 앉아 있었다.

"어서 오세요. 길드원이 되신 걸 환영해요. 여기 두 분이 용병패입니다. 유크 씨는 일급용병, 쟈이 씨는 특급용병입니다. 참, 그리고 쟈이 씨. 특급용병은 본인의 희망에 따라 얼굴을 마법 영상으로 저장해서 각 주요 지부에 보내기도 하는데 어떻게 하시겠어요? 특급용병으로 얼굴이 알려지면 용병 생활을 하는 게 한결 수월해지죠."

접수원이 내미는 용병패를 두 사람은 얼떨결에 받아 들었다. 그리고 자일론은 얼굴 영상의 저장에 관한 접수원의 물음에 고개를 젓는 것으로 거절의 대답을 대신했다.

"그래요? 아쉽지만 어쩔 수 없네요, 본인이 싫다고 하니. 그나저나 대단해요. 용병 생활 시작을 특급과 일급이라니. 보통은 삼급이나 사급에서 시작하는데 말이죠. 그러면 여러분 안녕히 가세요. 아, 그리고 지금 당장 일을 시작하실 거라면 이 방을 나가서서 2층으로 올라가시면 의뢰와 계약을 전담하는 사무실이 있답니다."

밝게 웃으며 자신의 말을 하는 접수원을 멍한 얼굴로 지켜보던 자일론 일행은 그녀의 말에 고개를 끄덕이며 방을 나왔다.

"휴우, 저 아가씨, 어떤 면에서 대단하다고 할 만하군."

흘려버리듯 한 글루틴의 말에 나머지 셋은 작게 고개를 끄덕였다.

"자자, 이제 용병으로 등록도 했으니 어서 길을 떠나자구."

길드 밖으로 나와 들어가면서 맡겼던 말에 오르며 글루틴이 힘차게 말했다. 그의 말에 따라 자일론과 브라이튼도 서둘러 말에 올랐다.

"어디, 그럼 가보도록 할까?"

말 위에 오른 일행은 서서히 말을 몰아 성문 쪽으로 천천히 이동했다. 그렇게 성문 쪽으로 이동해 갈 무렵 어디선가 조용하면서도 가슴 깊이 전해지는 그런 음률이 들려왔다. 무언가를 퉁겨서 내는 소리인 듯했는데 정말 미묘하게 감성을 울리는 소리였다.

"응? 뭐지? 이 소리는?"

그 소리를 들은 자일론이 주위를 두리번거리며 소리의 진원지를 찾았다. 그런 자일론의 모습에 브라이튼도 덩달아 주위를 둘러보았다.

"음유 시인이 온 듯하네요."

그런 둘의 모습에 카틸이 웃으며 말했다.

"음유 시인?"

그의 말에 자일론이 되물었다.

"예. 음유 시인이요. 음. 잠깐 보고 가는 건 어떨까요? 우리가 지금 바쁘긴 하지만 잠깐은 큰 상관이 없을 것 같은데요."

자일론이 흥미를 보이는 듯하자 카틸이 웃으며 잠시 음률의 진원지에 들렀다 가자고 했다.

"하지만 지금 우리는……."

"자자. 그만 해요, 글루틴. 잠깐은 상관없잖아요."

글루틴이 뭐라 말하려고 하자 카틸이 매서운 표정을 지으며 그의 말을 막았다.

"어때요? 둘은?"

그러고는 자일론과 브라이튼을 돌아보며 둘의 의사를 물어왔다.

"뭐, 잠깐이라면 괜찮겠지."

머리를 긁적이며 대답한 자일론은 브라이튼을 돌아보았다.

"뭐, 나도 괜찮을 거라 생각해."

브라이튼 역시 고개를 끄덕이며 대답했다.

"좋아요. 그럼 결정. 어서 음유 시인이 있는 곳을 찾아가도록 하죠."

카틸과 자일론, 브라이튼의 이해관계가 떨어졌음인지 셋의 합의에 따라 글루틴은 그들을 따라갈 수밖에 없었다.

소리가 들리는 곳으로 말을 몰아 조금 가자 자그마한 분수대가 있는 광장이 나왔다. 그곳에 사람들이 여기저기 자리를 잡고 분수가에서 조용히 악기를 연주하는 음유 시인의 모습을 감상하고 있었다.

음유 시인이 연주하고 있는 악기는 타원형의 나무통에 길고 네모난 나무판이 붙어 있는 형태였다. 타원형의 나무통 가운데는 작은 원형의 구멍이 뚫려 있었고, 그 위로 여섯 개의 줄이 지나가 나무판의 끝에 매어져 있었다. 그리고 음유 시인은 왼손으로는 나무판의 줄을 잡고 오른손으로는 원형의 구멍 위로 지나는 줄을 퉁기며 연주를 하고 있었다.

"으음. 듣기 좋은걸. 그런데 저 악기는 뭐지? 처음 보는 건데? 음유 시인이라면 보통은 하프 같은 걸 연주하지 않아?"

음유 시인이 연주하던 음악을 듣던 자일론이 그의 악기를 유심히 보더니 카틸을 향해 물었다.

"훗. 하프는 이제 한물 가버린 악기라구요. 적어도 음유 시인에게는 말이죠. 뭐, 아직도 들고 다니는 사람이 있기는 하지만 요즘은 '기타'를 많이 가지고 다니죠."

"기타? 저 악기의 이름인가?"

"그래요. 곡을 들어보니 '로맨스' 로군요. 그럼 노래를 하는 것없이 연주만 하겠네요. 일단은 저 연주를 다 듣고 길을 가면서 설명해 줄게요. 궁금한 게 있어도 잠시 기다려요."

그렇게 말한 카틸은 조용히 눈을 감으며 음유 시인이 만들어가는 음률의 물결 속에 서서히 녹아들어 갔다. 그런 그의 모습을 글루틴은 시큰둥하니 쳐다보았다. 자일론과 브라이튼은 새로이 접하는 신기한 악기가 만들어내는 생소한 음악에 흥미를 느꼈는지 들려오는 음악에 서서히 몰입해 들어갔다.

그리고 길지 않은 시간이 흐르자 곧 연주가 끝이 났다. 그러자 주위에서 박수갈채가 터져 나왔다. 그 박수 소리에 음유 시인은 잠시 일어나 고개를 숙이고 감사의 인사를 하더니 다시 앉아 새로운 곡을 연주하기 시작했다.

"으음. 모처럼에 보는 실력 좋은 음유 시인이네요. 아쉽지만 할 수 없죠. 그만 가도록 해요. 쟈이와 유크, 바쁘죠? 일단은 성을 빠져나가 자구요."

그렇게 말한 카틸은 나머지 일행의 의견은 듣지도 않고 말 머리를 돌려 성문을 향했다. 나머지 셋은 고개를 절레절레 흔들며 그런 그의 뒤를 따라 말을 몰아갔다.

두두두두두.

짙뿌연 먼지를 일으키며 관도를 따라 네 마리의 말이 세차게 발을 내디디며 달리고 있었다. 말 위에 탄 네 사람 역시 말과 한 몸이라도 된 듯 바람을 가르며 앞으로 앞으로 향하고 있었다.

"이봐, 카틸. 이제 그만 이야기해 주는 게 어때?"

말 등 위에 몸을 바싹 붙이고 앞으로 달려나가던 자일론이 조금 뒤에서 달리는 카틸을 살짝 돌아보며 외쳤다.

"뭘 말이죠?"

"기타 말이야, 기타."

카틸이 큰 소리로 되묻자 자일론이 다시 외쳤다. 자일론의 대답을 들은 카틸은 고개를 끄덕이더니 서서히 말의 속도를 줄였다. 그런 그의 행동에 나머지 셋도 속도를 줄였다. 어느새 말은 천천히 걸어가고 있었다.

"뭐, 로툰둠 성을 떠나서 제법 빠른 속도로 오랫동안 달려왔으니 말도 조금은 쉬어야겠죠. 그럼 이쯤에서 천천히 가면서 이야기하도록 할까요? 쟈이, 유크, 뭐가 궁금한 거죠?"

빙그레 웃으며 말하는 카틸의 얼굴을 보며 자일론과 브라이튼은 왠지 오른손에 힘이 들어가는 것을 느끼며 부르르 떨었다. 그런 셋의 모습을 지켜본 글루틴은 다시 한 번 고개를 저을 뿐이었다.

"우선 그 기타라는 악기에 대해서 설명해 줘. 아니, 우선이랄 것도 없네. 우리가 궁금한 것은 그 악기에 대한 거니까. 너도 그렇지, 유크?"

자일론이 브라이튼을 돌아보며 묻자 브라이튼은 고개를 끄덕이며 입을 열었다.

"그래. 난 아까 그 '기타' 라는 악기에 대해서는 들어본 적이 없다구. 음유 시인이라면 하프를 연주한다고 들었는데 말이야."

"으음. 역시 글루틴의 말대로 세상 돌아가는 것을 모르는 철부지 귀족 도련님이라고 해야 하나요?"

둘의 말에 카틸은 무언가를 생각하는 듯하더니 그렇게 말했다. 그의 말에 자일론과 브라이튼은 가슴속에서 무언가 불끈하고 솟아오르는 것을 느꼈다.

"아하하. 농담이에요, 농담. 어쩌면 쟈이와 유크가 모르는 게 당연할 수도 있죠. 저 기타라는 악기는 2년쯤 전에 생긴 거니까요. 아직 라디칼까지 전파되지 않았을 거예요. 그리고 음유 시인들이 쓰는 악기야 뭐, 음유 시인들이 떠도는 것에 따라 전파되니까요."

둘의 기색을 느낀 카틸은 크게 웃으며 얼버무리고는 기타에 대한 설명을 시작했다.

"아까는 제가 거의 모든 음유 시인들이 기타를 사용하는 것처럼 말했지만 말이죠, 사실 기타를 사용하는 이들은 훈트 연합국과 마케인 제국의 서부 쪽의 음유 시인들뿐이에요. 보아하니 슬슬 카이렌에도 들어오는 모양이네요. 아마도 아까 로툰둠에서 본 음유 시인은 우리와는 반대로 마케인에서 카이렌으로 넘어온 모양이에요."

“으음.”

“호오.”

카틸이 설명을 시작하자 자일론과 브라이튼은 언제 화를 냈느냐는 듯 눈을 빛내며 그의 말에 몰입해 들어갔다.

“기타의 발상지는 훈트 연합국 중의 무아브예요.”

“무아브?”

그의 말에 브라이튼이 놀라서 되물었다.

“예. 왜 그러시죠?”

“아아, 기사의 왕국이라는 무아브라서 말이야.”

뼛속부터 기사가 되도록 기사 가문에서 자라온 브라이튼이었기에 무아브라는 말에 놀란 것이다.

“으음. 역시 귀족 도련님인 건가요?”

자신의 말을 브라이튼이 끊은 것이 불쾌했는지 카틸은 눈을 가늘게 뜨고 그를 노려보며 은근한 어조로 말했다.

“자자, 어서 설명이나 해달라구.”

그런 그의 모습에 자일론이 옆에서 설명을 재촉했다.

“험험. 그러면 이제 말 끊지 마세요.”

카틸의 말에 자일론과 브라이튼은 재빨리 고개를 끄덕였다.

“기타는 그러니까 무아브의 한 음유 시인이 고안해서 사용한 것에서 시작된 악기예요. 그 음유 시인의 이름은 레인(Rain). 아르스 노바(Ars nova) 출신이라고 하더군요.”

“아르스 노바라면, 후디스의 그 자유 도시를 말하는 거야?”

아르스 노바라는 말에 자일론이 물었다. 그런 그의 물음이 이야기를 말하는 화자의 흥을 돋구게 하는 종류의 것이라서 그랬을까? 카틸이 생긋 웃으며 대답했다.

"그래요. 바로 그 아르스 노바예요. 그가 어떻게 그 먼 아르스 노바에서 무아브까지 갔는지는 몰라요. 음유 시인이 혼자서 여행하기에는 너무나 멀고 위험한 여정이니까요. 다만 용병단이나 상단, 기사단 같은 집단을 따라 흘러흘러 이동한 것이라는 말이 떠돌죠."

"대단하군."

브라이튼이 낮게 중얼거렸다. 카틸로부터 이야기의 흐름을 끊었다는 눈총을 받기 싫었기에 가능한 목소리를 낮춘 것이다.

"그리고 무아브의 수도인 라카스에서 처음으로 그 기타라는 악기를 선보이며 연주를 시작했다고 해요."

"헤~ 그런 악기였구나."

자일론이 고개를 끄덕였다.

"그럼, 이제 그만 출발하도록 할까?"

기타에 대한 궁금증이 어느 정도 풀리자 자일론이 다시 이동하기를 제안했다. 그런데 그런 그의 제안이 나오자 카틸의 표정이 묘하게 변했다.

"잠.깐.만.요. 아직 제 이야기는 끝나지 않았어요. 기타의 유래에 대한 이야기를 하려면 레인이라는 음유 시인에 대한 이야기를 빼놓을 수가 없다구요."

일견 살벌하기까지 한 카틸의 기세에 셋은 주춤거렸다.

"그, 그럼 그 이야기도 계속 들려줘."

카틸의 기세에 압도된 것일까? 자일론이 떨리는 목소리로 말했다. 이야기를 계속 해달라는 자일론의 말에 카틸은 언제 그런 광포한 기세를 내뿜었냐는 듯 방긋 웃으며 이야기를 이어나갔다.

“예. 바란다면 그렇게 하죠. 음. 레인이라는 자의 기타 연주 솜씨는 무척이나 뛰어났다는군요. 급한 일로 달려가던 사람도 어느새 음악에 취해 가만히 서 있게 만들 정도로요. 그런 그가 가장 먼저 선보인 곡이 아까 광장에서 들었던 ‘로맨스’예요. 그가 직접 만든 곡이라고 해요. 하긴 지금 떠돌고 있는 대부분의 기타 곡이 레인이 만든 거지만요. 하지만 요즘은 다른 음유 시인들이 새로이 만든 곡도 나오고 있어요.”

“그래? 정말 대단한 사람인데. 그 레인이라는 음유 시인.”

이야기를 하는 카틸에게 적당한 흥을 더해 주기 위해서인지 브라이튼이 한마디 거들었다. 그런 브라이튼의 의도는 성공했음인지 카틸은 얼굴에 생기를 더하며 점점 더 이야기 속으로 빠져 들어갔다.

“그런데 이 로맨스라는 곡이 대단하지요. 솔직히 아까 그 음유 시인도 썩 실력이 좋긴 했지만 레인에 비하면 드래곤 앞의 오크죠. 특히나 로맨스는 사람들의 감성을 깊게 파고들어서 찌르르하게 울리는 곡이라구요. 레인이 그 곡을 연주할 때면 라카스 안의 여자들 대부분이 광장으로 몰려나와 그의 연주를 들었다고 해요. 그리고 레인은 항상 후드를 깊게 눌러쓰고 있어서 신비감까지 흘렀다고 해요. 그래서 그한테 반한 여자들이 한둘이 아니었다는군요.”

카틸은 점점 자신이 하는 이야기에 스스로가 빠져들며 감정을 몰입해 갔다.

“그런데, 카틸은 들어본 적 있는 거야? 레인이라는 사람의 연주?”

“에? 아뇨.”

갑작스러운 자일론의 물음에 카틸은 고개를 저으며 대답했다.

“그건 왜요?”

“아니. 마치 바로 곁에서 들은 사람처럼 이야기해서. 그럼 계속 이야기해 줘."

무덤덤한 자일론의 반응에 카틸은 약간 김빠진 듯한 얼굴을 했지만 그동안 이야기하면서 빠져든 감정 탓인지 금세 다시 이야기를 시작했다.

"음. 그렇게 연일 이어지는 레인의 연주에 대한 소문이 곧 라카스 안에 쫙 퍼지는 건 어쩌면 당연한 일이었죠. 그리고 그 소문에 이끌려 귀족 레이디들도 하나둘 그가 연주를 하고 있는 광장으로 나오기 시작했어요. 물론 귀족답게 마차 안에서 그의 연주를 들었죠. 그러다가 그 레이디들 중 한 명이 레인에게 반해 버린 거예요. 마차에서 내려 광장 한쪽에 자리를 마련해서 들을 정도로요."

'왠지 무슨 연애 소설 같은 이야기로 흐르는데. 읽어본 적은 없지만……'

카틸의 이야기를 듣던 자일론은 잠시 머리 속에 떠오른 생각을 곧 지웠다. 일단은 카틸의 이야기를 들어주어야 했기 때문이다. 그러지 않았다가는 무슨 일이 일어날지.

"그 레이디 혼자만의 짝사랑이었다면 그냥 그렇게 사라져 버릴 이야 기겠지만, 마침 레인도 그 레이디에게 반해 버려요. 그녀의 이름은 한 나 베로 크로이첵. 크로이첵 후작가의 영애였죠."

"잠깐, 크로이첵 후작가라면 무아브의 4대 권력가 중 한곳이잖아."

무아브에 대해 잘 알고 있던 브라이튼이 놀라서 물었다.

"그래요, 유크. 바로 그 크로이첵 후작가의 막내딸이었죠, 한나 양 은. 어쨌든 그때부터 둘의 애정 행각은 이어지죠. 광장에서 연주 중에 서로 은근한 눈빛을 주고받는다든지 한밤의 밀회라든지 말이에요. 레 인은 연주를 할 때면 항상 눈을 감고 있었는데 오직 한나 양에게 눈길을 줄 때는 눈을 떴다고 해요."

"후작가에 걸렸겠군."

카틸이 다시금 이야기 속에 몰입해 들어갈 때 옆에서 무덤덤한 자일론의 목소리가 흘러나왔다. 그런 그의 말에 이야기 속에 몰입해 들어가던 감정의 흐름이 깨진 듯 카틸이 얼굴을 살짝 일그러뜨리며 자일론을 노려봤다.

"그럼 둘은 도망가는 건가? 그 레인이라는 음유 시인은 보나마나 평민일 테고 어느 귀족이건 간에 미치지 않고서야 평민에게 딸을 시집보낼 리 없으니 말야. 특히나 크로이첵 후작가라면 무아브에서도 알아주는 기사 가문이니까. 무엇보다 크로이첵 후작이 소드 마스터이고 말이야. 음, 크로이첵 후작가라면 도망가더라도 금세 잡힐 텐데. 아무 힘도 없는 음유 시인과 여자라면 말이야. 크로이첵 기사단은 무아브에서도 상위의 실력을 지닌 기사단이니."

뒤이어진 브라이튼의 말에 카틸의 얼굴은 더 더욱 사나워졌다.

"그. 래.요. 둘은 도망쳤고 곧 잡혔죠. 유크의 말대로 무아브에서 크로이첵 기사단과 견줄 만한 기사단은 왕실기사단과 케이터 기사단, 단 두 곳뿐일 정도로 크로이첵 기사단은 뛰어나니까 말이죠."

왠지 기분이 나빠진 듯 카틸의 이야기는 조금 전과는 달리 무언가 빠진 듯한 느낌이 들었다. 아마도 그의 감정 몰입이 깨져서 듣기에 무미건조해진 것 같았다.

"그래서?"

그래도 그 뒤의 일이 궁금한 듯 은근히 묻는 브라이튼의 행동에 카틸은 다시금 이야기 속으로 서서히 침잠해 갔다.

"기사단에게 잡힌 레인은 한나 양과 함께 크로이첵 후작과 후작 부

인 앞으로 끌려가요. 자신의 귀여운 막내딸을 꼬드겨 낸 하찮은 평민
이 도대체 어떻게 생긴 놈인지 보고 싶었다나요? 그랬다는군요. 그래
서……."

　계속해서 이어지는 카틸의 이야기는 다음과 같았다.

＊　　　　＊　　　　＊

　"흐음… 네놈이 그 레인이라는 갈아 마셔도 시원찮을 평민 녀석이
냐?"

　레인을 바라보며 한 자, 한 자 내뱉은 크로이첵 후작의 몸에서는 몸
서리칠 살기가 쉬지 않고 흘러나왔다. 그의 살기는 오직 한곳을 향해
집중되었다. 바로 레인을 향해. 그래서 주위에 있던 사람들은 후작의
험악하게 일그러진 얼굴로 그가 무척이나 화가 났음을 짐작할 뿐 레인
이 지금 어떤 상황에 처했는지는 상상도 못하고 있었다.

　이미 소드 마스터에 이른 후작이었기에 살기를 한곳에 집중시키는
것은 손쉬운 일이었다. 그런 상황을 어렴풋이나마 짐작하고 있는 이는
레인과 한나를 잡아온 크로이첵 기사단의 단장뿐이었다.

　"아버지!!"

　후작이 무서운 눈으로 노려보는 것과 동시에 격렬하게 몸을 떠는 레
인의 모습을 보고 무언가 느낀 듯 한나가 큰 소리로 외쳤다. 지금 후작
이 어떤 행동을 하는지는 몰랐지만, 자신의 소중한 연인이 사시나무 떨
듯 떨자 무언가 있다고 느낀 것이다.

　"넌 가만히 있거라."

　그러나 그런 그녀의 외침에 돌아온 메아리는 너무나도 엄숙한 후작

의 목소리였다.

"그래. 네놈, 하찮은 평민 주제에 감히 소중한 내 딸을 꼬드겨 냈으니 목숨을 걸었겠지? 어떻게 죽기를 바라느냐? 적어도 죽는 방법을 선택할 기회는 주도록 하마. 소금에 절어서 말려 죽여줄까? 아니면 사지를 하나씩 자른 후 목을 잘라줄까? 아니면 굶어 죽는 건 어떠냐? 그것도 아니라면 온몸의 피를 한 방울 한 방울씩 쥐어짜서 온몸의 피가 다 빠져나갈 때까지 들려오는 핏방울 떨어지는 소리를 들으면서 죽게 해줄까?"

잔인하기 그지없는 말을 표정 하나 변하지 않고 씹어뱉는 모습으로 후작이 지금 얼마나 화가 났는지 짐작할 수 있었다. 그런 후작의 말이 한마디 한마디가 더해질 때마다 한나의 얼굴은 새하얗게 질려갔다.

"으으……."

후작의 살기에 더해진 잔인한 말에 공포를 느꼈는지 레인은 가는 신음을 흘렸다.

"훗. 연약한 녀석 같으니라고. 하찮은 악기 따위나 퉁기는 음유 시인 나부랭이는 어쩔 수 없는 것이지."

"아버지! 레인을 죽이면 저도 따라 죽을 거예요~!"

더 이상 참지 못했는지 한나의 울음 섞인 외침이 터져 나왔다. 그런 그녀의 외침에 후작 부인의 안색이 급격히 하얘졌다. 설마 자신의 딸이 저 평민에게 그 정도로 빠져 있는 술은 몰랐던 것이다.

"으음."

후작 역시 상당히 놀란 듯 침음을 삼켰다. 그러더니 곧 한나를 향해 한 걸음 한 걸음 다가갔다. 자신을 향해 다가오는 아버지를 보며 혹시나 자신의 말이 먹혀들어 갔나 하는 희망에 한나의 눈이 살짝 빛났다.

한나 앞에 우뚝 선 후작은 잠시 안타깝고도 슬픈 듯한 눈으로 자신의
막내딸을 내려다보았다.

"너는 잠시 쉬도록 하려무나."

쓸쓸함이 잔뜩 배어든 한마디를 남긴 후작은 커다란 손을 들어 딸의
목뒤를 가볍게 내려쳤다.

"어… 어……."

후작의 불의의 행동에 한나는 가는 신음을 남기며 정신을 잃었다.

"한나~!"

어디서 그런 힘이 난 것일까? 레인은 한나가 정신을 잃는 모습에 이
성을 잃고 그녀의 이름을 부르며 후작을 향해 달려들었다.

퍽!

우당탕!

그러나 곧 기사단장의 일격을 맞고는 뒤로 보기 흉하게 굴러 넘어졌
다.

"으으……."

온몸에 느껴지는 통증에 레인은 신음을 흘렸다.

"겁없는 녀석이로군. 감히 나를 향해 달려들다니."

그런 레인의 모습을 후작은 가소롭다는 듯 내려다보았다. 정신을 잃
은 한나는 어느새 후작 부인의 품에 안겨 있었다.

"그럼 어서 결정해라, 너의 죽음을."

"으으… 후작님, 제가 비록 보잘것없는 존재지만 한나를 사랑하는
마음에는 한 점의 거짓도 없습니다. 적어도 저에게 기회를 주십시오.
아무리 하찮은 존재라고 하지만 말입니다."

그렇게 말하는 레인은 후작을 똑바로 직시하고 있었다. 조금 전까지

후작의 살기에 억눌려 벌벌 떨던 사내라고는 믿어지지 않는 눈빛이었
다.

'호오, 이놈. 그냥 죽지는 않겠다는 것인가?

후작의 눈에 가벼운 이채가 떠올랐다. 그는 아직도 레인을 향해 살
기를 뿌리고 있었다. 그런데도 저 하찮은 녀석이 자신을 노려보고 있
는 것이다. 이것은 웬만한 실력의 기사라 할지라도 결코 할 수 없는 일
이었다. 그랬기에 이채를 떠올린 것이다.

"그래. 그럼 네가 말하는 기회라는 게 무어냐?"

후작이 자신의 말에 반응을 보이자 레인의 눈이 빛났다.

"철혈의 기사라고 불리시는 후작님의 눈에서 눈물이 흐르도록 만들
겠습니다."

레인은 당당한 얼굴로 자신있게 말했다.

"뭐? 훗. 푸하하하하하. 가소롭구나, 가소로워. 나는 선친께서 돌아
가셨을 때조차 울지 않았다. 나도 내가 눈물을 흘린 적이 언제인지 기
억을 못하고 있는 정도다. 그런 나의 눈에서 눈물이 흐르게 하겠다고?
네놈이 아주 죽기로 작정을 했구나."

레인의 말이 너무나 어이가 없었기에 후작은 크게 웃었다.

"그렇다면 제가 만약 후작님의 눈에서 눈물이 나오게 한다면 한나와
의 결혼을 허락해 주시겠습니까?"

그렇게 말하는 레인의 몸에서는 어느새 강렬한 기세가 흘러나오고
있었다. 단지 음유 시인일 뿐인 레인의 어디에서 이런 기운이 솟아나
는 것인지 신기하기만 했다.

"그렇게 너에게 불리한 조건이라면 들어주도록 하지. 내가 단 한 방
울의 눈물이라도 흘리게 해보거라. 그러면 네 승리다. 단, 실패할 때는

적어도 보름 동안 굶긴 후에 소금에 절여주마. 그리고 죽기 전에 꺼내서 사지를 하나씩 잘라주지. 하지만 목만은 놔두마. 온몸의 피가 다 빠져나가 죽기 전까지.”

실패할 때 레인이 받게 될 죽음에 대해 말하는 후작의 눈은 살기로 번들거렸다. 그 부분에서는 레인도 가늘게 몸을 떨 수밖에 없었다. 후작이 자신에게 제시한 죽음의 방법을 대부분 사용해서 죽이겠다는 광기에 가까운 저 치 떨리는 살기를 더 이상 버텨낼 재간이 없었던 것이다.

“그럼, 제 기타를 가져다 주십시오.”

레인의 요구에 후작은 고개를 끄덕였다.

“가져다 주어라.”

후작의 지시에 기사단장이 잠시 자리를 비우더니 곧 기타를 들고 나타났다. 기사단장에게서 기타를 건네받은 레인은 조용히 자세를 잡았다. 지금 광기와 살기가 뒤섞인 눈을 번들거리며 자신을 바라보는 저 후작의 눈에서 눈물을 흘리게 만드는 일이라니, 설사 신이라 하더라도 그럴 수는 없을 것 같았다.

그러나 레인은 심호흡을 하며 숨을 고른 후 지그시 눈을 감았다. 곧 레인의 손가락이 움직이기 시작했다. 왼손의 손가락은 기타의 가느다랗고도 늘씬한 줄 위를 서서히 노닐기 시작했고 오른손 끝은 타원형의 몸통 위의 줄을 퉁기기 시작했다.

그의 손가락은 부드러우면서도 격렬했고, 그 속에 조화로움을 간직하고 있었다. 그런 손의 움직임이 만들어내는 음악은 때로는 부드럽고 포근하게 또 때로는 격정적이며 광포하게 그리고 조화로우면서도 무언가 어색하게 그렇게 울려 퍼졌다.

레인의 연주가 계속될수록 방 안의 사람은 하나둘씩 눈을 감기 시작했다. 후작 부인도 어느새 눈을 감고는 음악에 빠져들고 있었고 언제 정신을 차렸는지 한나 역시 음악에 깊이 빠져 있었다.

방 안에서 유일하게 두 눈을 똑바로 뜨고 있는 이는 후작이 유일했다. 후작은 레인을 똑바로 노려보며 여전히 살기를 흘려보내고 있었다. 그러나 레인은 그런 후작의 살기를 느끼지 못하는지 연주에만 빠져들고 있었다.

주위의 모든 사람의 마음을 마치 제 것인 양 가지고 노는 듯한 연주가 계속되었고 어느새 한 명씩 눈에서 눈물을 흘리기 시작했다. 음률이 급격히 슬픔을 향해 치닫기 시작했기 때문이다. 레인의 음악 속에는 듣는 사람들이 겪었던 가장 슬픈 일이 하나하나 살아 숨 쉬고 있었다.

그렇게 사람마다 가슴속 깊이 간직한 슬픔을 꺼내어 보여주는 레인의 연주에 방 안은 눈물 바다가 되었다. 지금까지 계속해서 울어 얼굴이 온통 눈물 자국으로 뒤덮인 한나 역시 어디서 또 눈물이 나오는지 쉬지 않고 울고 있었다. 그렇게 방 안을 눈물로 가득 채운 후 레인은 연주를 마쳤고 살며시 눈을 떴다.

눈을 뜬 레인은 크로이첵 후작을 마주 보았다. 그때까지 후작은 눈을 감지 않고 계속해서 레인을 쏘아보고 있었다. 레인의 연주는 끝났건만 다른 사람들은 여전히 눈을 감은 채 눈물을 흘리며 레인의 연주가 만들어낸 여운에 빠져 있건만, 후작은 꼿꼿한 모습으로 서 있었다.

레인을 쏘아보던 후작이 씨익 웃었다. 웃음이면 기분 좋아 보여야 마땅할진대 후작의 웃음은 살기가 가득 차다 못해 넘쳐흘렀다.

"훗. 네놈의 패배다."

웃음과 함께 후작은 조용히 말했다. 후작의 그 말을 들은 레인은 싱긋 미소를 지으며 스르르 눈을 감았다. 정신을 잃은 것이다. 그때 어느새 자리를 옮겼는지 한나가 조용히 쓰러지는 레인의 몸을 안았다.

"아니, 아버지의 패배예요. 얼굴을 만져 보시죠."

정신을 잃고 있어야 할 한나는 어느새 눈을 뜬 것인지 레인을 품에 안은 채 고개를 저으며 조용한 어조로 말했다. 아마도 조금 전 한나를 내려친 일격이 약했나 보다. 세상 무엇보다 소중하게 기른 딸이었기에 차마 제대로 내려치지 못한 것이리라.

자신을 담담히 바라보고 있는 딸의 말에 후작은 왼손을 서서히 자신의 뺨에 가져갔다.

손가락이 뺨에 닿자 무언가 이질적인 감각이 느껴졌다. 자신의 주름진 살이 거친 감촉을 주며 만져져야 했는데 축축했다. 미끌거리기도 했다. 손바닥으로 뺨을 훔쳐내자 손바닥이 축축하게 젖어 있었다.

레인의 연주를 들으며 눈을 치켜뜬 채 자신도 느끼지 못하며 눈물을 흘리고 있었던 것이다.

"훗, 후후후… 후후. 크크크. 크하하하하하. 나의 패배인가? 큭큭, 어떻게 생각하면 그 누구보다도 대단하군. 소드 마스터인 나 철혈의 기사 바텐마르 베로 크로이첵의 눈에서 눈물이 흐르도록 만들다니 말이야."

자신이 눈물을 흘렸다는 것을 깨달은 후작은 미친 듯이 웃어 젖혔다.

"아버지, 그럼?"

자신의 패배를 수긍하는 듯한 후작의 말에 한나가 희망 어린 눈으로 물었다.

"나는 기사다. 약속을 어길 순 없지. 결혼하도록 해라. 단, 저 녀석이 데릴사위로 우리 집에 들어오는 거다. 귀한 딸을 평민 나부랭이로 만들 수는 없으니."

그렇게 말한 후작은 몸을 돌려 방을 나섰다.

"아아… 아버지……."

한나는 또 어디서 그런 눈물이 나오는지 쉼없이 눈물을 흘리며 아버지의 뒷모습을 바라보았다.

*　　　　*　　　　*

"후아~! 대단하군. 음유 시인이 소드 마스터의 살기를 이겨내다니."

카틸의 이야기가 끝나자 브라이튼이 감탄에 찬 말을 쏟아냈다.

"맞아, 대단하군."

그런 브라이튼의 감탄에 자일론이 동의했다.

"뭐예요? 그런 것에 감탄하다니? 이 아름다운 이야기에서 겨우 그런 것밖에 못 느끼는 거예요?"

둘의 말이 무언가 마음에 안 들었던 듯 카틸이 눈을 가늘게 뜨고는 쏘아붙였다.

"글쎄. 절대적으로 유리한 입장에서 자신이 내건 약속을 지키는 크로이첵 후작의 기사다운 모습에 감탄했다고 해야 하나?"

그런 카틸의 말에 잠시 무언가를 생각하던 브라이튼이 다시금 말을 꺼내자 카틸이 맥빠진 얼굴을 했다.

"쳇. 감정이라고는 메말라 버린 귀족 도련님이군요."

브라이튼의 반응이 영 마음에 안 들었는지 카틸의 얼굴은 그가 상당히 화가 났음을 보여주고 있었다.

"음. 그런데 그 레인이라는 사람이 후작의 앞에서 연주한 곡이 뭐지? 후작이 눈물을 흘릴 정도의 곡이라니 정말 대단한걸."

자일론이 궁금하다는 듯 카틸에게 물었다.

"훗. 이미 둘 다 들어봤을 텐데요?"

자일론의 질문에 카틸이 그새 얼굴을 바꿔 빙긋 웃으며 대답했다.

"응? 우리가 들어봤다고? 우리가 들은 기타 연주곡이라고 해봐야 하나뿐인데… 그럼 설마?"

"그래요. 로맨스예요. 뭐 그 곡의 이름이 로맨스라고 붙은 것도 그 일 이후니까요. 그래서 내가 아까 대단한 곡이라고 한 거예요. 그 정도는 되어야 대단하다고 할 수 있는 거죠."

마치 자신이 한 일이라도 되는 것처럼 카틸이 의기양양하게 말했다.

"흠. 그렇다면 그 레인이라는 사람이 크로이첵 가의 막내 사위라는 말이지? 그것도 데릴사위? 그런데 그런 사실을 우리는 왜 몰랐지? 가만, 그리고 보니 2년 전에 분명 크로이첵 가의 막내딸이 결혼을 했었지. 형이 축하 사절로 다녀와서 기억한다고. 그럼 설마 그 레인이라는 자가……."

"그래요. 레이머스 베로 크로이첵. 그가 바로 레인이에요."

카틸이 빙그레 웃으며 브로이튼이 하려는 말을 대신해 주었다.

"휘유~! 대단한걸."

셋의 대화를 듣고 있던 글루틴이 휘파람을 불며 한마디 했다.

"그거 엄청난 신분 상승이잖아. 뭐, 앞으로 작위는 스스로 따야겠지만 후작의, 그것도 크로이첵 후작의 힘이라면 남작 정도의 작위야 우스

울 것이고 잘하면 자작 정도도 가능하겠군."

글루틴의 감탄이 끝나자 브라이튼이 조용히 말을 보탰다.

"이미 자작이야, 그는."

브라이튼의 말에 글루틴은 고개를 절레절레 흔들었다.

"대단하군. 이 참에 나도 용병 때려치우고 음유 시인이나 해볼까?"

"훗. 글루틴, 그랬다가는 레이디들에게 칼 맞아 죽을걸요."

카틸이 가소롭다는 듯 코웃음을 쳤다. 그런 카틸의 말에 글루틴의
얼굴이 시뻘겋게 물들었다.

"아, 그리고 쟈이나 유크가 레이머스 베로 크로이첵 자작에 관한 이
야기를 모르는 건 당연해요. 크로이첵 후작가에서 그 소문을 막았기
때문이죠. 뭐, 라카스 사람이라면 누구나 아는 유명한 러브 스토리지
만 말이에요. 그리고 그 러브 스토리를 노래로 만든 음유 시인도 있어
요. 물론 레인이 만든 건 아니에요. 아무리 그라도 자신의 이야기를 노
래로 만들긴 좀 그랬던 모양이에요. 그 노래에는 사람들의 이름이 전
혀 다르게 나오지만 말이에요."

글루틴의 얼굴이 어떻게 되든 상관 않고 카틸은 자일론과 브라이튼
에게 나머지 이야기를 들려주었다.

"그리고 그 노래는 기타에 맞춰서 만든 거예요. 그런데 레인이 만든
기타에는 어울리지가 않아서 새로이 개량된 기타가 만들어졌죠. 음악
만 연주할 때는 레인이 만든 기타를 사용해요. 그걸 클래식 기타라고
불러요. 그리고 노래를 부를 때 반주로 사용하는 기타는 새로이 개량
된 기타로 아쿠스틱 기타라고 부르죠. 이렇게 기타에 얽힌 제 이야기
는 끝이랍니다."

이야기를 다 마친 카틸은 후련하다는 듯 밝게 웃었고 그런 그의 모

습에 자일론과 브라이튼은 한숨을 내쉬었다.

"어라? 저기 멀리 보이는 것, 국경 초소 아냐?"

그때 글루틴이 이마에 손을 얹어 멀리 바라보더니 셋을 향해 외쳤다.

"뭐? 벌써?"

그의 말에 놀란 자일론이 놀라서 물었다.

"벌써는 무슨. 하늘을 보라구."

브라이튼이 손가락으로 하늘을 가리키며 말했다. 하늘은 이미 붉게 물들어 곧 저녁임을 알렸다.

"뭐야? 벌써?"

하늘의 색깔을 확인한 자일론이 놀라서 외쳤다.

"이런, 제 이야기가 좀 길었던 모양이네요. 하하, 하하하."

자신의 이야기 때문에 많은 시간을 지체한 것을 깨달은 카틸이 멋쩍은 듯 웃었다.

"쳇. 최대한 빨리 달려야겠군. 해가 저버리면 내일 국경을 넘어야 하니까. 그 하루 차이로 추적대에 잡힐 수도 있으니까 눈앞에 국경이 보일 때 넘어버리자구."

항상 추적대를 염두에 두고 있던 글루틴이 일행을 돌아보며 말했고 그 말이 끝나자 누가 먼저랄 것도 없이 땅을 박차고 말을 달렸다. 전력을 다해 달린 덕에 간발의 차이로 국경을 넘을 수 있었다.

다음날 아침.

해가 지평선 너머로 떠오를 무렵 카이렌과 마케인의 국경 사이 카이렌 쪽에서 먼지구름이 일어나며 몇 필의 말이 빠른 속도로 달려왔다.

“하암~ 응? 저건 뭐지? 이봐. 일어나봐. 저쪽에서 뭔가가 달려오는
데?”

“으음. 응? 뭐? 이런 꼭두새벽에 누구야 대체. 아함.”

경비 초소를 지키고 있던 카이렌의 병사 둘은 자국(自國) 쪽에서 일
어나는 먼지구름을 보며 살풋 든 새벽잠에서 깨어났다. 어느새 여섯
필의 말이 경비 초소 앞에 당도해 있었다.

그중 한 기사가 말에서 내렸다. 빨리 달리기 위해서인지 대부분의
갑주를 벗고 간단한 레더 아머만 걸치고 있었다. 하지만 레더 아머의
왼쪽 가슴에서 찬연히 빛나는 문장은 그가 실버 기사단임을 말해 주고
있었다.

그것을 알아차린 초소의 병사 둘은 딱딱하게 굳었다.

“뭣 좀 물어보겠네. 혹시 이렇게 생긴 사람 둘이 국경을 넘어갔는
가?”

기사는 자일론과 브라이튼의 초상화를 병사 둘에게 보여주었다. 병
사들은 유심히 초상화를 보는 듯하더니 금방 대답했다.

“예. 아마 이쪽이 쟈이라는 용병이었고 이쪽이 유크라는 용병이었습
니다.”

병사의 말에 기사의 얼굴이 어두워졌다.

“확실한가?”

“예. 확실합니다. 어제 저녁 여섯 시경에 지나갔으니까요. 게다가
특급용병 둘에 일급용병 하나, 그리고 5서클 익스퍼트의 마법사가 한
파티를 이루고 있어서 확실히 기억하고 있습니다. 이쪽의 쟈이라는 자
가 특급용병이었고 이 유크라는 자가 일급용병이었습니다.”

기사의 물음에 병사는 큰 소리로 대답했다.

"으음… 한발 늦은 건가?"

기사는 침음을 삼켰다.

"저, 그런데 무엇 때문에 그러시는 것인지?"

그때 한 병사가 궁금증을 참지 못하고 기사에게 조심스레 물었다. 그런 그의 물음에 기사의 표정이 매섭게 변했다.

"알 것 없다. 너희는 너희 일만 봐라. 그리고 방금 나와 나눈 이야기는 모두 잊도록 하고. 아니, 우리는 오늘 이곳에 오지 않은 거다. 근무일지에도 방금 일에 관한 것은 쓰지 말도록. 그렇지 않았다가는 둘 모두 목숨을 보장하지 못하니까 말이야."

마지막 한마디에는 약하지만 살기까지 흘렀다.

"예, 옛!"

기사의 말에 두 병사는 몸이 바짝 굳어 큰 소리로 대답했다. 그러지 않으면 당장이라도 어깨 위에 얹힌 물건이 떨어지기라도 하는 듯이. 그런 두 병사의 모습에 고개를 끄덕인 기사는 초소를 빠져나와 말에 올랐다.

"어떻게 됐습니까, 조장?"

기사가 말에 오르자 기다렸다는 듯 다른 한 기사가 물어왔고 나머지는 모두 조장이라 불린 기사의 입을 주시하고 있었다.

"음. 한발 늦었다."

"크음……."

조장의 말에 모두들 침음을 삼켰다. 아마 이들의 심정은 조금 전의 조장과 다르지 않을 것이다.

"젠장. 거의 따라잡았었는데."

한 기사가 아쉽다는 듯 한탄 섞인 말을 내뱉었다.

"로툰둠에서 얻은 정보대로 아무래도 왕자님께서는 용병이 되신 듯하다. 그리고 단장님의 말씀대로 콘티넌트 공작가의 자제 분과 함께 계셨다. 그 외에 용병과 마법사도 일행으로 있는 듯하다. 하지만 이미 국경을 넘으셨으니 우리 손을 떠났지. 일단 라디칼로 귀환한다. 그리고 보고를 마친 후 그 뒤의 지시를 기다린다. 가자."

짧게 현 상황을 설명한 조장은 발을 돌려 달리기 시작했고 나머지 기사 다섯도 그 뒤를 따랐다.

간발의 차이로 국경을 넘었다는 사실을 알 리 없는 자일론 일행은 밝은 얼굴로 마케인에서의 아침을 맞이하고 있었다.

첫 실전

첫 실전

"자, 이제 국경도 넘었으니 여유있게 움직이자구."

글루틴이 찌뿌둥한 몸을 풀며 말했다. 그들은 해지기 직전 국경을 넘고는 근처에서 노숙하며 밤을 보냈다. 마지막에 급하게 이동하느라 미처 마을을 찾아 들어가지 못하고 밤을 맞았기에 어쩔 수 없는 일이었다.

"그런 건 아무래도 좋으니까 일단 마을로 들어가서 한숨 푹 자자구. 제대로 자지를 못했어."

브라이튼이 삼긴 눈을 억지로 뜨면서 말했다.

"난 찬성."

자일론이 눈을 비비며 브라이튼의 의견에 찬성했다.

"저도 찬성이요."

카틸 역시 찬성했다.

"나 역시 그러고 싶어. 그러니까 빨리 움직이자구."

글루틴도 찬성하며 일행은 주변을 정리하고 짐을 꾸린 후 말에 올랐다. 그리고 마을을 찾아 달렸다.

"아함. 카틸, 가장 가까운 마을은 어디지?"

"말로 달려서 남쪽으로 1시간쯤 가면 나올 거예요."

"그래? 그럼 어서 가자구."

하품을 하는 가운데 글루틴이 길을 재촉했다.

"그런데 그 지도 믿을 만해? 보통 지도는 군사상의 이유로 일부러 부정확하게 만들기 마련인데."

둘의 모습에 브라이튼이 궁금한 듯 물었다.

"아, 그거라면 걱정 붙들어 매. 이 지도는 카이렌의 정보 길드에서 산 거니까."

"그게 무슨 말이야?"

글루틴의 대답이 이해가 가지 않은 듯 브라이튼이 다시 물었다.

"유크 네 말대로 자국의 지도는 일부러 부정확하게 만들지. 바로 전쟁을 대비해서. 물론 정확히 만든 지도도 있지만 그건 극히 제한된 군부의 일부 인물들만 사용할 수 있지. 상인이나 여행자들이 사용하는 지도는 정말로 부실하기 짝이 없어. 나라에서 그렇게 시키니까. 그건 정보 길드도 마찬가지야. 초국적인 길드라고는 해도 어쨌든 길드원들도 애국심이란 것을 가지고 있으니까 말이지."

"그렇지."

글루틴의 말에 브라이튼이 고개를 끄덕이며 동의를 표했다.

"그런데 말이지, 만약 타국의 지도라면 어떨까? 그건 자국에 있어서는 엄청나게 귀중한 정보겠지. 민간에 나돌아도 상관없고 말이야. 그래서 아이러니컬하게도 카이렌에서 카이렌의 지도만 빼고 주변 대부분 나라의 상세한 지도를 구할 수 있는 거지. 마케인에서라면 마케인만 제외하고 다른 나라의 상세한 지도를 살 수 있고 말야. 물론 정보 길드에서 제법 비싼 값을 치르고 은밀히 사야 하지만. 뭐, 이런 일은 국가에서도 알면서 은근히 눈감아 주고 있는 처지야.”

“흐음. 우스운 일이네. 마케인의 첩자가 카이렌에 없는 것도 아닐 텐데. 그러면 첩자들도 쉽게 상세한 지도를 구할 수 있다는 거잖아?”

자일론이 글루틴의 설명에 고개를 갸웃거리며 물었다.

“그건 카이렌의 첩자 역시 마찬가지지. 그래서 그 지도에는 군사 거점에 대한 내용은 없어. 그 지도를 만드는 정보 길드는 상인이나 여행자들에게서 얻은 정보를 바탕으로 만드니까 말이지. 혹시 군사 시설에 관한 정보가 들어오더라도 지도에 표시하지는 않지. 그건 암묵적인 약속이니까 말야. 뭐, 표시하는 지도도 있는데 그런 것들은 전량 나라에다가 팔아먹으니 일반인들은 못 구하지. 설사 첩자라 할지라도 말이야. 우리가 가진 지도에도 국경 초소조차 표시돼 있지 않다구.”

글루틴은 제법 길게 말하며 자일론의 궁금증을 풀어주었다.

“복잡하네.”

브라이튼이 고개를 저으며 말했다.

“아함. 그런 건 아무래도 좋으니까 어서 가자구요. 따뜻한 침대가 그립다구요.”

카틸이 하품을 하며 셋의 대화에 끼어들었다. 하지만 그의 말은 지금 모두가 바라는 내용을 정확히 짚어내고 있었기에 모두들 말을 모으는 데 집중하며 속도를 올렸다.

잠시도 눈을 돌리지 않고 앞으로 쭈욱 전진한 덕에 일행은 곧 마을에 도달할 수 있었다. 마을에 도착하자마자 제일 먼저 눈에 띈 여관으로 들이닥쳤다.

문을 거칠게 열고 들어오는 자일론 일행에 여관의 점원은 놀라 잠시 굳어 있었다.

"3인실 하나랑 1인실 하나."

글루틴이 점원을 향해 외쳤다.

"잠깐!"

글루틴의 외침을 브라이튼이 막았다.

"카틸, 죽어도 방 혼자서 써야 돼?"

브라이튼이 글루틴의 말을 막고 카틸을 돌아보며 물었다. 그의 물음에 카틸은 고개를 끄덕이며 혼자서 쓰겠다는 의지를 보였다.

"음. 그럼 1인실 둘, 2인실 하나."

카틸의 대답을 들은 브라이튼이 주문을 바꿨다.

"아, 그리고 1인실 하나는 가급적이면 나머지 두 방과 멀찍이 떨어뜨려 주고요."

브라이튼의 말에 자일론이 황급히 요구 조건을 하나 더 덧붙였다. 얼떨떨한 얼굴로 서 있던 점원은 고개를 끄덕이고는 곧 열쇠를 가져왔다. 열쇠를 받아 든 브라이튼이 품에서 1골드짜리 금화 하나를 꺼내 들고는 점원을 향해 퉁겼다.

"일단 요금은 그걸로 하고 나머지 계산은 나중에 하자구요."

그렇게 말을 마친 브라이튼을 비롯한 일행은 몸을 돌렸다. 브라이튼은 카틸과 글루틴에게 각각 열쇠를 건네주었다.

"자, 글루틴, 네 방은 한쪽에 떨어진 방이다."

"뭐야? 왜 그런 거야?"

자신의 방이 1인실인데다 한쪽으로 멀찍이 떨어뜨려 놓은 것이 불만인 듯 글루틴이 투덜거렸다.

"아아, 우리는 적어도 오늘만큼은 조용한 가운데 푹 자고 싶다구. 그러니까 한쪽에서 마음대로 코 골면서 자라구."

그렇게 말하며 글루틴을 한 번 지그시 째려봐 준 브라이튼과 자일론은 황급히 자신들의 방으로 들어가서는 침대 위에 뻗어버렸다. 침대 위에서 뻗어버리는 것은 글루틴과 카틸도 마찬가지였다.

그날 해가 질 때까지 누구도 방 밖을 나오지 않았다. 서둘렀던 여정과 지난밤의 노숙으로 인한 피로가 중첩되어 모두들 기절하듯 잠에 빠져든 것이었다.

휘영청 밝은 달이 하늘에 떠오를 무렵 약속이라도 한 듯 방 세 곳의 문이 요란한 소리를 내며 열렸다.

"아~함. 잘 잤다."

막 잠에서 깬 듯 부시시한 얼굴로 모두들 방에서 빠져나왔다.

"응? 다들 이제 일어난 거야?"

방을 빠져나오며 나머지 일행을 발견한 글루틴이 입을 열었다. 그 말에 자일론과 브라이튼은 고개를 끄덕였지만 카틸은 깔끔한 얼굴이었다. 조금 먼저 일어나 샤워라도 한 듯 보였다.

"아아, 카틸은 언제나 조금 빨리 일어나는군."

그런 카틸의 모습을 발견한 글루틴이 한마디를 더했다.

"그런 거야 어찌 되었든 배고프니까 어서 내려가서 뭔가 먹자구. 잠을 푹 자고 나니 이제 배가 요동이라구."

자일론이 배를 손으로 감싸 안으며 말했다. 그 말을 듣자 나머지 일행도 시장기를 느끼는지 저마다 손을 배로 가져갔다.

“그러고 보니 배가 고픈걸. 어서 내려가자구. 과연 이 시간에 식사가 될지 모르겠지만.”

그렇게 말하며 글루틴이 앞장서서 내려갔다. 그리고는 적당한 곳에 자리를 잡고 의자에 앉았다. 자일론과 브라이튼, 카틸도 그 옆에 자리를 잡고 앉았다.

자일론 일행이 내려온 걸 발견하고는 점원이 다가왔다. 아침에 보았던 그 여점원이었다.

“모두 편하게 쉬셨나요? 아침에는 무척이나 피곤해 보이셨는데 이제 기운들을 좀 차리신 것 같네요.”

생긋 웃으며 말하는 여점원의 말에 일행은 고개를 끄덕였다.

“아아, 덕분에요. 아침에는 미안했어요. 많이 놀랐죠?”

브라이튼이 빙긋 웃으며 점원의 물음에 답했다.

“아, 아침에는 너무 놀라서 오히려 제가 손님들께 실례를 저지른 것은 아닌지 모르겠네요.”

브라이튼의 말에 점원은 아침에 자신의 모습을 기억해 내곤 웃음 지으며 말했다.

“참, 그리고 숙박비는 1인실은 하루에 12실버, 2인실은 하루에 20실버예요. 오늘 하루만 묵어가시면 모두 44실버네요. 어쨌든 오늘 아침에 들어오신 거니까요. 그리고 식사들 하러 내려오셨죠? 시간이 늦어서 가능한 거라고는 스튜와 빵 정도인데 괜찮으시겠어요?”

생긋 웃으며 친절히 설명해 주는 점원의 말에 다들 고개를 끄덕였다.

“뭐, 우린 지금 아무 거라도 좋으니 스튜랑 빵이라도 가져다 줘요. 그리고 요금은 아침에 드렸죠? 일단 거기서 계산해 줘요. 얼마나 남았는지는 모르지만 말예요."

자일론이 식사를 시키자 나머지도 동의한 듯 아무 말이 없었다. 주문을 받은 점원은 고개를 숙이고는 주방 쪽으로 사라졌다.

"자, 그럼 앞으로 어떻게 할지 결정을 하자구. 일단 카이렌을 빠져나오는 것이 급해서 마케인으로 넘어왔지만 말야. 그 뒤의 일은 생각 안 했지, 너희 둘?"

글루틴이 자일론과 브라이튼을 보며 물었다. 그 말에 둘 모두 작게 고개를 끄덕였다.

"좋아. 그럼 어떻게 할지 계획을 세우자고."

"흐음. 훈트 연합국 쪽으로 가보는 건 어떨까?"

글루틴의 말에 잠시 생각에 잠겨 있던 브라이튼이 입을 열었다.

"유크, 거긴 왜?"

"음. 실은 카틸의 이야기를 들으면서 한 번 가봤으면 좋겠다는 생각이 들었어. 특히 무아브에 말이야. 그렇게 작은 나라에서 현재 우리 카이렌과 같이 소드 마스터를 3명이나 보유하고 있다니. 과연 기사의 왕국이라는 명성이 전혀 아깝지 않을 정도야. 그래서 가보고 싶어졌어. 크로이첵 후작에 관한 이야기를 듣고 나서부터는 말이지. 기회가 된다면 그 레이머스를 만나보고 싶기도 하고."

브라이튼의 대답에 자일론이 잠시 생각에 잠겼다.

"으음. 하긴 이리 작은 왕국이 뭉쳐서 하나의 연합을 만드는 곳은 대륙에서 훈트가 유일하니까. 볼거리도 많겠지? 그럼 가보도록 할까?"

자일론이 브라이튼의 의견에 동의했다. 그렇게 되자 글루틴과 카틸 역시 고개를 끄덕였다.

"어디 보자. 그러면 일단 미드 산맥을 넘은 후에 그람으로 들어가면 되려나? 일단은 그람이 훈트 연합국의 최동단이니까 말야. 그리고 그람에서부터 로피탈, 헤론, 모르간, 무아브, 베론, 에이스, 알 순으로 둘러보면 되겠군. 알을 둘러본 후에는 그곳에서 배를 타고 바로 후디스로 건너가 보는 것도 괜찮겠군."

글루틴이 훈트 연합의 국가 위치를 떠올리며 여정을 전하자 다들 고개를 끄덕였다.

"단, 조건이 있어요."

그때 카틸이 조건을 걸었다.

"로피탈에서 칼라는 들르지 말고 그냥 지나치도록 해요."

"응? 칼라라면 마법사 길드의 본부잖아? 뭐, 검을 사용하는 우리야 별 상관은 없지만 그곳은 오히려 마법사인 네가 가장 가보고 싶어해야 하는 곳 아냐?"

브라이튼이 고개를 갸웃거리며 물었다.

"전 안 가는 게 좋아요."

"뭐 그렇다면 그곳은 그냥 지나치도록 하지."

단호한 카틸의 말에 자일론이 그렇게 결정을 내렸다. 카틸에게도 무슨 사정이 있구나라는 생각을 하면서…….

"아아, 그렇다면 나도 조건이 있어."

카틸의 조건이 수용되자 글루틴도 조건을 걸고 나왔다.

"뭐, 나랑 카틸이 어쩌다가 너희의 가출에 휘말리게 되었지만 말이야, 솔직히 따지고 보면 이제는 너희랑 헤어져도 상관없거든. 일단 국경도 넘었으니 말이야. 그런데도 그 짧은 시간에 은근히 정이 들어서 함께 가주는 거니까 말야. 하지만 우리가 용병이라는 사실을 잊지 말아줬으면 좋겠어. 가는 도시마다 용병 길드에 들러서 의뢰를 받아가자구. 우리는 용병이 먹고살기 위한 직업이니까. 그리고 일단 이제 너희도 용병이잖아."

글루틴의 말에 둘은 고개를 끄덕였다.

"그도 그렇네. 그리고 용병이 되었으니 용병 생활을 경험해 보는 것도 나쁘지는 않을 것 같고 말이야."

자일론이 중얼거렸다.

"좋아. 그렇게 하도록 하지."

그렇게 자일론이 일정을 확정하는 말을 할 때 마침 스튜와 빵이 나왔다. 모두들 눈앞에 음식이 놓이자 허겁지겁 음식을 떠서 입으로 집어넣기에 여념이 없었다.

그렇게 여정을 정하고 시장기도 해결을 하자 다시금 졸음이 몰려왔다.

"흐음. 이제 여정도 정했으니 내일 날이 밝은 후 일어나는 대로 준비해서 출발하기로 하자구. 난 그렇게 잤는데도 또 졸리네. 이만 올라가서 자야겠어."

글루틴은 자리에서 일어나 일행을 향해 손을 흔들고는 2층으로 올라갔다. 그 모습을 지켜보던 자일론과 브라이튼도 자리에서 몸을 일으켰다. 그러면서 카틸을 바라보았다.

"아, 저는 차 한 잔 마시고 잠시 여기 있다가 올라가도록 할게요."

카틸의 대답에 둘은 고개를 끄덕이고는 2층으로 사라졌다. 그 모습을 바라보고 있는 카틸 앞에 점원이 조용히 차 한 잔을 내려놓았다.

오늘도 변함없이 밝은 해가 세상을 비추며 하늘 높이 떠올랐다. 상쾌한 아침에 울려 퍼지는 바람 소리, 물 흐르는 소리 모두 상쾌한 게 기분이 절로 좋아졌다.

"자자, 쟈이, 그만 일어나라구. 이제 아침이야."

"으음. 조금만 더……."

브라이튼은 어느새 일어나 잠자리를 정리하고는 자일론을 깨웠지만 자일론은 꿈쩍도 하지 않았다. 자일론이 버티면 버틸수록 브라이튼의 얼굴에 불끈불끈 솟는 힘줄은 늘어만 갔고, 결국은 자일론을 야영지 옆에 흐르는 개울에 던져 넣기에 이르렀다.

풍덩!

깊지 않은 개울이었지만 시원한 소리를 내며 자일론은 물속으로 빠져 들어갔다.

"어푸, 어푸푸. 으읏, 차가워. 이봐, 유크. 이게 무슨 짓이야!"

"그러게 말로 할 때 일어나라구."

브라이튼은 아무것도 아니라는 얼굴로 자일론을 쳐다보았다.

"쳇. 이거 옷 갈아입어야겠네."

그렇게 말하곤 자일론은 배낭에서 주섬주섬 옷을 꺼내 들고는 갈아입었다. 자일론 파티가 국경을 넘은 지도 어느새 일주일이 지나 있었다. 그리고 어제 낮에 미드 산맥에 접어들어 첫 야영을 한 것이다. 야영지의 주변을 정리한 일행은 짐을 챙겨 등에 메고는 발걸음을 옮겼다.

"흐음. 걸어서 이동이라니."

"어쩔 수 없지 뭐. 이 산속을 말을 타고 갈 수는 없으니까."

투덜거림 비슷한 자일론의 말에 브라이튼이 대꾸했다.

"뭐, 그런 건 아무래도 좋아. 그래도 명색이 미드 산맥인데 왜 이렇게 조용한 거야. 몬스터라도 나타나야 하는 거 아냐?"

이번에 자일론의 입에서 흘러나온 말은 정말로 투덜거림에 가까웠
다. 미드 산맥으로 접어들면서 몬스터와의 전투를 은근히 기대했는데
미드 산맥에서의 첫날이 너무 조용하게 지나가 버리자 제법 실망한 눈
치였다.

"훗. 쟈이, 이곳은 미드 산맥 중에서도 그나마 몬스터가 적은 곳이
야. 미드 산맥이 몬스터로 악명을 떨치는 건 엘프의 숲 북부 쪽부터 헤
이트론과 카이렌의 국경 부근까지의 지역 때문이야. 그곳의 몬스터들
은 정말 상상조차 하기 싫을 정도니까 말이야. 그리고 이쪽 지역의 몬
스터는 수도 적고 약하기는 하지만 아무튼 몬스터는 무조건 안 만나는
게 상책이야."

글루틴의 말에 자일론의 표정이 약간 샐쭉해졌다.

"쳇."

"훗. 몬스터라는 존재는 강하면 강한 대로, 약하면 약한 대로 껄끄럽
다구. 게다가 실전 경험이라곤 하나도 없는 애송이 둘한테는 아무리
실력이 좋아도 오크 몇 마리도 버거운 상대야."

그런 자일론의 얼굴을 보곤 글루틴이 몇 마디를 더 보탰다.

"흥, 나한테 진 누구의 말이라고 보기엔 너무 겁주는 거 아냐?"

실전 경험이라곤 하나도 없는 애송이라는 말에 기분이 상했는지 자
일론의 입에서 나오는 말은 결코 곱지 않았다. 또한 브라이튼의 얼굴
도 밝지 않은 걸로 보아 그도 상당히 기분이 상한 듯했다.

"나참."

그런 둘의 기색을 읽은 글루틴은 어쩔 수 없다는 듯 고개를 절레절
레 흔들었다.

그런 어색한 분위기 속에서 넷은 부지런히 발을 놀렸다. 얼마나 걸

었을까? 나무가 제법 우거진 부분으로 접어들었다. 그리고는 약간의 시간이 흐른 후 주변의 공기가 이상하게 흐르는 것이 느껴졌다. 그것을 느낀 글루틴이 멈춰 섰다. 글루틴이 멈춰 서자 나머지 일행도 덩달아 멈춰 섰다.

"자, 드디어 두 분의 애송이 도련님이 그렇게도 고대하던 몬스터가 나타난 모양이군."

주위를 둘러보며 글루틴이 말하자 자일론과 브라이튼이 재빨리 경계 태세를 취하고는 주위를 둘러보았다. 그 모습에 글루틴은 피식 웃고는 근처에서 돌 하나를 주워 들고는 나무 사이로 힘껏 던졌다.

"쿠엑!"

요란한 비명 소리가 나무 너머에서 들려왔다.

"명중이군."

비명 소리에 글루틴은 싱긋 웃었다.

"어떻게 알아차린 거지?"

그 모습에 자일론이 놀라서 물었다. 자신은 별다른 낌새를 느끼지 못했기 때문이다. 아니, 무언가 이상하다는 것은 느꼈지만 몬스터들이 숨어 있는 정확한 장소를 느낄 수는 없었다.

"경험의 차이. 일단 몬스터의 기척은 사람과는 좀 다르니까. 게다가 오크들은 잘 숨지."

글루틴은 싱긋 웃으며 대답했다. 글루틴의 대답이 끝날 때쯤 일단의 오크들이 일행의 앞에 모습을 드러냈다. 모두 여덟 마리였다.

"흠. 저 정도면 둘이서 네 마리씩 상대하면 되겠군. 자, 그렇게 고대하던 실전이라구. 한 번 잘해봐. 나랑 카틸은 구경만 할 테니까."

글루틴의 말에 자일론과 브라이튼은 검을 뽑아 들고는 기대와 흥분이 뒤섞인 묘한 기분을 느끼며 한 걸음 앞으로 내디뎠다.

"구륵. 인간. 가진 거 모두 놓고 사라져라. 구륵."

오크 중 한 마리가 앞으로 나서 손에 든 글레이브를 앞으로 쑥 내밀며 말했다.

"그럴 맘은 전혀 없는걸."

자일론이 그 말에 피식 웃으며 대답했다.

"구륵. 그럼 죽는다. 구륵. 인간."

자일론의 대답에 상당한 위협이 담긴 소리로 오크가 말했다.

"능력이 되면 한 번 해보라구."

이번에는 브라이튼이 대꾸했다.

"구륵. 모두 공격해라. 구륵."

대장인 듯한 오크의 말과 동시에 여덟 마리의 오크가 자일론과 브라이튼을 향해 달려들었다. 자일론과 브라이튼도 맞서서 앞으로 달려나갔다.

재빨리 몸을 놀려 한 오크의 사각을 점한 자일론은 씨익 미소를 지으며 검을 사선으로 베어갔다.

서걱.

오크의 몸이 썰리는 소리가 나며 오크의 몸통 위로 핏물이 배어 나왔다. 그리고는 곧 그 오크의 상체가 비스듬히 미끄러져 내려가며 둘로 분리되었다. 한 마리를 처리한 것이다.

"휴우. 쟈이, 빠른데."

그 모습을 본 브라이튼이 대단하다는 듯 말했다.

"음. 지금이 고비겠군."

그 모습에 글루틴은 나직이 중얼거렸다.

단번에 한 마리의 오크를 벤 자일론은 그 자세 그대로 굳어 있었다. 손에 느껴지는 감촉이 이상했다. ‘서걱’ 소리를 내며 지나가는 검날을 통해 손에 전해진 그 느낌. 무언가 기분이 나빴다. 그리고 곧 이어 핏물을 뿌리며 잘려진 오크의 모습. 잘려진 몸 사이로 삐져 나오는 내장들 그리고 코를 찌르는 피비린내.

혼란스러웠다. 적어도 자일론 자신이 상상했던 몬스터와의 전투는 이런 것이 아니었다. 이렇게 기분 나쁘고 불쾌할 줄은 몰랐다. 자일론은 검을 감아 쥔 자신의 두 손을 바라보았다. 덜덜 떨려왔다.

갑자기 자신의 손이 싫었다. 욕지기가 치밀어 올랐다. 인간을 해치는 몬스터를 죽인 것뿐인데 온몸을 감아도는 불쾌함과 기분 나쁨, 뭔지 모를 이상한 느낌에 자일론은 몸서리쳤다.

속이 이상했다. 목구멍이 매캐해졌다. 속에서 무언가가 거꾸로 거슬러 올라오는 것만 같았다. 목구멍이 묵직해지더니 곧 입 안이 가득 찼다.

“우욱. 우욱. 으웩.”

자일론은 그 자리에 주저앉아 자신이 죽인 오크의 시체 위에 구토를 하기 시작했다. 오크의 몸에서 삐죽삐죽 튀어나온 내장들은 자일론의 토사물로 뒤덮였다.

“쟈이~!”

그런 자일론의 모습에 브라이튼은 무척 놀랐다. 깔끔한 솜씨로 오크를 처리한 자일론이 곧 주저앉아 구토를 시작했기 때문이다.

사실 자일론이 오크를 베고 주저앉아 구토를 하기까지 흐른 시간은 무척 짧았다. 오크를 벤 후 거의 바로라고 해도 될 정도로. 자일론은 무척이나 길게 느낀 시간이건만 실제로는 극히 짧은 시간이었다.

그때 다른 오크 한 마리가 머리 위로 글레이브를 쳐든 채 자일론을 향해 달려들고 있었다. 그 모습을 발견한 브라이튼은 놀라서 자일론을 향해 달려갔다.

"쟈이! 정신 차려~! 지금 뭐 하는 거야!"

챙~!

어느새 자일론의 앞에 도달한 브라이튼은 오크가 내려친 글레이브를 막아냈다.

"역시, 실력이 뛰어나도 애송이는 애송이군. 카틸, 준비하라구."

자일론의 모습을 유심히 지켜보던 글루틴은 머리를 가로저으며 오른손을 검으로 가져갔다.

"쳇. 이따위 오크 녀석이!"

무언가 마음에 안 든 듯 브라이튼은 크게 외치며 오크의 글레이브를 튕겨냈다. 그리고는 재빨리 검을 횡으로 휘둘렀다.

서걱.

몸이 잘리는 소리를 내며 오크의 상체는 이등분되어 바닥으로 풀썩 쓰러졌다. 브라이튼 역시 자일론이 느낀 그 감촉을 느꼈다. 그리고 브라이튼이 보인 반응 역시 자일론의 그것과 대동소이했다.

온몸을 덜덜 떨면서 서서히 동공이 풀려 갔다. 그러더니 곧 주저앉아서 자일론과 마찬가지로 자신이 죽인 오크의 시체 위에 구토를 하기 시작했다.

"우욱. 우웩. 으웩."

그 모습을 지켜본 글루틴은 고개를 가로저었다.

"쳇. 나가자, 카틸."

준비하고 있었던 글루틴은 어느새 브라이튼을 향해 글레이브를 휘두르던 오크의 머리를 베었고 카틸은 언제 파이어 볼을 생성시켜 놓았는지 자일론을 향해 달려들고 있던 오크 두 마리에게 불덩이를 날렸다.

"쿠아악!"

두 마리의 오크는 비명 소리를 지르며 타 들어갔다. 오크가 타 들어가며 매캐한 살 익는 내음이 퍼져 나갔다. 그 냄새를 맡은 자일론과 브라이튼은 구역질의 정도가 더욱 심해졌다.

그런 둘의 모습을 힐끗 바라본 글루틴은 다시 한 번 고개를 저었다. 그리곤 재빠르게 움직여 나머지 세 마리의 오크도 처리했다.

"휴우. 역시 예상대로의 반응인걸. 하긴 정상인이라면 보통은 이런 반응을 보이게 마련이지. 이 녀석들, 귀족이라고는 해도 나름대로 괜찮은 녀석들이었나 보군. 평민들의 피를 빨아 살만 찌운 돼지들은 오히려 이런 걸 즐기던데 말야."

둘의 모습을 보며 글루틴은 씁쓸하게 말했다.

"일단 둘을 데리고 자리를 옮기도록 하죠. 이제 토해낼 만한 것은 다 토해낸 것 같은데. 조금 전부터 계속 헛구역질만 하고 있거든요."

카틸의 말에 글루틴은 고개를 끄덕이며 둘을 둘러맸고 둘의 짐은 카틸이 챙겨서 조용히 걸음을 옮겼다.

얼마나 걸었을까? 조금 전의 전투가 있었던 장소에서 상당한 거리가 떨어지자 글루틴은 멈춰서 둘을 바닥에 내려놓았다. 나무둥치로 옮겨 등을 기대고 편히 쉴 수 있도록 해주었다.

둘 모두 눈이 풀려서 초점이 없었다. 그저 멍하니 하늘만 바라보고 있을 뿐이었다.

"후, 이제 어쩌죠?"

안타까운 눈으로 둘을 바라보던 카틸이 글루틴을 보며 물었다.

“뭐, 너도 경험해 봐서 알잖아. 시간이 해결해 줄 거야. 뭐, 오늘은 이걸로 이동하기는 그른 것 같으니 여기서 쉬자구. 그럼 결계 좀 부탁해. 이 녀석들 정신 차리기 전에 또 한 번 전투를 하게 되면 곤란하니까 말야.”

글루틴의 말에 역시 같은 생각을 한 카틸은 조용히 주위를 둘러보며 마법진을 그리기 시작했다. 이 근방의 몬스터들이라면 자신이 펼치는 4서클 급의 결계로도 충분히 막아낼 수 있을 것이다.

원래 상위 서클의 마법을 펼치기 위한 마법진은 6서클부터 존재했지만 지금처럼 결계를 치기 위한 마법진은 4서클부터 존재했다. 그 목적이 서로 달랐기 때문이었다. 마법진에도 종류는 다양했기에 사용 가능한 서클도 제각각이었다.

카틸은 현재 5서클의 익스퍼트였지만, 자신이 가장 자신있게 펼칠 수 있는 결계가 4서클이었기에 주변에 4서클의 결계를 설치하고 있었다. 얼마간 자일론과 브라이튼을 중심으로 원을 그리며 돌던 카틸은 이마에 가득 맺힌 땀을 훔쳐내며 허리를 폈다.

“휴우. 이제 다 됐어요. 이 정도면 될 거예요. 그러니까 결계 밖으로 나가지 말아요.”

카틸의 주의에 글루틴은 알았다는 표시를 하고는 자일론과 브라이튼이 기대고 있는 나무 옆의 나무 둥치에 등을 기대었다.

“자, 그럼 오늘은 이만 푹 쉬도록 할까? 이 녀석들, 적어도 하루 정도는 이 상태일 것 같으니까 말이야.”

그러고는 눈을 감았다.

“후. 어쩔 수 없네요.”

그렇게 말한 카틸 역시 옆의 나무에 기대어 앉아서는 짐 속에서 책

한 권을 꺼내 들고 읽어 내려가기 시작했다. 그렇게 시간은 서서히 흘러갔다. 시간의 흐름에 따라 움직이는 태양은 가만히 멈춰 있는 일행에게 어느새 오후가 되었음을 알렸다.

"으음."

그때쯤 글루틴이 눈을 떴다.

"응? 벌써 시간이 이렇게 됐나? 점심때가 지났는걸. 카틸, 배고프지 않아?"

글루틴의 물음에 카틸이 책에서 눈을 떴다.

"음. 그러고 보니 배가 좀 고프네요."

"그럴 수밖에. 점심 시간이 벌써 한참 전에 지났다구."

카틸의 말에 글루틴이 짐을 뒤적이며 대답했다.

"저 녀석들 상태로 봐서는 식사는 그른 것 같고, 덕분에 우리도 제대로 된 식사는 못할 것 같은데. 자, 이걸로 일단 허기나 면하자구."

그러면서 글루틴은 짐 속에서 육포와 건량, 마른 빵 조각을 꺼내어 카틸에게 건네주었다.

"흐음. 그럴 수밖에 없겠네요."

자신의 손에 들린 육포와 건량들을 보며 카틸은 맥빠진 목소리로 중얼거렸다. 그는 육포와 건량은 별로 좋아하지 않았다. 아니, 싫어하는 편이라고 하는 것이 더 정확했다. 하지만 상황이 상황인지라 어쩔 수가 없었다. 딱딱한 육포를 우물거리며 씹는 그의 표정은 결코 밝지 않았다.

그렇게 시간을 보내면서 어느새 밤을 맞이했고 글루틴과 카틸은 한쪽에 침낭을 펴고는 잠이 들었다.

나뭇잎 여기저기에 맑은 물방울이 이슬로 맺히는 새벽녘. 태양이 아직 그 수줍어하는 얼굴을 내밀지 않은 어스름이 밝아올 무렵에 자일론의 눈에 초점이 서서히 살아났다. 하지만 여전히 멍한 빛을 가진 채 나뭇가지 위에서 자유로이 노니는 새들을 바라보고 있었다.

그때쯤 브라이튼 역시 서서히 정신을 차리고 있었다. 하지만 그 역시 별다른 움직임을 보이지 않은 채 그저 앉아만 있었다.

이제 여름을 맞이하려는 나무의 진초록으로 변해가는 잎사귀 위에 맺힌 이슬 방울이 자신의 무게를 이기지 못하고 아래로 굴러 떨어졌다. 그런데 하필이면 그 이슬이 글루틴의 얼굴로 떨어져 버렸다.

갑작스럽게 얼굴에 느껴진 차가운 상쾌함에 글루틴은 눈을 뜨며 잠에서 깨어났다.

"으음… 아함~ 벌써 아침인가? 흠. 아직 해가 안 뜬 걸로 봐서는 좀 이른 시간이군."

상당히 이른 시간에 깨어났다는 것을 깨달은 글루틴은 침낭에서 상체만 빠져나온 채 앉아 있는 자세로 잠시 고민에 잠겼다. 그냥 다시 몸을 뉘어 달디단 잠의 세계로 귀환할 것인가, 아니면 모처럼 일찍 일어나서 부지런한 아침을 맞이할 것인가. 두 가지 선택의 기로에서 고민하던 글루틴은 시선을 잠시 자일론과 브라이튼에게 주고는 곧 결정을 내렸다.

결정을 내리자 행동은 재빨랐다. 글루틴은 미련없이 침낭에서 빠져나왔다. 잠시 쳐다본 자일론과 브라이튼의 눈에 초점이 살아났음을 발견했기 때문이다.

"이제 정신들 차렸나?"

둘의 앞에 이른 글루틴은 두 사람을 내려다보며 조용히 물었다. 그러나 둘 중 누구에게서도 반응이 없었다.

"흐음. 분명 눈은 다시 살아난 것 같은데 말야……."

자신의 말에 아무 반응이 없는 두 사람을 보며 글루틴은 고개를 갸웃거렸다. 좀 멍하긴 했지만 분명 눈빛은 살아나 있었다. 그리고 자신이 대충 예상한 시간과 들어맞기도 했다. 그런데 둘은 아무런 반응이 없었다. 뭐가 잘못된 걸까 하고 고민하는 글루틴의 귀에 나직하면서도 힘없는 목소리가 가늘게 들려왔다.

"난, 정말 애송이였나 보군."

자일론의 목소리였다.

"기껏 오크 한 마리를 베었다고 그렇게 넋을 잃고는 죽을 뻔하다니……."

자조 띤 목소리는 깊은 어둠을 간직하고 있었다.

"우습군. 그동안의 수련이……."

"훗, 네가 그러면 나는 어떨까?"

그때 브라이튼도 조용히 입을 열었다. 그런 둘의 모습을 바라보는 글루틴의 입가에 슬며시 미소가 그려졌다.

"흠. 이제 어느 정도 정신을 차린 모양이군."

웃음 띤 글루틴의 말을 들었는지 카틸이 부시시한 얼굴로 눈을 떴다.

"으음. 글루틴, 두 사람 이제 정신을 차린 거예요?"

침낭에서 빠져나오며 카틸이 물었다.

"뭐, 그럭저럭은."

글루틴은 그런 카틸의 물음에 웃음이 스며든 목소리로 대답했다.

"다행이네요, 두 사람 모두."

“이봐, 글루틴. 무엇인가를 죽인다는 것은 전부 이런 기분이 드는 건가?”

자일론이 힘없는 목소리로 물었다.

“그래. 그게 바로 생명의 무게란 것이지.”

“훗. 그렇다면 무언가를 죽인다는 것은 정말 기분 더러운 일이군.”

브라이튼의 말이었다.

“그렇지. 생명을 앗는다는 것은 분명 그 무게만큼이나 기분 나쁜 일이야.”

그 말에 글루틴은 순순히 동의했다.

“그런데 넌 어떻게 그렇게 태연할 수 있지? 카틸도.”

다시 자일론이 물었다.

“경험의 차이지. 인간이라는 족속은 우습게도 적응을 잘해. 같은 것을 반복하다 보면 어느새 익숙해지지. 그리고 하나에 익숙해지면 비슷한 다른 일을 할 때 처음보다는 수월하지. 죽음을 주는 것도 그것과 같아. 몬스터를 베어가는 숫자가 하나씩 늘어갈 때마다 점차로 죽음이라는 놈에 대해 둔감해져. 아니, 무감각해지지. 그러다가 처음으로 사람을 베었을 때 너희는 또다시 실망할 거다.”

“그게 무슨 말이지?”

그냥 단정해 버리는 글루틴의 말에 브라이튼이 물었다.

“그때쯤이면 너희는 죽음이라는 놈에게 너무 익숙해져 있을 때야. 그래서 사람을 죽이더라도 오크를 처음 죽였을 때 느꼈던 그런 기분을 맛보지 못할 거야. 아니, 오히려 지독한 무감각 속에서 스스로에 대한 혐오감에 빠질걸. 오크를 처음 죽였을 때는 그렇게 힘들어했는데 같은 동족인 인간을 죽였을 때는 아무런 느낌이 없다니. 나는 동족인 인간을 인간의 적이라고 생각해 온 몬스터보다 못하게 여기고 있었는가?
라는 생각에 말이야."

"그런 건가?"

무미건조한 말이 자일론의 입에서 흘러나왔다.

"그래. 죽음이란 그런 거다. 그저 영웅 소설 속에 등장하는 그런 멋
지기만 한 것이 아니야. 인간을 해치는 몬스터를 죽이는 것이 멋져 보
일 수도 있겠지만, 몬스터들도 나름의 생명의 무게를 지니고 있지. 그
리고 그들의 생명을 앗을 때 우리는 그 무게를 느끼게 되는 것이고. 소
설 같은 것들은 결국 거짓일 수밖에 없는 거지."

"그래. 무척이나 무거웠어. 오크 따위의 생명이 그토록 무거울 줄은
몰랐어."

브라이튼이 힘없는 목소리로 수긍했다.

"그런데 처음으로 무언가를 죽이는 경험이 몬스터가 아닌 사람이라
면… 어떻게 되는 거지?"

자일론이 물었다.

"이미 몬스터를 죽인 네가 왜 그런 걸 물어보지? 어차피 너는 영영
경험하지 못할 텐데."

"어떻게 되는 거야?"

글루틴이 되물었음에도 자일론은 같은 물음만 반복했다.

"흠. 심적 타격은 더 크겠지. 하지만 회복하는 데 걸리는 시간의 차
이가 있을 뿐 결국 몬스터를 처음 죽였을 때와 유사해. 무게의 차이가
있을 뿐, 생명이라는 것은 결국 같은 종류의 것이니까."

"그렇군."

쓸쓸한 음색을 띤 소리가 자일론의 입에서 새어 나왔다.

"사람이라면 누구나 이런 거야?"

브라이튼이 씁쓸한 얼굴로 물었다.

"정상인이라면 보통은 이런 반응을 보이지. 하지만 고장난 저울이 있듯이 생명의 무게를 느끼는 저울추가 고장난 사람도 있게 마련이야. 난 그런 놈들을 비정상이라 생각하고 미친놈이라고 부르기도 하지만 말야. 오히려 생명을 앗는 것을 즐기는 녀석도 있지. 그리고 자신 이외의 존재의 생명은 그 무게를 0으로 느끼는 녀석도 있고. 하지만 그런 녀석들은 극히 일부야. 보통은 너희와 같아. 정상인이라면 말이야. 정상이라는 것은 절대다수가 공통적으로 보이는 반응을 따르기 마련이니까."

"훗. 그 비정상이라는 녀석들 낯짝을 한번 보고 싶군. 어떻게 태연할 수 있는지 꼭 한 번 물어봐야겠어."

고개를 좌우로 흔들며 브라이튼이 자리에서 일어났다. 자일론도 곧 자리를 털고 일어났다.

"흠, 어느 정도 기운을 차린 것 같네. 그럼 어서 아침 식사를 하고 출발하자구. 너희는 속을 다 비워내고 하룻밤을 꼴딱 보냈잖아."

글루틴의 말에 자일론과 브라이튼은 서로를 바라보았다.

"그런 것치고는 별로 배가 고프지 않군."

"마찬가지야."

자일론과 브라이튼의 대답을 들은 글루틴은 어쩔 수 없다는 얼굴을 했다.

"뭐, 지금 상황이라면 허기를 못 느끼는 것이 당연할 수도 있죠. 하지만 쟈이, 유크, 앞으로의 여정을 계속하려면 체력도 중요하니까 배고픈 걸 느끼지 못하더라도 간단한 식사는 꼭 하도록 해요."

카틸이 둘을 향해 엄하게 말했다. 그런 카틸의 모습에 둘은 고개를 끄덕였고 곧 카틸은 아침 식사를 준비했다. 잠시 후 따근따근한 수프가 만들어져 둘에게 각각 한 접시씩 주어졌다. 자일론과 브라이튼은 기계적으로 수프를 떠서 입에 넣는 동작만을 반복하며 접시를 비웠다.

"뭐, 기운은 차렸다지만 아직은 시간이 더 필요하겠지. 하지만 미드 산맥을 벗어날 때쯤이면 아마 나처럼 되어 있을 거야."

그 모습에 글루틴은 작게 중얼거렸다.

아침 식사를 마친 넷은 주변을 정리한 후 다시 길을 나섰다. 글루틴이 앞장서서 걸었다. 네 사람의 발자국 소리만이 산길에서 조용히 울려 퍼졌다. 누구도 말이 없었다. 그렇게 적막과 함께 이동하며 어느 정도 시간이 흘렀을 때 글루틴이 멈춰 섰다.

"이거, 이제야 기운을 조금 회복했는데 미안하게 됐군. 몬스터다."

글루틴의 말에 자일론과 브라이튼의 얼굴이 굳어갔다. 그러나 곧 검을 뽑아 들고는 전투 태세를 취했다. 어쨌든 그들은 싸워야 했기에……

이번에는 열 마리였다.

"우아아아아!"

자신의 안에 자리하고 있는 무엇인가를 몰아내기 위함인가, 지금껏 결코 내본 적이 없던 괴성과도 같은 기합 소리를 내며 자일론과 브라이튼이 달려나갔다. 곧 이어 치열한 공방이 시작되었다. 그래도 한 번의 경험이 있어서인지 지난번처럼 한 마리를 죽이고 얼이 빠지는 일 따위는 없었다.

글루틴과 카틸이 나서기도 전에 자일론과 브라이튼 둘이 열 마리의 놈을 모두 처리했다.

"휘유. 역시 실력만 놓고 본다면 대단하단 말이야."

그런 둘의 모습에 글루틴은 절로 감탄을 흘렸다. 그러나 그 감탄이 끝나기도 전에 둘 모두 자리에 주저앉았다. 그리곤 다시 구토를 시작했다. 전투 중에는 억지로 참고 있었는 듯 열 마리를 모두 처리하자마자 구토를 시작한 것이다. 그 모습에 글루틴과 카틸은 고개를 가로저었다.

하지만 역시 경험이라는 것은 놀라웠다. 얼마간의 구토가 끝나고 나자 둘은 곧 몸을 추슬렀다. 전날 거의 하루 가까이를 보낸 것에 비하면 엄청나게 줄어들었다.

그날 점심을 먹고 난 오후 일행은 다시 한 번 몬스터와 조우했고 이번에도 자일론과 브라이튼 둘이서만 처리했다. 그리고 이번에는 안색만 창백해졌을 뿐 구토를 하는 일은 없었다.

그 후로 삼 일이 지나서야 일행은 미드 산맥을 벗어날 수 있었다. 그 삼 일간 적어도 하루에 세 번 이상은 몬스터와 마주쳤고 심한 날은 다섯 번 정도 몬스터와 부딪쳤다. 그때마다 자일론과 브라이튼이 앞장서서 싸웠고 둘이서 모든 몬스터를 처리했다.

그리고 미드 산맥을 벗어날 때 마지막으로 만난 몬스터들을 쓰러뜨릴 때 둘의 모습에는 일말의 망설임도 없었고 모두 죽인 이후에도 전혀 변화가 없이 담담한 신색을 유지했다.

둘 모두 생명을 빼앗는다는 것에 대해 익숙해져 버린 것이다. 생명의 무게에 대해 둔감해져 버린 것이었다. 둘이 이토록 빠른 시간 안에 이렇게 변하게 된 것에는 글루틴이 가장 강한 영향력을 행사했다. 미드 산맥에서 일부러 길을 돌아가면서 몬스터들이 자주 나타나는 길만을 지나며 내려왔기 때문이다.

그 덕에 일반적인 여행자가 이곳의 미드 산맥을 넘으며 몬스터를 만나는 평균적인 횟수의 두 배 이상 상회하는 횟수로 몬스터들을 만나게되었다. 그 덕에 두 사람은 이토록 빨리 죽음이라는 존재에 익숙해질수 있었던 것이다.

"글루틴, 이제 더 이상 몬스터들이 자주 나타나는 길로 가지 않아도돼. 우린 이제 익숙해졌으니까."

미드 산맥을 벗어났을 때 자일론이 글루틴에게 작은 소리로 속삭였다. 자일론도 이미 글루틴의 의도와 행동을 알고 있었던 것이다.

"자자, 이제 북쪽으로 곧장 올라가기만 하면 그람이라구요. 일단 그람의 수도인 타르를 향해서 힘차게 가보자구요!"

그동안 어두워진 분위기를 쇄신하려는 것인지 카틸이 힘차게 외치며 북쪽을 향해 기운찬 발걸음을 내디뎠다. 그런 카틸의 행동에 자일론과 브라이튼은 살풋 미소를 지었다. 그리고 그 둘도 북쪽을 향해 걸음을 옮겼다. 그런 둘의 모습에 글루틴은 흡족한 얼굴을 했다.

'뭐, 이 정도면 좋겠지. 저 둘이라면 곧 예전으로 돌아갈 테니까.'

그리곤 그도 북쪽을 향해 걸음을 옮겼다.

"가까운 마을에서 일단 말부터 사자구."

북쪽으로 걸어가던 도중 가볍게 튀어나온 자일론의 말에 모두의 얼굴에는 오랜만에 밝은 웃음이 떠올랐다.

"으음. 불쌍한 내 아이. 얼마나 힘들었을까. 반드시 거쳐야 할 일이기는 하지만… 저런 하등한 오크 따위를 죽이면서 저리도 마음 아파하다니……"

아무도 없는 화려한 방 안. 거울 앞에 앉아서 영상 전송 마법으로 자일론이 미드 산맥을 넘는 여정을 지켜보던 일라나는 실크 손수건으로 가볍게 눈 주위를 훔쳤다. 어느새 눈물이 차 올라 있었던 것이다.

그녀에게 있어서는 아무것도 아닌, 아니, 땅속의 지렁이보다 하찮은 오크이건만. 고작 그런 녀석들 몇 마리를 죽였다고 저리도 방황하다니 못내 가슴이 아팠다. 그리고 옆에서 거들어주지 못하는 것이 무척이나 아쉬웠다.

"그래도 그럭저럭 잘 헤쳐 나간 것 같으니 다행이구나. 앞으로는 또 얼마나 힘든 일들이 기다리고 있을지. 부디 잘 해내야 할 텐데……."

일라나는 거울 앞에서 하염없이 자일론의 모습만을 바라보고 있었다.

자일론이 가출한 날 이후 일라나는 자신의 방 안에 틀어박혀 좀처럼 방 밖으로 나오지를 않았다. 시녀들까지 모두 내치고 방의 청소마저 스스로 했다. 그런 그녀의 모습에 왕궁에서는 이런저런 소문이 떠돌았다.

아들이 가출한 충격으로 실성했다는 소문이 가장 신빙성이 있었으나 며칠 전 모습을 드러내 보인 위엄에 그 소문은 쥐 죽은 듯 사라졌다. 하지만 그녀의 행동이 워낙 심하게 바뀌었기에 갖가지 추측이 난무하며 소문이 뒤를 이었다.

그런 소문은 마침내 카류일 국왕의 귀에도 들어갔고 걱정이 된 카류일이 몇 번 찾아오기에까지 이르렀다. 그러나 그때마다 그녀는 평소와 다름없는 모습으로 카류일을 안심시켰다. 그리고 나서는 다시 방 안에 홀로 들어앉았다.

그 실상은 바로 이것이었다. 자일론에게 준 아티펙트 반지를 이용해서 현재 자일론의 모습을 지켜보는 것. 그녀에게 있어서 현재 그것보다 가치있는 일은 없었다.

　그렇게 석양에 물든 미드 산맥과 나란한 방향으로 북으로 올라가는 자일론의 모습을 지켜보는 일라나의 눈은 아련한 그리움으로 젖어들었다.

〈5권으로 이어집니다〉

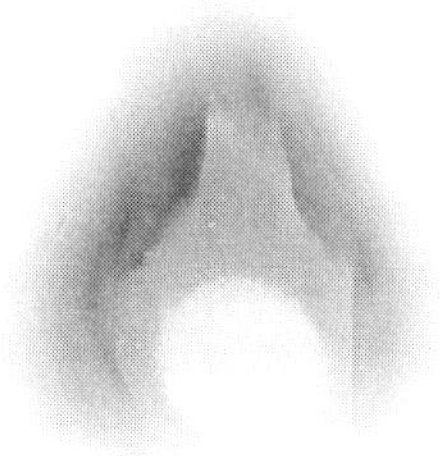

특별편

@신가™ : 음. 흠흠 이렇게 불러줘서 고맙군, 자일론. 그것도 이렇게 왕궁으로 초대해 주다니 몸 둘 바를 모르겠는걸.

자일론 : 아, 뭘 이런 걸로요. 왕자인 제가 이 정도야 당연한 거죠.

@신가™ : 좋아! 아주 좋은 자세야! 나를 뒤에서 습격해서는 꽁꽁 묶어서 취조하던 어느 녀석과는 완전히 다르군! 그래, 왜 날 보자고 한 거지?

자일론 : 워낙 오랜만에 『케이』에 출연한 거라 좀 궁금한 게 있어서요.

@신가™ : 그래? 그게 뭔데?

자일론 : 음. 일단 케이와는 언제 만나게 되죠? 헤어진 지 벌써 10년이나 지났다구요. 슬슬 만날 때도 되지 않았나요?

@신가™ : 흠. 그게 말이야. 처음 예정은 4권에서 네 이야기를 대충 마무리 짓고 5권 초반에서 만날 예정이었어. 그런데 4권에서 네 이야기가 조금 늘어지는 바람에 5권 중반이나 그보다 조금 전에 만날 수 있을 것 같아. 뭐, 이건 어디까지나 내 계획이지만 말야.

자일론 : 그럼 일단 5권에서는 만나는 거네요?

@신가™ : 그렇지.

자일론 : 음. 그리고 케이 8권으로 완결할 예정이라고 하던데 지금 너무 질질 끄는 거 아닌가요? 벌써 절반이 지났는데 아직 이야기는 중반으로도 안 넘어갔다는 말이 있던데…….

크윽. 저 녀석, 그 얘기는 어디서 들은 거야?? —.—;;

@신가™ : 아하하, 아하하하하. 그건 말이지… 뭐, 어떻게 쓰다 보니 처음 시놉시스를 짠 거랑은 약간 차이가 나더라구. 생각보다 짧아진 부분도 있고 생각보다 길어진 부분도 있고 말야. 뭐, 지금까지는 앞으로의 이야기에 필요한 인물들을 등장시키기 위한 전반부였다면 이제 후반부는 본격적으로 그들이 엮어가는 이야기지. 이미 스토리 구성은 끝이 난 상태니까. 뭐, 스토리 진행에 따라 너와 케이의 여행이 조금 짧아질 수도 있지. 8권을 맞추기 위해서는. 하지만 중요한 사건, 아니, 내가 뼈대로 잡은 사건은 다 들어가니까 걱정 말라구. 뭐, 7권 정도로 8권보다 1권 빠르게 완결되는 일은 있어도 느리게 되는 일은 없을 테니까.

자일론 : 음. 그런가요? 그런데 생각보다 길어진 이야기가 있다고 하니까 생각나서 묻는 건데요. 26식, 특급용병 쟈이 챕터에서 말이죠. 그 레인이라는 사람과 한나라는 사람의 러브 스토리, 그건 도대체 왜 들어간 거죠? 전 그 챕터 제목이 정녕 특급용병 쟈이가 맞는지 의심스럽던데… 차라리 레인과 한나의 러브 스토리라고 하는 게 더 낫지 않았나요?

크윽. 저 녀석. 어찌 곱게 초대한다 싶더니… 묻는 건 케이 녀석보다 더 집요하군. 차라리 지난번이 나았을 수도 있겠는걸. ㅡ.ㅡ;

@신가™ : 흠흠. 그건 말이쥐… 일단 2가지 이유가 있다구. 첫 번째로는… 외압에 대한 굴복. ㅡ.ㅡ;;

자일론 : 예? 외압이라뇨??

@신가™ : 음. 내가 인터넷 연재할 때는 밝혔었는데 말이야. 자유 도시 아르스 노바 말이지. 그 아르스 노바라는 이름은 내가 현재 다니고 있는 과의

동아리 이름이야. 그러니까 말하자면 무단으로 내가 차용한 것이지… 흠흠… ㅡ.ㅡ 그랬는데 말이야, 그 동아리의 전 회장이었던 선배가 나에게 압력을 가하기 시작했지. 아니아니, 정중하게 부탁을 하기 시작했지. 자기 여자 친구랑 자기를 등장인물로 해서 러브 스토리 하나 만들어달라고 말야. 짧아도 좋다고 하면서 말이지. 하지만 솔직히 너도 알다시피 내가 그쪽으론… 영 아니잖아, 일단 경험부터 일천하니……. ㅡ.ㅡ;;

  지일론 : 음. 인정!

  으윽. 이 자식이 그렇다고 그렇게 칼같이 인정하냐? 안 그래도 서러운데. ㅜ,.ㅜ

  @신가™ : 아무튼 내가 소설에 이름을 빌린 동아리의 전 회장인 선배의 부탁이라 차마 거절할 수가 없었지. 뭐, 그 이유 하나뿐이었다면 경험의 일천함과 글 솜씨의 미숙을 핑계로 거절했을 텐데…….

  지일론 : 그런데요?

  @신가™ : 내가 아직 인터넷 연재를 할 당시 개인적으로 연재 사이트를 통해서 벌였던 1, 2권 출판 기념 이벤트에서 말이지, 왜 『케이』에는 로맨스가 없냐? 마음에 안 든다. 로맨스를 넣어달라! 는 의견을 많이 받아서 말야. 짧게나마 그런 걸 한번 넣어보려고 시도한 것이지.

  지일론 : 음. 로맨스를 넣는 거라면 절 주인공으로 해서 넣어주는 게 더 좋지 않나요?

  이 자식이 밝히기는… ㅡ.ㅡ^ 그냥 확 비극의 주인공으로 넣어버려? 아나… 그것도 귀찮아……. ㅡ.ㅡ;;

@신가™ : 흠흠. 아까도 말했지만 말야, 나의 일천한 경험으로 어설픈 로맨스를 넣었다가는 너만 망가질 뿐이라구. 일단 시험삼아 넣어보고 반응을 봐서 나쁘지 않으면 그때 고려해 보도록 하지.

자일론 : 아하! 그런 뜻이 있었군요.

그런 뜻은 무슨… 이제 앞으로 로맨스는 있을지 없을지 몰라. 내가 그거 쓴다고 머리에 쥐가 몇 번이 났는데. 썼다 지웠다를 몇 번을 하고. 그랬는데도 겨우 그 정도인데… ㅡ.ㅡ^ 뭐, 설혹 있다고 하더라도 넌 아니니까 괜한 기대 접어라~ ㅡ.ㅡ

@신가™ : 흠. 그리고 외압에 대한 이야기가 나와서 말인데, 너의 절친한 친구 브라이튼 있지.

자일론 : 예. 걔가 왜요?

@신가™ : 걔 이름은 사실 그 아르스 노바의 이름을 따온 동아리 현 회장의 이름에서 따왔어. 그 친구 이름이 한자로 뜻을 풀이하면 '밝게 만든다' 거든. 그래서 브라이튼(Brighten). '밝게 하다' 라는 의미를 지닌 이름을 지은 거지. 성 역시 그 친구 성의 의미를 가져다 쓴 거야.

자일론 : 헉. 그런 사실이… 그럼 설마… 레인과 한나도…….

@신가™ : 음. 눈치가 빠른걸. 그 부회장 선배의 이늠에 비 우(雨)가 들어가서 남자는 레인(Rain), 그리고 한나는 그 선배 여자 친구 본명이야. 마침 그냥 그대로 써도 될 만한 이름이라서 그냥 썼지.

자일론 : 휘유. 그런 엄청난 음모가 존재했을 줄이야…….

음모라뉘……. ㅡ.ㅡ+++

　　자일론 : 음. 아무튼 궁금했던 것을 여러모로 알려줘서 고마워요. 그럼 다음 권에서 뵙죠.
　　@신가™ : 그래. 완결 때까지 앞으로도 계속 수고해 줘. 케이랑은 가능한 한 빨리 만나도록 해줄게.
　　자일론 : 예. 그럼 안녕히!
　　@신가™ : 그래. 그럼 나도 이만.